LA MAISON DES VISAGES PERDUS

HEINZ G. KONSALIK

LA MAISON DES VISAGES PERDUS

FRANCE LOISIRS
123, boulevard de Grenelle, Paris

Le titre original de cet ouvrage est

DAS GESCHENKTE GESICHT

Traduit de l'allemand
par Jeanne-Marie GAILLARD-PAQUET

Édition du Club France Loisirs, Paris
avec l'autorisation des Presses de la Cité

ISBN : 2-7242-1052-2

Chapitre I

UNE PETITE COLONNE de traîneaux à moteur haletait sur la route de Augustow à Sejny, tandis qu'un vent glacial du nord soulevait un nuage de neige poudreuse sur la campagne plate et nue qui ressemblait à un immense miroir à peine bombé et se jetait sur le ciel d'un gris laiteux, pour se perdre en lui.

Les mains crispées sur les barres d'appui, les jeunes gens, assis serrés les uns contre les autres, tendaient leurs visages pétrifiés de froid vers l'horizon, droit devant eux. Six heures auparavant, ils s'étaient alignés au garde-à-vous, à Suwalki, devant un colonel, et avaient eu tout le temps d'admirer la croix rutilante qui pendait hors du col de sa pelisse de fourrure. Le colonel s'était composé un visage sévère de père de famille, et leur avait parlé :

— Jeunes gens ! C'est votre tour maintenant d'aller au front ! Ce que vous avez appris chez vous, sur le champ de tir, devient une réalité sérieuse ! L'ennemi ne fait pas usage de cartouches à blanc; depuis cinq ans que dure cette guerre, le bruit nous en est parvenu jusqu'ici !...

Ils avaient ri de cette plaisanterie macabre, car le lieutenant les avait prévenus d'avance : « Si le colonel fait un jeu de mots... riez, espèces de canards boiteux ! Il aime ça. Et vous recevrez peut-être une ration supplémentaire de schnaps pour marcher vers le front ! »

Effectivement, ils avaient eu leur schnaps, et, en plus, on leur avait distribué à chacun des casques en acier rayés de blanc, des capotes de camouflage blanches, quelques fusils, et un traîneau rempli de munitions et de grenades à main.

— Vous êtes des soldats du Führer ! s'était écrié le colonel au moment de rompre les rangs. On vous attend là-bas. Bon courage, camarades ! Hourrah !

Puis ils avaient défilé, au pas, aux accents de la *Noisette Brune*. Le colonel les avait suivis des yeux jusqu'à ce qu'ils aient disparu entre les baraques qui formaient la lisière de Suwalki et que ne lui parvienne plus que le son de leurs voix jeunes, presque enfantines encore.

— Bon Dieu ! s'était-il alors écrié, en secouant rageusement de ses deux mains sa médaille, comme si elle l'empêchait de respirer; puis il rentra dans son bureau et signa le rapport, parfaitement établi en quatre exemplaires, qui reposait sur sa table de travail :

— Départ des 57 hommes en remplacement du groupe de choc Bauer — 170ᵉ division d'infanterie — 4 octobre 1944, 9 h 20, sous commandement.

Ainsi, depuis six heures, les 57 gamins voyageaient à travers le froid cinglant, surveillaient d'un regard aigu la campagne plate et le ciel laiteux, et écoutaient, l'esprit tendu, la rumeur lointaine et le grondement sourd qui de temps en temps dominaient les bruits de moteur. Alors, ils se regardaient les uns les autres et, dans leurs yeux, on pouvait lire la peur et un courage désespéré.

Le front ! On l'entendait déjà. Et là-bas, ils les attendaient. 57 gamins de 17 à 19 ans, instruits en six semaines, avec quatre traîneaux, neuf fusils et trois cents grenades. La réserve.

Dans le premier traîneau, Erich Schwabe était assis au volant. C'était un vieux cheval de bataille, nanti de sept blessures et de toute une « quincaillerie » sur la poitrine. Malgré ses vingt-six ans, les soldats-enfants le considéraient comme un père.

Lorsqu'il avait pris le commandement de cette troupe de réserve, il revenait justement d'une permission qu'il avait passée dans la cave de sa maison, tandis qu'au-dessus de lui la ville s'effondrait en flammes, et que sa propre demeure n'était pas épargnée. Il était resté étendu dans un coin de cette cave, sur un vieux matelas pourri, et avait serré contre lui sa femme Ursula, qui tremblait. Là, pour la première fois, il se demanda vraiment si la guerre n'était pas devenue une entreprise insensée. Il n'exprima pas cette pensée tout haut, mais il continua à serrer Ursula contre lui, et, après ses dix jours de permission, il reprit le chemin de la Russie, avec au cœur la brûlure que lui avait causée le cri désespéré de sa femme : « Reviens, Erich... ! »

— Combien de temps cela va-t-il encore durer mon adjudant? cria quelqu'un derrière Schwabe.

— Encore trois heures ! répliqua-t-il.

— D'ici là, nous serons transformés en monstres glacés...

— On se chargera bien de te faire fondre là-bas. Il fait assez chaud, sois tranquille ! gronda Schwabe. Le traîneau cahotait sur la route glacée, balayée par le vent, qui ressemblait à une piste de patinage menant à l'infini.

Erich Schwabe regarda sa montre, une montre protégée d'une gaine de cuir, et qu'il portait depuis 1940 au poignet gauche. Il l'avait achetée à Paris, dans une petite boutique près du Sacré-Cœur. Elle avait fait avec lui le voyage de Paris jusqu'en Grèce, puis de là en Russie, presque jusqu'à Moscou, et le long chemin de retour jusqu'à Suwalki. Il avait soigné la gaine de cuir comme ses propres chaussures. La montre avait survécu aux sept blessures qu'il avait reçues; elle ne s'était jamais arrêtée et n'avait jamais eu besoin de réparation. Une fois, on la lui avait volée, ou plutôt, un caporal la lui avait volée, alors qu'il était encore endormi après une opération. Plus tard, le caporal fut blessé lui aussi, le nez cassé, et Schwabe avait récupéré sa montre.

Les traîneaux gelés fonçaient à travers le jour blême. Le chemin descendait maintenant légèrement, si bien que les conducteurs tiraient sur les freins; des crochets pointus s'enfonçaient dans la glace et ralentissaient la vitesse.

— Tenez bon! cria Schwabe vers l'arrière, à l'adresse de ses gosses. Si les crochets lâchent, nous serons transformés en champions de bobsleigh!

Les jeunes soldats se cramponnaient aux barres et se retenaient les uns aux autres. Au-dessous d'eux, les crampons gémissaient, tandis que les traîneaux hurlaient et dansaient follement comme des chiens frigorifiés.

Erich Schwabe serrait les freins de toutes ses forces; de ses deux mains, il s'agrippait au volant. Devant lui, il vit la route qui descendait encore pendant quelques centaines de mètres, pour se perdre ensuite dans la campagne plate comme une table fraîchement vernie.

Schwabe connaissait ce chemin; il savait qu'il était uni, mais avec un traîneau plein, on ne pouvait échapper à la vitesse; on arrivait en bas comme une grenade.

Il se pencha en avant, et examina la surface glacée. Ce fut à ce moment précis qu'il la vit, et il eut l'impression qu'un poing géant s'abattait sur son cœur et lui coupait le souffle.

Au milieu de la route unie, il y avait une petite bosse de glace. Pas bien grosse, un peu comme une assiette à soupe renversée. Elle se soulevait toute plate au-dessus de la surface du chemin, comme un petit bouton solitaire sur une peau propre et saine.

Erich Schwabe se cramponna aux freins. Il entendit la glace gémir et crier sous le traîneau; le traîneau lui-même fit quelques bonds. Mon Dieu! pensa Schwabe. O mon Dieu! J'ai dix-sept gosses derrière moi, qui n'ont pas la moindre idée de ce qui les attend là, au milieu de la route. Cette petite bosse glacée sur la surface unie ! Que savent-ils des moyens de défense des partisans ? En hiver, ils creusent des trous dans la glace, au milieu des routes, posent des mines, recouvrent le tout d'eau, et laissent la gelée faire son œuvre. C'est seulement quand un véhicule passe sur la bosse que le détonateur réagit. Alors, la terre s'ouvre, et c'en est fini de penser, de vivre, d'espérer. Plus rien. Il ne reste qu'un amoncellement de terre, de glace, de chairs déchirées, qui retombe après quelques secondes de suspension, et qui sera recouvert bientôt par la prochaine chute de neige, comme d'un linceul.

Le traîneau fonçait sur la route, à la rencontre de la mine. Derrière lui, les trois autres traîneaux suivaient à une distance de cinquante mètres ; le dernier portait la réserve de munitions, ainsi que le commandant de la petite troupe, un jeune lieutenant qui devait remplacer le chef de la 10e compagnie, tombé au front.

Erich Schwabe se cramponnait au volant, comme s'il espérait ainsi retenir le traîneau. Encore quelques secondes, pensa-t-il. Impossible de freiner. La force d'inertie est trop puissante dans une pareille côte ; les crampons ne mordent pas ou se cassent. Impossible même de changer de direction — avant que le traîneau ne réagisse, il aura depuis longtemps atteint la mine enfouie sous la glace.

Mon Dieu, mon Dieu ! pensa Erich. Reviens... ! avait dit Ursula. Elle avait même crié, en courant le long du quai, à hauteur de son compartiment, puis sur le ballast, à travers les pierres qui lui déchiraient ses bas et arrachaient ses souliers. Reviens... ! Il lui avait fait un signe de tête, et envoyé un sourire désespéré. Puis il avait consulté sa montre. Dans une heure au plus tard, les sirènes sonneraient de nouveau l'alarme, et Ursula reprendrait sa place dans le coin de la cave, appuyée contre le mur humide; elle lèverait son visage blême vers le plafond et compterait les bombes, tout en évaluant la distance d'après les bruits : celle-ci est tombée loin... Plus près cette fois... Encore plus près... maintenant... C'est pour nous...

Erich Schwabe rejeta la tête vers le ciel. Les alertes, pensa-t-il. Ils savent ce que c'est, les gosses qui sont assis derrière moi; ils les connaissent, puisqu'ils ont grandi avec elles... Il tourna la tête vers eux, et vit des visages pétrifiés, des yeux jeunes et fatigués sous des casques d'acier, des regards qui le scrutaient avec un reproche.

— Alerte ! cria-t-il en regardant bien en face ces visages d'enfants. Son cri se répandit dans toute la campagne. Alerte !

D'un coup, les silhouettes momifiées se réveillèrent. Après avoir hésité l'espace d'une seconde, ils se précipitèrent tête la première hors du traîneau bondissant, se répandirent dans la neige, roulèrent le long de la pente ou se perdirent dans les congères. Le second traîneau freina désespérement, dérapa, se retourna, et abandonna la route.

— Eh ! Schwabe ! Est-il devenu fou? cria le sous-officier Plotzke, en essayant de remettre son traîneau sur la route. Les deux autres, qui suivaient assez loin, freinèrent, dérapèrent mais réussirent à s'arrêter. Le jeune lieutenant se mit debout près de la caisse de grenades et ébranla l'air de ses bras étendus. Personne ne comprenait ses paroles, mais on se rendit compte qu'il hurlait un commandement.

— Il fait un exercice de manœuvre, le cinglé ! s'écria de nouveau Plotzke. Tous en camouflage ! Il doit avoir le cerveau complètement gelé lui aussi !

Les jeunes du premier traîneau s'ébrouaient dans la neige; seul derrière son volant, Erich Schwabe essayait de toutes ses forces de glisser sur la gauche. Encore cinq centimètres... Ça va aller, pensa-t-il. Je pourrais moi aussi sauter comme les autres... mais nous avons besoin du traîneau ! Ce sera peut-être le seul moyen de retrouver le foyer, la paix, Ursula...

Les crampons à glace gémissaient, mais le traîneau dévalait la pente en trombe. Schwabe freinait, mais rien ne répondait plus. Les griffes d'acier étaient cassées. La direction aussi ne répondait plus; il avait beau tourner le volant à gauche, les mains crispées en un geste de désespoir sauvage, l'âme hurlante... Le traîneau poursuivait sa course inexorable, toujours tout droit.

Saute! se criait Schwabe à lui-même. Saute! Il lâcha le volant, se jeta sur le côté et quitta son siège. A moitié suspendu hors du traîneau, il sentit soudain une résistance aux pieds. D'un regard, il constata que le bas de son pantalon de camouflage blanc s'était coincé dans la pédale de frein. Fou d'angoisse, il tira sur l'étoffe qui se déchira et fit manœuvrer encore une fois la pédale, pour pouvoir s'arracher au plus vite à ce traîneau mortel...

En cette seconde, le temps d'un battement de paupières, il aperçut le petit monticule devant lui; son regard s'immobilisa et se paralysa d'effroi... Puis plus rien, pas une pensée, pas un cri, pas un geste des mains pour se protéger... la terre éclata autour de lui; il sentit une odeur d'essence; il eut l'impression que quelqu'un plongeait son visage dans de l'huile bouillante; et puis, il perdit complètement conscience.

La bouche ouverte, les gamins étendus dans la neige suivirent des yeux la trajectoire du traîneau bondissant en l'air. Plotzke réagit rapidement... Il fit basculer son traîneau en donnant un brusque coup sur le côté. Dans le traîneau aux munitions, le jeune lieutenant se tenait toujours droit debout, les bras étendus, comme une statue implorant la grâce du ciel sur un monde de fumée et de feu.

Puis tout retomba sur le sol, un mélange de neige humide et collante, de terre et de glace qui bientôt recouvrit le lieu du drame. Et au milieu, les lambeaux du traîneau n° 1, une montagne de métal et de bois.

— Le... l'adjudant..., hoqueta un des soldats, qui s'était mis à genoux et se pressait les mains sur la poitrine. Schwabe se trouvait pourtant bien dans le traîneau...

Ils bondirent tous et se précipitèrent vers le tas de ferraille.

— Il est foutu..., bredouilla Plotzke en courant. Schwabe est foutu... — Il sentit ses yeux qui commençaient à brûler, et repoussa brusquement les jeunes soldats de la réserve qui lui barraient le passage, apeurés et figés.

— Il est là ! s'écria quelqu'un d'un ton perçant. Là, sous le moteur !

Plotzke se jeta sur la neige, se glissa vers une masse humaine inondée d'essence et d'huile et chercha fébrilement à tâtons un coin de peau nue.

— Il respire encore ! cria-t-il. Soulevez le moteur, bande d'empotés ! Tous au moteur...

Lorsqu'ils eurent dégagé Schwabe, le lieutenant les rejoignit, et les 57 jeunes soldats, le regard épouvanté, l'entourèrent. Seul Plotzke se mit à genoux près du corps ensanglanté qui reposait dans la neige.

Schwabe était étendu sur le dos, la tête posée sur une planche, et ils le virent tous : il n'avait plus de visage. Là où, auparavant, se trouvaient un nez, une bouche, un menton, et des oreilles, un énorme poing d'acier impitoyable, d'un seul coup, avait tout détruit. Il ne restait plus qu'une bouillie informe, entre des cheveux blonds et une carcasse recouverte d'un uniforme en lambeaux. Le visage avait été comme raboté; ce n'était plus qu'une assiette rouge avec quelques trous. Rien d'autre.

— Il vit..., dit Plotzke à voix basse. Il vit encore...

— Ce serait préférable pour lui... Le lieutenant ne termina pas sa phrase, mais le sous-officier saisit son pistolet, le visage blafard, la respiration sifflante, comme s'il étouffait. Il tremblait de fièvre.

— Ne faites pas cela, murmura le lieutenant. Même si pour lui c'est la meilleure solution, il ne faut pas...

— Mais il... Ce n'est même plus un être humain...

Le lieutenant fixa Schwabe de son index.

— Regardez-le, vous autres ! Regardez-le bien ! Ce que vous voyez là, c'est le visage de la guerre... Voilà le visage de l'héroïsme dont on nous a tant rebattu les oreilles depuis l'école, dont on nous a appris à chanter les louanges d'une voix émue et tremblante ! Regardez-le bien !

Puis il se retourna et, lentement, rejoignit son traîneau. Les jeunes soldats soulevèrent avec précaution le corps de Schwabe et le transportèrent sur le second traîneau; un infirmier posa quelques morceaux d'étoffe sur la bouillie sanglante et emmitoufla la tête dans quatre bandes de papier.

Plotzke était resté en arrière. Il se pencha sur les restes du traîneau et eut de nouveau l'impression d'étouffer. Enfin, il réussit à vomir, et en même temps se sentit soulagé de pouvoir enfin pleurer.

— Où suis-je? demanda Erich Schwabe.

Ou, plus exactement, il crut avoir posé la question. Il arrivait à penser et entendait même sa voix, mais l'infirmier qui le veillait ne perçut qu'un gargouillis inarticulé qui sortait d'un amoncellement de bandages. On devinait que ce devait être une tête, d'après la forme du corps. Un fin tuyau était planté au milieu de la gaze rouge de sang. Là-dessous, il doit y avoir la bouche, pensa l'infirmier. Une grande caverne dans laquelle, aussi étonnant que ce fût, un petit morceau de chair vivante reposait, la langue. C'était tout ce qu'il avait conservé de lui-même, la langue et les yeux.

Schwabe ouvrit les paupières, mais les bandages appuyaient sur ses yeux, et l'obscurité demeura, bien qu'il eût conscience d'avoir les yeux ouverts. Il leva une main et voulut savoir ce qu'il en était, mais une autre main la saisit brusquement, et avec fermeté reposa la sienne sur la couverture.

— Qu'est-ce que j'ai? demanda Schwabe plus haut. Suis-je aveugle? Les gars... Dites-moi donc ce que j'ai...

L'infirmier entendit de nouveau le gargouillement qui sortait des bandes, et, se penchant vers la tête, il articula distinctement :

— Tu es maintenant à Suwalki, camarade. A l'hôpital. En sécurité. Tu as sauté sur une mine, et tu as eu de la veine... Ne te fais pas de souci. Tu as encore tes yeux, et ta langue, et encore pas mal d'autres choses. Seulement quelques éclaboussures sur la gueule... mais ça se guérit. Alors, on va te laisser encore quelques jours dans l'obscurité; et tu rentreras au pays. Nous attendons le prochain train sanitaire. Quand le Russe recommencera à taper, il y aura longtemps que tu seras près de ta mère...

L'infirmier se tut et attendit un nouveau gloussement; mais rien ne vint, et saisissant le pouls de Schwabe, il se pencha encore davantage sur la tête informe.

— As-tu compris, camarade?

Schwabe fit un mouvement; puis, de sa main droite, il tâta son poignet gauche : la montre était toujours à sa place. Il reposa les mains sur la couverture et essaya de réfléchir. Que s'était-il passé?... Sur le chemin, un petit mamelon gentiment posé par les partisans... les gamins qui dévalent la côte... il crie au danger; puis il reste suspendu à cette maudite pédale de frein, et tout éclate. Et pourtant, il vit encore, ce qui n'est rien moins qu'un miracle.

Mais le visage... Son visage... Que se passait-il avec son visage...?

Tout d'un coup, il entendit des bruits de pas; des bottes d'officier. Un médecin major, sans doute, pensa-t-il. Il demeura étendu, immobile, ses mains endormies sur la couverture. Brusquement, son visage se mit à brûler, comme si on l'avait déposé sur une poêle.

— Comment va-t-il? demanda une voix profonde.

— Bien, mon commandant. Il a repris conscience, mais il semble s'être de nouveau endormi. Sans doute l'effet de la dernière injection...

Schwabe sentit qu'on lui touchait la main. Des doigts chauds et doux l'élevèrent de quelques centimètres et la laissèrent retomber sur la couverture.

— Il dort, reprit la voix profonde. S'il se réveille de nouveau, appelez-moi immédiatement.

— Bien, mon commandant.

— Est-ce qu'il a dit quelque chose?

— Oui, mais je n'ai pas pu comprendre...

— Ce n'est pas étonnant. Sans bouche et sans lèvres...

Une sueur glacée inonda le corps de Schwabe. Jusqu'au cerveau, il eut l'impression d'être envahi par le froid. Ce n'est pas vrai, voulut-il crier hors de ce bain glacé. Il entendit en lui-même sa voix résonner, comme ricochant à l'infini dans un immense espace vide, comme si à l'intérieur de lui-même tout était arraché et qu'il ne restait plus qu'une enveloppe à laquelle se heurtait sa voix.

— Faites bien attention s'il recommence à parler, reprit le major. Et ne lui dites pas la vérité, compris? Il s'en apercevra assez vite. Demain, il sera transporté à Francfort-sur-Oder. Préparez-le. S'il a de la chance, il parviendra jusqu'à Bernegg.

De nouveau, une porte claqua. Schwabe entendit un nouveau bruit de pas. Encore un médecin, pensa-t-il.

— Alors, comment va-t-il? Une voix claire et énergique.

— Très bien, mon colonel. — La voix profonde se fit plus sourde .— Il s'est endormi après quelques minutes de conscience. Avez-vous pu obtenir quelque chose pour lui?

— Pas grand-chose, mon vieux, répondit-on en s'efforçant à murmurer. Il va être transporté à Bernegg. Il paraît qu'à Bernegg, il y a des spécialistes qui réparent ces sortes de destructions. Mais retrouvera-t-il jamais une apparence humaine... ?

— C'est un miracle, qu'il soit encore en vie...

— Il y a des miracles inutiles...

De nouveau, un bruit de bottes, un claquement de porte, le soupir de l'infirmier qui préparait l'aiguille pour la prochaine injection, au cas où le blessé se réveillerait, en proie à des douleurs intolérables.

Sous ses bandages, Erich Schwabe ferma les yeux. Le bain glacé s'était dissipé, pour faire place à une sorte de paralysie qui lui remontait jusqu'au cœur, lentement.

Il avait donc plus ni bouche, ni lèvres... Schwabe retrouverait-il jamais une apparence humaine... Il y a aussi des miracles inutiles... Que pouvait bien être devenu son visage ?...

Les mains de Schwabe se précipitèrent vers le haut. Avant que l'infirmier ait eu le temps de poser sa tasse de café et de bondir vers le malade, celui-ci s'était entouré la tête de ses deux mains, et faisait glisser ses doigt sur le pansement sous lequel reposait ce qui lui restait de visage. Il se heurta à la sonde, il sentit que la gaze collait, il constata les surfaces planes de sa tête, l'uniformité du visage... Ses doigts se crispèrent dans les bandes sanglantes, comme s'il voulait tout arracher.

Plus de visage ! Plus de visage ! s'écria une voix en lui. Je n'ai plus de visage ! Mon Dieu, mon Dieu, laisse-moi mourir... Que vais-je devenir sans visage...

— Bon Dieu de Bon Dieu ! grogna l'infirmier. Il se précipita sur les doigts crispés de Schwabe, et ne réussit à les faire lâcher prise que lorsque l'épuisement de ce combat eut complètement anéanti le blessé.

— Es-tu donc devenu complètement fou? Arracher tes bandages! Si tu recommences, nous t'attacherons les mains aux montants de ton lit, compris?

Erich Schwabe demeura étendu, calme et immobile. Il entendit bien les paroles de l'infirmier, comme un bruit étranger, mais il n'en comprit pas le sens.

« Ursula, pensa-t-il. Pauvre petite Ursula, si jolie. Combien de fois nous sommes-nous vus depuis que nous sommes mariés? Quatre fois... exactement quatre fois. Une fois deux semaines, la deuxième fois neuf jours, la troisième fois aussi, et la dernière fois dix jours. En tout, quarante-deux jours et quarante-deux nuits. Un mois et demi... en cinq ans? Comme nous avons été heureux pendant ces quarante-deux jours et ces quarante-deux nuits! Plus heureux qu'en cinq ans.

» Te souviens-tu, Ursula? Cette nuit de vacances dans le bateau à moteur? Et plus tard, dans la cave, quand les bombes anglaises nous secouaient, tu te pressais contre moi, tremblante de peur. Si nous devions mourir, nous voulions au moins mourir ensemble. Et tu caressais mon visage : Tu es pour moi ce qu'il y a de plus beau. Je t'aime. J'aime ton visage. Ton front. Tes yeux. Ta bouche.

» Et maintenant, je n'ai plus de visage! Ursula...

Il sursauta. L'infirmier venait de lui faire une piqûre d'eukodal, pour apaiser ses souffrances. Il eut bientôt l'impression de se dématérialiser, de ne plus rien peser, comme si l'infirmier l'emmenait bien loin, comme une mère porte son enfant et le berce. Son cerveau s'appesantit.

Ainsi s'endormit l'adjudant Erich Schwabe, âgé de vingt-six ans, marié à Ursula-Maria, née Villich, originaire de Cologne, sur le Rhin, secteur postal n° 23786. Huit blessures : très grave blessure de la face après avoir sauté sur une mine. Traitement spécial à appliquer de toute urgence. Ont été injectées trois mille unités de sérum antitétanique. Pouls à soixante. Température, trente-six trois, prise sous le bras.

— Cela va leur faire plaisir, à Bernegg, dit le médecin militaire lorsqu'on transporta la civière de Erich Schwabe dans le train sanitaire.

C'était un matin glacial, et on avait jeté une couverture sur le corps allongé du malade. Les ambulances n'étaient pas chauffées, et il y avait bien une demi-heure de trajet depuis l'hôpital jusqu'à la gare de Suwalki. Le médecin lui-même, malgré sa capote de fourrure, gelait littéralement, et il ne restait sur le quai de la gare que parce que le convoi était accompagné de jeunes infirmières allègres, qui venaient d'Allemagne, passaient une nuit à Suwalki et repartaient le lendemain pour l'Allemagne.

Erich fut déposé sur la couchette inférieure; au-dessus de lui était allongé un poumon perforé, et, tout en haut, un homme couché sur le ventre gémissait. Bientôt, la porte du compartiment grinça, et on n'entendit plus que les plaintes du blessé.

— Quelle allure a-t-il, celui-là, sous ses bandages? demanda une des jeunes infirmières, dehors, dans le couloir.

Le médecin caressait familièrement les hanches de la jeune fille : — Un épouvantail destiné à faire frissonner, fillette. Mais vous ne le verrez pas, car nous avons renouvelé son pansement, et il peut tenir jusqu'à son arrivée à Bernegg. J'ai l'impression que je puis vous montrer quelque chose de beaucoup plus joli et vous faire vivre une expérience beaucoup plus riche, d'ici à demain matin, petite fille.

Il se mit à rire d'un rire sonore, cligna de l'œil, et, bien qu'il préférât les brunes, il découvrit sur-le-champ que les blondes aussi avaient du charme.

Ce ne fut que lorsque le train dut s'arrêter parce que la voie était encombrée par un transport de troupes que Schwabe s'éveilla de son sommeil artificiel. Il entendit de nouveau le grincement des roues lorsque le train se remit en marche.

Ainsi, je rentre à la maison, pensa-t-il. Un homme sans figure humaine... Il pleura, et tandis que les bandages lentement s'humidifiaient, il s'étonna de ce qu'un homme sans visage fût encore capable de fabriquer des larmes.

La porte du compartiment cria; il entendit un bruissement et sentit bientôt une main fraîche qui glissait le long de son cou, une main féminine. Ses doigts se crispèrent sur cette main.

— Je suis là, entendit-il. Je suis mademoiselle Erna, et je vais m'occuper de vous jusqu'à ce que vous soyez arrivé dans le nouvel hôpital. Avez-vous soif? Voulez-vous que je vous donne quelque chose à boire?

Schwabe fit un signe de tête, qui voulait dire oui. Un liquide froid traversa la canule, et envahit la cavité buccale. Il avala et eut bientôt un goût affreux de mélange d'iode, de sang et d'éther dans la bouche. Bien sûr, pensa-t-il, en continuant à avaler avec la force du désespoir. Je n'ai plus de bouche, plus de lèvres, rien, rien... Rien qu'un gouffre dans lequel on doit introduire du liquide, un trou sanguinolent...

— Désirez-vous encore quelque chose? demanda la voix claire.

Schwabe secoua la tête.

— Voulez-vous que j'écrive à votre femme? Quelques lignes, pour dire que vous allez bien... Je vous les lirai...

De nouveau, il secoua la tête. Elle veut écrire que je vais bien, pensa-t-il. Naturellement, que pourrait-on écrire d'autre à Ursula? Peut-elle écrire : Votre mari va revenir, mais il n'a plus de visage...? Soyez courageuse, petite Madame... Votre mari aussi est courageux, lui... Tout cela va s'arranger... Mon Dieu... Ursula... Qui pourrait lui dire cela? Et comment? Peut-on même le lui dire?

— Que puis-je faire pour vous? répéta l'infirmière.

— Rien! s'écria brusquement Erich dans les pansements épais. Rien ! Restez seulement près de moi... Par pitié, Mademoiselle, restez auprès de moi. Ne me laissez pas tout seul... Je vous en prie...

Il s'agrippa aux mains de la jeune fille et entendit un léger cri, lorsque ses ongles blessèrent la chair.

— Ne me laissez pas tout seul, gémit-il. Je... Je vous en supplie... Je n'ai même plus de visage...

Et le train roula, quatre jours et quatre nuits, jusqu'à Bernegg.

Bernegg est une petite ville de Franconie, de quatre mille habitants, qui s'enorgueillit de posséder une Pietà de Tilman Riemenschneider, et un château de style baroque qui avait servi autrefois de relais de chasse au Prince-Evêque de Würzburg.

Au début de la guerre, on transforma le château de Bernegg en un hôpital, divisé en différents blocs, A, B, et C, dans lesquels on soignait en moyenne quatre cents blessés, sans cesse renouvelés. Dans le bloc B seulement, les blessés restaient plus longtemps, souvent un ou deux ans. On l'avait installé dans une aile du château, comportant quatre étages; il avait un parc privé, entouré de murs élevés, un joli petit étang, une entrée particulière, un poste de garde spécial, et était complètement séparé des autres blocs.

C'était le coin réservé aux « gueules cassées », la maison des visages perdus.

Le portail d'entrée était renforcé d'une immense grille, et, juste derrière, se trouvait le poste de garde, installé dans l'ancien logement du portier. Le chemin carrossable conduisait ensuite, après un virage, jusqu'à la partie la plus étroite du bloc, protégée des regards indiscrets, où l'on amenait les blessés. Ils étaient transportés directement dans une salle d'opération, où avait lieu la première visite; de là, on les dirigeait dans les services compétents. En face de cette petite salle d'opération, se trouvait la salle de préparation 1, derrière, la grande salle d'opération, qui servait aussi aux autres services de l'hôpital, d'après un horaire établi avec beaucoup de minutie. Mardi, mercredi et vendredi étaient réservés aux chirurgiens qui réparaient les visages détruits; lundi et jeudi, arrivaient du bloc A les « grands charcutiers », qui amputaient bras et jambes. Des chambres de quatre, six et dix lits étaient attenantes aux salles d'opération et de radio du rez-de-chaussée, tandis que, dans les étages supérieurs, se trouvaient des dortoirs comprenant vingt lits et même davantage. Les caves avaient été transformées en abris, et étaient également occupées par des blessés.

Il était déjà assez tard, lorsque les camions sanitaires s'arrêtèrent à un endroit fixé, parallèlement aux voies ferrées, et attendirent les malades pour les transporter au château de Bernegg. On ne débarquait plus les blessés à la gare même, car le major l'avait interdit, sur l'ordre de Heinrich Himmler lui-même : « Le spectacle de ces horreurs peut facilement dégénérer, en cette sixième année de guerre, en propagande défaitiste. » Cette réflexion avait été portée secrètement à l'ordre du jour, et n'était connue que du major de Bernegg. Depuis ce moment, les convois s'arrêtaient toujours en dehors de la ville, là où une route longeait la voie, et les blessés étaient transportés en secret dans les camions sanitaires.

— Nous y sommes, dit Mlle Erna en se penchant sur Erich Schwabe lorsque le train s'arrêta et que le médecin chargé du convoi courut dans tous les couloirs en tonitruant pour faire activer les préparatifs du débarquement.

— Nous y sommes, répéta Erna en caressant doucement les mains jointes d'Erich, immobiles sur la couverture. Ici se trouvent les meilleurs chirurgiens de toute l'Allemagne. Ils vont vous guérir. Vous pouvez avoir confiance en moi...

Erich suivait avec anxiété les moindres bruits. Il entendit des voix devant la fenêtre, il entendit les grincements des civières qu'on déchargeait; des ordres lui parvinrent aussi, des jurons, des rires.

Erna posa sa main sur le cou d'Erich, à l'endroit où le pansement faisait place à la peau nue, et sentit aux pulsations de la carotide à quel point le malade était énervé.

— Du cran, dit-elle presque tendrement, en s'efforçant de ne pas penser à ce qui se trouvait sous les pansements. Cela ne durera peut-être même pas très longtemps. C'est incroyable ce qu'on peut faire maintenant en chirurgie... Vous serez étonné. Et l'essentiel, c'est que vous soyez en vie...

Erich Schwabe soupira. Je vis, pensa-t-il. Mais comment? Personne ne pourra plus me contempler sans effroi, sans faire un effort surhumain pour ne pas s'enfuir à mon approche. Et pas une femme ne pourra plus m'aimer, ne pourra prendre dans ses bras ce monstre d'homme et le caresser. Pas même Ursula... non, elle non plus...

— Je vous remercie, Mademoiselle, dit-il, mais comme elle ne pouvait pas le comprendre, il lui prit la main et la porta à l'endroit où se trouvaient autrefois ses lèvres, et où il n'y avait plus maintenant qu'une sonde.

Il sentit le frémissement de la jeune infirmière et eut conscience des efforts qu'elle faisait pour cacher son horreur. Alors, il la lâcha et tourna la tête de l'autre côté.

Ce fut ainsi qu'on l'emmena et qu'on le conduisit jusqu'au château de Bernegg, sans que personne se rendît compte à quel point sa poitrine frémissait.

Le médecin major, le professeur Walter Rusch, chef de clinique au service des blessés de la face de Bernegg, attendait dans la petite salle d'opération l'arrivée des premiers camions sanitaires. Il était assis devant une table blanche, et contemplait un lavabo devant lequel une femme revêtue d'une longue blouse blanche de médecin se tenait debout, les manches retroussées, et les mains blanches de savon. Elle avait relevé ses cheveux noirs frisés, et les avait emprisonnés dans un petit bonnet stérile. Si c'était nécessaire, plus tard, d'opérer sur-le-champ, il lui suffirait de mettre le bonnet d'opération blanc; on ne reconnaîtrait alors qu'à ses yeux et à la forme mince de son visage qu'elle était une femme, une femme au profil de princesse florentine de l'époque de la Renaissance.

Le Dr Lisa-Stéphanie Mainetti avança les avant-bras jusque sous le robinet, et le jet d'eau chaude chassa la mousse savonneuse qui glissa le long de ses mains fines aux longs doigts, et se perdit dans la cuvette. En même temps, elle tourna la tête vers le professeur Rusch, et leurs regards se croisèrent. Un léger sourire éclaira le visage bronzé de Lisa.

— Pourquoi me regardes-tu ainsi? demanda-t-elle, tout en secouant un reste de mousse attardé sur son bras.

— J'essaie de deviner ce à quoi tu penses maintenant.

La voix de Rusch était profonde et mélodieuse, et fascinait toujours celui qui l'entendait pour la première fois. Plus tard cependant, quand la première impression avait disparu, on percevait un autre ton, fait de sarcasme et d'amertume, qui se cachait souvent sous un air bourru et même parfois grossier.

— Je pense que, dans quelques minutes, un convoi de souffrances va nous arriver de nouveau.

Lisa Mainetti plongea ses mains dans une solution antiseptique, puis les secoua pour les égoutter, tandis que, de l'autre côté, des étudiants commençaient les préparatifs pour la réception et l'examen des blessés. On savait à quoi s'en tenir, avec ces nouveaux arrivés, hâtivement pansés dans un hôpital de fortune, l'angoisse au cœur particulièrement chez les blessés du visage.

Le professeur Rusch secoua la tête à plusieurs

reprises : — Un convoi de souffrances, dis-tu. Certes. Et ces convois arrivent de partout maintenant. Les chemins deviennent de plus en plus courts. Nous nous écroulons, Lisa, et c'est pourquoi je pense que tu arrives à l'heure de ton triomphe. Nous, Allemands, nous sommes lessivés, nous avons perdu une guerre, telle qu'aucun peuple n'en a perdu. Tout ce que tu as prédit autrefois est arrivé. Tu as bien dit alors : Vous êtes fous, complètement fous, dans votre supériorité.

Le docteur Mainetti le regarda pensivement.

— Et pourquoi devrais-je me réjouir?

— Parce que tu avais raison.

— Raison? Qu'est-ce que cela veut dire, Walter? Mon père est mort à Dachau parce qu'il croyait qu'il avait raison de s'opposer à la folie allemande. Ils voulaient m'envoyer à Flossenbürg, comme médecin de camp de concentration, pour me rendre complice du crime. C'est toi qui autrefois m'as sauvée et m'as amenée ici... et, depuis ce temps-là, il s'est passé bien des choses..., entre nous aussi, Walter. Oui, j'ai eu raison, mais tout est arrivé comme il fallait que cela arrive... Seulement, cette raison, un jour, t'emportera aussi, toi, et ce sera un jour où je me maudirai d'avoir eu raison.

Elle leva la tête. Devant elle, les premières civières arrivaient, accompagnées de sœurs en cornettes, de rosaires agités par le vent, et d'ordres lancés d'une voix puissante.

— C'est exactement ce à quoi j'ai pensé, Lisa.

Le professeur boutonna sa blouse blanche. Dessous il portait, non pas son uniforme, mais un pantalon de toile blanche, et aux pieds, des sandales de caoutchouc blanc. Il faisait chaud sous les projecteurs antiques de la salle d'opération, et quand on était resté penché sur le malade pendant des heures, on sentait la sueur inonder tout son corps...

Les civières commencèrent à défiler, et Lisa les montra du doigt :

— Voilà la décadence, Walter. Entends-tu les crieurs nazis... ?

Une voix claire tonitruait au milieu des gémissements des malades : — Un soldat allemand reste muet, compris? Même s'il a perdu la moitié de la figure... !

— Où iras-tu, lorsque tout sera terminé... ?

— Ce n'est pas encore fini. Nous sommes encore en plein dedans !

— Mais cela ne va plus durer longtemps. Les Américains sont devant Aix-la-Chapelle, les Russes approchent de la frontière Est. La fin peut venir brusquement, Lisa. Où iras-tu alors, le sais-tu déjà ?

— Pourquoi demandes-tu cela maintenant? Justement maintenant? On débarque un nouveau contingent de sans-visages...

— Ils devraient être pour nous une raison de nous durcir.

Une silhouette élancée apparut bientôt, revêtue elle aussi d'une blouse blanche de médecin, d'un pantalon de toile blanche, et d'une paire de sandales, mais chez lui, tout cela ressemblait à un équipement de cavalier. Une tête mince, des cheveux foncés, coupés court, et des yeux bleus, froids.

— Vingt-deux nouveaux pour nous ! annonça le médecin d'un air las en jetant un regard sur le petit professeur Rusch. Deux d'entre eux sont bien arrangés ! Ils sont dispensés pour une année de la corvée du rasoir... Il se mit à rire, mais se tut aussitôt, foudroyé par le regard brutal de Lisa Mainetti.

— On ne comprend pas la plaisanterie ici, grogna-t-il en enfonçant les mains dans les poches de sa blouse blanche.

Le médecin-chef Fred Urban avait une bonne carrière déjà derrière lui, non pas due spécialement à ses qualités de docteur, mais à son habileté à flatter le plus fort. En même temps que les degrés de la médecine, il avait gravi ceux du nazisme, et cela lui avait facilité notablement la tâche. Finalement envoyé à Bernegg, il avait immédiatement organisé des conférences politiques hebdomadaires à l'usage des blessés, et également découvert que le professeur Rusch n'était qu'un « nazi de dernière heure », et le Dr Mainetti, un monument de résistance intérieure. Tout cela renforçait sa position personnelle, et il lui était facile de remplacer ce qui lui manquait comme compétences médicales par des indiscrétions et des bonnes paroles patriotiques.

— Pourquoi donc criez-vous ainsi contre ces gens? demanda le professeur. Est-ce nécessaire?

— Je ne peux pas supporter cette veulerie!

— Tout de même, ce sont des malheureux qui n'ont plus de visage!

— Et alors? Est-ce une raison pour...

Au moment où le Dr Urban se préparait à sortir une phrase ronflante, il sursauta et poussa un cri; puis, gêné, il se tourna vers le Dr Lisa Mainetti qui tenait encore en main une longue aiguille et souriait ingénument.

— Voyez-vous, cher collègue... Vous criez « aïe », quand on vous pique les fesses. Aux autres, là-bas, on a arraché toute la figure. Il est possible que, chez vous, les sensations se soient transportées du visage jusqu'aux fesses...

Le Dr Urban renonça à fournir une réponse. Tête en avant, il courut vers le couloir, non sans au passage invectiver un infirmier qui ne lui laissait pas la place libre assez rapidement et avait oublié de le saluer.

— Tu provoques son hostilité, Lisa. Il peut devenir dangereux. Puis un sourire envahit le visage de Rusch : Et tu as une façon de t'exprimer...

— Vous avez tous passé deux ans à faire mon instruction.

Elle se dirigea vers la petite salle d'opération, où l'on venait d'amener le brancard de Schwabe. Le malade ne faisait pas un mouvement, mais enregistrait tous les bruits, et essayait de se représenter tout ce qui l'entourait. A la porte Lisa s'immobilisa ·

— Il me semble parfois que je suis moi-même devenue un homme...

Rusch la regarda, et dans son regard Lisa put lire chaleur et ferveur :

— Tu n'as qu'à te regarder dans une glace pour te persuader que tu es encore une femme...

Dans la grande salle d'opération, un blessé était allongé sur le billard, tandis que le Dr Urban déroulait les bandages qui lui enveloppaient la tête. Quand les linges ensanglantés apparurent, il prononça tout haut :

— Hop là, mon vieux. Maintenant, c'est le moment de montrer que tu es un homme! et il arracha les derniers pansements d'un geste brusque. Le blessé poussa des cris stridents et agita les bras et les jambes en tous sens; il lui manquait une partie de la mâchoire inférieure, le nez, et l'oreille gauche. Le sang gicla des blessures béantes, et le malheureux se débattit comme un diable dans les courroies qu'on avait hâtivement jetées sur lui. Il ne pouvait rien voir, car un énorme hématome lui fermait les deux yeux.

— On peut aussi s'y prendre d'une autre façon, dit la voix de Lisa derrière le Dr Urban, qui se retourna pour foudroyer du regard deux infirmiers curieux. Nous avons maintenant une hémorragie toute fraîche. Auriez-vous oublié que les bandes collent sur les blessures ouvertes parce que le sérum sécrété est sec? Il eût été plus simple de prendre un peu de gaze, de l'humecter d'une solution allongée d'eau oxygénée et de décoller les bandages avec précaution.

— Qu'est-ce qu'on peut avoir oublié, tout de même! lança ironiquement le Dr Urban. Vraiment... oui, maintenant, je me souviens. Est-ce que cela ne se trouve pas dans le manuel des « premiers secours »?

Lisa Mainetti se détourna et s'approcha de la civière sur laquelle reposait Erich Schwabe. Le Dr Urban poussa de nouveau des cris lorsqu'il s'aperçut qu'un infirmier faisait des grimaces derrière son dos.

— Gaze, ouate et une paire de ciseaux, espèce de mule ! Ils sont là debout à vous regarder bêtement, comme des gens qui ont fait pipi au lit et attendent un matelas sec.

Lisa Mainetti se pencha vers la tête bandée de Schwabe, puis chercha sa main, lui tâta le pouls et contempla la fiche de renseignements posée sur la poitrine du blessé.

— Pouvez-vous me comprendre ? demanda-t-elle. Schwabe esquissa un signe de tête et serra la main du médecin. Une femme, pensa-t-il. Quel bonheur ! Ce n'est pas ce salaud à la voix glaciale.

— Avez-vous mal ?

La tête prononça un oui muet.

— On va vous faire tout de suite une piqûre de morphine, et vous ne sentirez plus rien. N'ayez pas peur, tout cela va s'arranger. Je vais regarder votre tête maintenant.

Schwabe sentit un liquide frais traverser les bandages et rafraîchir la blessure cuisante; puis on lui fit la piqûre annoncée... Morphine, pensa-t-il... Puis il glissa bientôt dans l'impondérable. Ce doit être ainsi qu'on meurt, pensa-t-il encore. Ce n'est pas si terrible...

Les pansements étaient complètement humidifiés, et deux infirmiers soulevèrent Schwabe et le transportèrent sur la table d'opération. Là une nonne revêtue elle aussi d'une blouse blanche et d'une paire de sandales blanches attendait. Le Dr Urban avait quitté la pièce, et était allé s'occuper des blessés de moindre gravité; mais il continuait à hurler lorsque l'un d'eux suppliait : Pitié, docteur. Allez-y doucement. Tout colle...

Lentement, Lisa Mainetti déroula les bandages,

tandis que la religieuse et un infirmier tenaient Schwabe aux épaules et protégeaient sa tête.

Je vais bientôt voir, pensa-t-il. On va enlever ces linges qui tiennent mes yeux fermés, et, pour la première fois, je vais pouvoir de nouveau contempler le soleil... un visage humain. Un visage...

A l'apparition des linges sanglants, Lisa Mainetti renouvela l'humidification et contrôla avec mille précautions le degré de pénétration du liquide.

Je vais voir, pensa Schwabe... Un tremblement secoua tout son corps. Je vais enfin savoir si on m'a menti, si j'ai encore mes yeux, ou bien si, à la place, ne se trouvent plus que deux cavernes vides, d'où viennent les larmes. Si je peux voir, tout ira bien. Mon Dieu, alors, ce ne sera pas si épouvantable. Si seulement j'ai encore mes yeux... Pitié... Pitié... Seulement les yeux...

Lisa Mainetti fit un léger signe de tête; les linges étaient imbibés... D'un geste brusque, elle les arracha vivement...

CHAPITRE II

LE VISAGE DE SCHWABE s'offrit dans toute sa nudité aux yeux du Dr Lisa Mainetti qui dut avaler plusieurs fois sa salive à la vue de ce qui autrefois avait été un être humain. Derrière elle se tenait, immobile, le professeur Rusch, mais elle ne s'en aperçut qu'en sentant sa respiration oppressée dans son dos.

Elle savait qu'à cette minute même, il l'observait. Depuis deux ans, elle travaillait à Bernegg; depuis deux ans, elle soignait les visages détruits, elle réparait des nez et des oreilles, inlassablement penchée sur la table d'opération; elle modelait de nouvelles mâchoires, de nouvelles joues et de nouveaux mentons, de nouvelles lèvres et de nouveaux fronts. Elle faisait des greffes avec des lambeaux de peau, elle recollait des lamelles osseuses, elle arrachait au corps des parcelles minuscules pour recréer le rouge des lèvres, elle avait transplanté du tissu adipeux pour capitonner des joues ou des mentons. Et malgré cela, l'arrivée des « nouveaux » avait toujours été un choc pour elle; elle n'avait jamais pu s'habituer à la première vision de ces cavités sanguinolentes qui avaient été autrefois un visage capable de sourire, d'aimer et d'être aimé, et dans lequel l'âme se reflétait, où le bonheur et la souffrance avaient laissé leurs empreintes.

Il en était de même ce jour-là. Elle contemplait un visage où il ne restait plus que les yeux et où un quelque chose d'épais et de violet nageait à l'intérieur d'un gouffre rempli de liquide rougeâtre : la langue.

Lisa Mainetti se mordit les lèvres, et se reprit immédiatement. D'un geste apaisant, elle posa ses deux mains sur la poitrine d'Erich Schwabe.

— Vous restez dans mon service, dit-elle d'une voix qui laissait percer une curieuse tendresse maternelle. Ce n'est qu'à moitié grave. Vous pouvez me voir ?

Oui, il pouvait la voir, comme derrière un voile; il percevait vaguement le visage mince de la doctoresse et, derrière elle, la tête blonde du médecin-chef. Il voyait aussi le sommet d'une cornette de nonne, et tout au loin, une armoire blanche avec des instruments scintillants.

Je peux voir, pensa-t-il rempli d'un immense bonheur. Ils n'ont pas menti. Mes yeux vivent ! Allons, c'est vrai, tout cela n'est pas très grave... Quelques cicatrices sur le visage, qui cela pourrait-il bien gêner ? Certainement pas Ursula. Il y a tant d'hommes avec des cicatrices... Et pour les étudiants, je serai même un personnage intéressant.

Sa tête bourdonnait. Le nuage dans lequel il s'était senti emmené après l'injection dansait devant ses yeux et faisait disparaître les contours des silhouettes. Ne pas perdre conscience, se dit-il. Non, ne rien perdre de cet état merveilleux : celui de l'homme qui peut voir.

Le Dr Mainetti prit la fiche de renseignements que lui tendait un infirmier, puis elle contempla de nouveau les chairs tuméfiées où le sang s'était coagulé, et au milieu desquelles, isolés, seuls restes vivants, les yeux remuaient, déjà entourés de poches épaisses jaunâtres.

— Vous êtes marié, dit Lisa Mainetti en rendant la fiche à l'infirmier. Après-demain, quand nous nous serons déjà un peu adaptés ici, nous écrirons à votre femme, n'est-ce pas ?

Schwabe esquissa un geste de la main :

— D'abord à ma mère, docteur, je vous en prie, dit-il.

Le professeur Rusch et Lisa contemplèrent la langue gonflée qui remuait çà et là. Là où autrefois se trouvaient les lèvres, la chair tuméfiée palpitait. Il parle, pensa Lisa, et brusquement, elle frissonna. Les lèvres disparues formèrent les mots, mais on n'entendit qu'un murmure et un gargouillement qui sortaient de la caverne de la bouche, un son bestial tonalisé par la langue.

Les yeux d'Erich Schwabe s'ouvrirent tout grands; maintenant, sans ses pansements, il pouvait lui aussi percevoir ces gargouillements horribles; il fixa le médecin-chef, et brusquement se mit à pleurer sans retenue, comme un enfant, jusqu'à ce qu'il perdît connaissance.

Lisa Mainetti nettoya les plaies et posa de nouvelles gazes; puis elle fit un pansement qui n'emprisonnait pas les yeux en ne laissant qu'une mince raie, car le front aussi avait été emporté jusqu'aux os du crâne.

— Chambre Trois, dit-elle, lorsqu'on emmena Schwabe sur le brancard. Tandis qu'il disparaissait par une porte, on amena un nouveau blessé sur la table d'opération. Une mâchoire broyée, un palais démoli et la moitié de la langue arrachée.

— Cette fois encore, tu as de la chance, mon vieux, dit le professeur Rusch en examinant attentivement l'état des dégâts. Dans quelques mois, tu pourras recommencer à croquer des pieds de porc...

Pendant la nuit encore, on effectua les radiographies les plus urgentes, on développa les clichés et on les apporta au professeur. Les infirmiers le savaient bien : à chaque nouvelle arrivée, il fallait se passer de dormir. « Ils ont perdu leur tête pour nous, hurla Rusch un jour que les infirmières se plaignaient. J'aimerais pouvoir attendre de vous que vous sacrifiiez une de vos nuits en échange ! »

Le seul qui se montrait furieux était le Dr Urban D'un air renfrogné, il s'était assis devant la plaque où on examinait les radios, but un cognac et n'écouta qu'à moitié les indications et les ordres que donna Rusch après l'étude des photos.

— Comme s'ils ne pourraient pas attendre jusqu'au jour, grogna-t-il en bâillant. Après cela, il se passera des années avant que leurs visages soient remis en état...

— Chez certains, cela ne réussira jamais, lança Lisa Mainetti. Il y a des gens qui, depuis leur naissance, n'ont pas de visage...

Sans prononcer un mot, le Dr Urban se leva et quitta la salle. Le professeur Rusch attendit que les pas rapides se fussent éloignés dans le corridor.

— Tu vas si bien faire qu'il va te dénoncer à la Gestapo, dit-il.

— As-tu peur? répliqua Lisa.

— Oui, répondit-il sincèrement.

— Mais nous avons pourtant presque perdu la guerre !

— Presque, oui ! Rusch poussa un profond soupir. Mais jusque-là... Souvent, je n'en puis plus, Lisa... Souvent, je pense...

Il se tut, renversa la tête en arrière, sur le dossier de la chaise et se couvrit les yeux de ses deux mains.

Tout demeura silencieux dans la pièce, tellement silencieux qu'on put entendre distinctement le suçotement de Lisa Mainetti tirant goulûment sur sa cigarette.

A travers son étroit champ de vision, Erich Schwabe se rendit compte que c'était le matin. Il était étendu dans une petite chambre dont la fenêtre était ouverte et dont les rideaux battaient légèrement dans le courant d'air. Trois pots de fleurs étaient posés sur le châssis de bois laqué blanc de la fenêtre, deux cyclamens et un cactus qui présentaient quelques petits bourgeons.

Schwabe essaya avec mille précautions de tourner la tête sur le côté et de se redresser. Il était seul dans la chambre. Il souleva son bras gauche jusqu'aux yeux et regarda sa montre qui marchait encore et marquait la neuvième heure de la matinée.

Lentement, il sortit les jambes du lit et s'assit. Son cœur battait la chamade. Lorsqu'il réussit à se mettre debout, pour la première fois debout depuis une semaine, ses genoux fléchirent, et il dut s'appuyer à la table de nuit. Ses premiers pas ressemblèrent à ceux d'un bébé; il ramait des deux bras pour garder l'équilibre, et tâtonnait le long des murs.

Une énergie monstrueuse, une volonté tellement puissante qu'elle dominait de loin les souffrances le poussaient.

Je veux savoir comment je suis ! C'était cette pensée seule qui dominait Schwabe. Il devait bien se trouver quelque part une glace, ou n'importe quel objet brillant dans lequel on pouvait se regarder.

Après avoir constaté qu'aucune glace ne se trouvait dans la chambre, pas même au-dessus du lavabo, il se dirigea vers la fenêtre. On pouvait se reconnaître dans une vitre...

Mais la fenêtre elle non plus ne reflétait rien; les vitres étaient opaques. « Ils pensent à tout », se dit Schwabe en se penchant au-dehors. Dans les chemins du parc, quelques blessés se promenaient lentement; une équipe de travail chassait les feuilles mortes du gazon avec d'immenses balais, et les jetait dans une brouette. Les visages étaient recouverts de bandes de leucoplast et étaient plutôt drôles qu'effrayants à voir; ils faisaient penser aux séquelles d'une kermesse endiablée.

« Ils ont raison, ce n'est pas si terrible », se dit Schwabe en rentrant dans la chambre. Un espoir joyeux lui envahit le cœur. Il se recoucha et adopta une pose digne jusqu'à la visite du Dr Lisa Mainetti.

— Laissez tomber, dit-elle en indiquant du doigt

le bras déjà levé de Schwabe. Pour vous, la guerre est terminée. Vous avez suffisamment donné pour le Führer et la mère patrie.

Elle s'assit au bord du lit, contrôla le pansement, et regarda le malade d'un air pensif; puis elle saisit un bloc de papier et un crayon et les tendit à Schwabe.

— Vous vous êtes levé, n'est-ce pas?

— Docteur, je... je voulais seulement..., griffonna-t-il sur le papier d'une main tremblante.

— Vous vouliez seulement chercher une glace ou vous regarder dans la vitre de la fenêtre?

— Oui, écrivit-il.

— Mais pourquoi donc? N'avez-vous jamais vu une tête bandée?

— Et qu'est-ce qu'il y a sous les pansements docteur?

— Votre visage...

— Mais plus tout entier, n'est-ce pas?

— Bien sûr que non. Sinon, vous ne porteriez pas de bandages.

— Et... qu'est-ce qui manque?

— Qu'est-ce qui manque? Qui parle ici de « manque »? Tout est un peu ratiboisé. Avez-vous déjà vu un boxeur après quinze rounds de rossée?

— Oui, mais...

— Eh bien alors? Qu'est-ce que ça signifie, mais?

— Une mine posée sous un traîneau n'est pas un combat de boxe...

— Dans six semaines, je vous transporte dans une autre chambre, en compagnie de six autres camarades. Il vous suffit d'avoir confiance et de croire fermement que nous faisons tout pour vous permettre de mener une belle vie après. Tout le reste n'est que de la foutaise!

Les yeux de Schwabe sourirent :

— Vous parlez comme un charretier. Certainement, vous savez aussi jurer.

— Et comment! s'écria Lisa Mainetti. Au point

que les murs en tremblent, mon ami ! Et maintenant, asseyez-vous et écrivez quelques lignes à votre femme, car pour ce qui est d'écrire, vous êtes fort ! Ou bien, préférez-vous écrire à votre mère ?

Schwabe écrivit.

— Mais personne ne doit venir !

— Votre maman non plus ?

Erich Schwabe fit un geste énergique de la main. Il faut d'abord que je sache de quoi j'ai l'air, pensa-t-il. Il ne faut pas qu'elles aient peur en me voyant. Dans deux ou trois mois, il n'y aura sans doute plus que quelques cicatrices qu'Ursula caressera doucement du bout des doigts en disant : Mon pauvre, pauvre Erich... Est-ce que cela t'a fait mal ?... Et lui, il sourirait et répondrait : Bah ! Si peu. Cela rend une figure intéressante, hein, un croisillon de cicatrices ?

Lorsqu'il se retrouva seul, il écrivit à sa mère :

Ma chère petite Maman, de nouveau, me voilà blessé. Cela fait maintenant la huitième fois. Mais tu vois bien : la mauvaise herbe est increvable. Je suis dans un hôpital allemand et je vais bien. Je mange comme un ogre...

Ici, il hésita en pensant aux injections intraveineuses de glucose et aux lavements qu'on lui donnait chaque jour en guise de nourriture.

... et dans deux mois, je serai si bien retapé que j'irai vous surprendre, à moins que vous ne veniez me voir ici. Ne vous faites surtout pas de soucis pour moi.

J'écrirai une lettre à Ursula bientôt.

Je t'embrasse bien fort, petite Maman.

Erich.

Après avoir terminé sa lettre, il se recoucha et contempla le plafond. Il n'y voyait pas clair. Si ce n'était vraiment pas si grave, pourquoi avoir supprimé toutes les glaces, pensa-t-il. Pourquoi ces vitres opaques ? Pendant la guerre, nous en avons vu assez d'autres pour ne pas nous évanouir au spectacle d'un visage balafré. Il y a quelque chose qui n'est pas clair ici...

Dans une autre pièce, un peu plus loin, le Dr Mainetti faisait au professeur Rusch son premier rapport d'examen, en termes nets et brefs qu'il écoutait attentivement.

— Combien de temps, à ton avis, nous faudra-t-il pour faire de Schwabe un être humain ? demanda-t-il lorsqu'elle eut terminé.

— Cela sera presque impossible... murmura-t-elle à voix basse.

— Je veux dire, jusqu'à ce qu'il soit réparé au point de ne plus effrayer un chien ?

— Avec toutes les greffes, transplantations et les insertions de matière plastique, les trucages, les corrections, etc., au moins quatre ans. — Elle reprit son rapport et le rangea dans la chemise. — Et même après, il aura encore l'apparence d'un monstre préhistorique, ajouta-t-elle.

— Lui as-tu parlé ?

— Oui. Mais il ne sait pas... Je n'ai pas pu le lui dire. Pas encore.

— Et sa famille ? Vas-tu en parler à sa mère ? Et à sa femme ?

— Il va bien falloir. Mais avant tout, à lui, bien sûr. Pas tout de suite. C'est un de ces types qui doivent s'accoutumer peu à peu à leur malheur pour pouvoir le supporter. Je ne sais pas encore de quelle manière je vais lui dire la vérité...

Le professeur Rusch saisit les deux mains de Lisa et l'attira tout contre lui.

— Nous nous connaissons bien, dit-il en bégayant. Et au fond, nous nous connaissons si peu ! Réponds franchement à la question que je vais te poser, je t'en prie : pourrais-tu aimer un homme qui... qui serait devenu comme Schwabe ?

— Pourquoi veux-tu une réponse?

— C'est important, Lisa.

— Bien. Oui, je pourrais aimer un homme comme celui-là... à condition que ce soit toi...

— Merci. — Le professeur se leva brusquement, en proie à une agitation qui le poussait à agir. — Bien, demain nous commençons à opérer Schwabe! Je suis content de ta réponse... Pendant un instant, je me suis demandé si c'était un service à lui rendre que de venir en aide à cet homme... Maintenant, je sais que cela en vaut la peine, s'il peut encore être vraiment aimé par une femme...

La chambre B/14 possédait enfin un élément sensationnel.

Le caporal Théodore Baum apparaissait comme un phénomène médical aux yeux de ses compagnons.

Tout avait commencé de manière très bénigne. Il était arrivé au château de Bernegg avec un menton défoncé par une grenade qui lui en avait rasé une partie. Le Dr Lisa Mainetti lui avait greffé, avant de commencer les transplantations de parcelles osseuses, un peu de chair fraîche qui devait servir de rembourrage, et pour cela, elle avait choisi un morceau de la belle poitrine puissante de Baum. La greffe semblait bien réussie, quand peu à peu un phénomène se développa sous les yeux ahuris de Lisa et du médecin-chef : la chair greffée se mit à gonfler, au point qu'au bout de six semaines, Théodore Baum se promenait avec un énorme menton de chair qui avait l'apparence d'un sein de femme après ablation.

La chambre B/14 suivait les progrès de ce phénomène avec étonnement et ravissement.

— En voilà une affaire! disait le sous-officier Wastl Feininger, originaire de Berchtesgaden. Voilà qui pourrait faire pâlir d'envie Resi!

Paul Zwerch, un Berlinois, fit avec beaucoup de

sérieux des remarques scientifiques sur l'existence d'un hybride.

— Ta gueule ! s'écria Théodore Baum, et il se couvrit la tête d'un énorme châle, mais cela n'arrêta pas le développement du menton fantastique.

La septième semaine, la chambre B/14 résolut de s'enrichir au moyen de ce phénomène. On s'était arrangé pour ébruiter dans tout l'hôpital l'état du caporal Baum. Des blocs A et C arrivèrent tous ceux qui étaient capables de marcher, et moyennant deux cigarettes, ils eurent le droit de jeter un coup d'œil sur « Titten-Théo ».

Quand il y avait suffisamment de spectateurs dans la chambre, Théodore Baum ôtait son châle et se promenait en long et en large, le menton à découvert. Pour cinq cigarettes, on pouvait le toucher et en emporter le souvenir à la maison.

La chambre B/14 nageait au milieu des cigarettes, jusqu'au jour où Théo fut de nouveau emmené par Lisa Mainetti, à la salle d'opération.

— Nous allons supprimer cela radicalement, mon vieux Baum, s'écria la doctoresse satisfaite. Je suppose que vous avez maintenant de quoi fumer pendant six mois.

On rogna les cellules adipeuses prolifères de la greffe, et on enleva une partie du menton qu'on modela et recousit. Théodore Baum revint dans la chambre B/14 comme un homme normal.

— Moi qui ai toujours fait de si beaux rêves quand je me suis endormi après avoir contemplé Théo avant ! dit le sous-officier Feininger. On ne respecte rien dans cet hôpital...

Mais la greffe de Théo tint tête au couteau du chirurgien. Le tissu adipeux se remit à enfler, et au bout de quatre semaines, Théo Baum présentait de nouveau son menton pendant, ressemblant à un sein de femme, un peu plus petit et plus rigide peut-être, mais d'autant plus attirant pour les examinateurs intéressés.

Le Berlinois, Paul Zwerch, le tâta et hocha la tête avec satisfaction.

— La fraîcheur de la jeunesse, et une résistance! constata-t-il. Nous devons augmenter nos prix d'entrée, camarades!

Cette fois, Lisa Mainetti les devança. Elle vint chercher Théo et l'opéra une troisième fois, mais si radicalement que le professeur Rusch qui se tenait auprès d'elle remarqua en secouant la tête :

— Cette fois, il n'a plus de menton du tout!

Mais l'opération réussit, et la greffe se développa normalement. Théodore Baum retrouva un menton rond et bien formé. Lorsqu'on lui donna son exeat et qu'on le renvoya dans ses foyers, la chambre B/14 se sentit désemparée.

— C'est toujours le meilleur qui s'en va, dit Paul Zwerch avec mélancolie. Qui va bien pouvoir remplacer notre Théo?... Il nous faudrait maintenant quelqu'un qui ait une joue en forme de fesse. Ça, ce serait une affaire, enfants! Tâter une fois : cinq sèches, sans filtre...

Ils furent déçus, car ce fut Erich Schwabe qui occupa la place devenue libre.

Tout au long de ces six semaines, Schwabe avait attendu l'instant où il serait mis en présence d'autres personnes que les infirmiers, les infirmières et les docteurs. Il saurait bien deviner à leurs réactions ce qu'il était devenu, et s'il leur posait des questions, ils lui répondraient : voilà ce qui manque sur ta figure, et là, c'est encore un peu ratissé. Et lui, il leur demanderait ensuite : dites-moi, camarades, si vous étiez à ma place, comme je suis maintenant, est-ce que vous laisseriez venir votre femme?

Cet instant était arrivé. Après cinq opérations qui avaient permis à Lisa Mainetti et au professeur Rusch de transplanter les premiers coussins de rembourrage sur son visage, et au Dr Urban de laisser tomber cette réflexion : « Si on considère votre physionomie du simple point de vue racial, vous êtes une nouveauté pour l'album de Gunther... », réflexion que Schwabe n'avait pas comprise d'ailleurs, une nouvelle infirmière de vingt-trois ans, blonde, fraîche émoulue de la Croix-Rouge, Dora Graff, était venue l'extraire de sa chambre solitaire et, par un long couloir, l'avait conduit jusqu'à la chambre B/14.

Comme chez les autres blessés de la face qu'il avait vus travailler au jardin par la fenêtre et dont l'aspect l'avait tranquillisé, son visage à lui aussi était strié de bandes de leucoplast; il n'y avait qu'à la place de l'oreille gauche qu'on avait dû laisser une bande de gaze car l'endroit où l'oreille avait été arrachée suintait toujours.

Erich Schwabe resta debout à la porte de la chambre B/14, et regarda de loin ses nouveaux compagnons qui étaient assis devant une longue table près de la fenêtre aux vitres opaques et jouaient aux échecs ou lisaient. Ils ne levèrent la tête que lorsque la porte s'ouvrit toute grande.

Comment me regardent-ils? se dit Schwabe en s'efforçant de lire les réactions de ces visages couturés et balafrés de leucoplast. Sont-ils épouvantés? Ont-ils pitié? Ont-ils le cœur qui tourne? Ce jeune type, là-bas, qui a une grosse saucisse de chair tout le long de la joue, depuis la tempe jusqu'au menton, est-ce que je suis plus effrayant que lui? Autant que je le sache, c'est une excroissance greffée. Quand elle sera suffisamment grosse, on fera une nouvelle opération et on lui donnera une forme. Et là-bas, cet homme qui brouille justement les cartes? A la place du nez, il lui pousse un moignon de chair au milieu du visage. On l'a extrait d'un coin du cou et on l'a greffé sur ce qui lui reste de nez. Le Dr Lisa Maintetti lui avait tout expliqué en détails, mais il n'en avait compris que la moitié.

— Comment vous vous y prenez, docteur... je

m'en fiche. Je veux seulement retrouver une apparence correcte...

— Arrive ! s'écria le jeune homme à la grosse excroissance. Je m'appelle Walter Hertz.

Le sous-officier Feininger soupesa attentivement le nouveau et fit une large grimace à l'adresse de Dora, l'infirmière. La partie droite de son front avait été défoncée et fracassée. On l'avait si bien réparée à l'aide de greffes de rembourrage et de greffes osseuses qu'il était le seul de la chambre B/14 autorisé à aller au cinéma de Bernegg, le samedi soir, avec un pansement sur la tête qui lui donnait l'air d'un pacha. D'ailleurs son nom officiel dans tout l'hôpital devint « Pacha Wastl », justement à cause du turban, et Feininger se plaisait à clamer partout que toutes les filles lui tombaient dans les bras. « Quand je leur explique que j'ai étudié les procédés turcs de l'amour, elles sont folles... », racontait-il. En fait, il n'avait encore jamais ôté son turban devant une fille... « à cause de l'esthétique, tas d'andouilles » !

— Est-ce qu'on lui fera un nouveau menton aussi, à lui ? s'enquit Feininger. Dis-le à la doctoresse... Mais seulement à condition de prendre un morceau de la poitrine...

Erich Schwabe essaya de sourire. Il n'y réussit pas, car il avait un appareil extenseur dans la bouche, sous le palais, pour empêcher les bourrelets greffés de s'affaisser. On le nourrissait toujours à l'aide d'une sonde, mais il y avait déjà de l'amélioration depuis que les blessures intérieures de la cavité buccale étaient guéries. Il pouvait même manger de la viande hachée mélangée à du bouillon, et il commençait à pouvoir se faire comprendre.

Ils ne sont pas épouvantés, se dit-il avec joie. Allons, je ne suis pas si épouvantable à regarder. Il ne savait pas bien sûr que, quelque temps auparavant, Lisa Mainetti avait fait une visite à la chambre B/14 et avait dit aux cinq compères : « On vous amène un nouveau camarade. Tâchez de prendre sur vous pour ne pas lui montrer comment il est. Faites comme s'il était normal. Ceux qui vous ont regardés autrefois, lorsque vous êtes arrivés ici, auraient pu aussi se sauver. Alors, ne me gâchez pas mon malade ! »

— Comme un adjudant prussien ! avait constaté le Berlinois après le départ de la jeune femme. Et elle ressemble à une belle du port avec ça ! Une femme fatale, c'est sûr !

Un autre de la bande, qui n'avait qu'une moitié de figure ressemblant à une pomme cuite effondrée — il était resté étendu dans de l'huile bouillante emprisonné dans un tank en flammes couché sur le côté — s'approcha de Schwabe et le débarrassa des quelques objets qu'il avait réunis dans un sac militaire, puis alla poser ce dernier sur le lit qui se trouvait dans un coin.

— Nous sommes heureux que tu viennes chez nous. Je m'appelle Fritz Adam, et je suis l'ancêtre de la chambrée.

— Erich Schwabe..., dit Schwabe à voix basse, et il suivit Adam jusqu'à son lit sur lequel il s'assit et commença à déballer son sac... une photo chiffonnée d'Ursula qu'il posa contre un petit pot de grès, un bloc de papier à lettres, deux crayons et un calendrier. Adam l'aida à ranger son trésor.

— Alors ! s'écria le Berlinois qui le premier réussit à surmonter le choc que leur avait causé à tous l'apparition d'Erich. On continue ! J'ai un jeu terrible en main qui va vous arracher même les boutons de vos caleçons...

Comme c'est agréable ici, pensa Schwabe. On peut jouer aux cartes, aux échecs, aux petits-chevaux. Ils vont raconter des petites histoires et parler du sujet numéro 1 !

Il avait à peine fini de ranger ses affaires, que la porte fut littéralement arrachée. L'ancien cria :

Attention ! et les hommes se levèrent précipitamment de la table et étendirent le bras.

— Heil Hitler ! s'écria une voix claire de la porte.

— Heil Hitler ! répondirent en chœur les cinq blessés.

Le Dr Fred Urban regarda Erich Schwabe qui s'était assis sur son lit et contemplait la photo d'Ursula. Il semblait ne pas même s'être rendu compte que quelqu'un était entré dans la pièce. Ce fut seulement lorsque Walter Hertz, le plus proche de lui, murmura : « Mince alors, lève-toi ! » qu'il leva les yeux et rencontra le regard froid du médecin.

— Qu'est-ce que cela signifie ? hurla le Dr Urban. Il vous manque plusieurs choses sur la gueule, mais vous avez encore des oreilles ! Et on ne vous a pas encore ôté de cartilages des jarrets, que je sache ! Alors ?

Erich Schwabe se leva, et ses yeux s'assombrirent. Il porta la main au côté et son visage en lambeaux fixa le Dr Urban.

— Heil Hitler ! cria le médecin-chef. Allez... Faites de l'exercice, c'est la meilleure gymnastique pour les nouvelles lèvres ! En prononçant « Heil », vous n'avez besoin que de la langue, et « Hitler » vient tout seul. Vous voyez bien que le nom de notre Führer est bon à tout et à tous, hein ? Allez-y, criez encore une fois. Personne n'a jamais eu un joli visage en faisant des yeux ronds.

Le regard d'Erich Schwabe erra sur les silhouettes raidies de ses compagnons de chambrée, et il rencontra les yeux de Feininger qui clignaient dans sa direction, et le geste d'avertissement qu'il lui adressa avec le doigt.

— Heil Hitler ! s'écria-t-il d'une voix si perçante, sortant de la cavité de la bouche maintenue ouverte à l'aide de crochets, que les pointes d'acier s'enfoncèrent dans la chair neuve. Le Dr Urban ne put s'empêcher de faire un pas en arrière, tandis que son visage se couvrait d'une sorte de pâleur.

— Suffit ! s'écria-t-il hors de lui, en voyant le sang gicler de la bouche de Schwabe. C'est une véritable écurie ici ! Il règne un esprit de facilité ! Mais je sais où vous puisez la force. Vous pouvez être tranquilles, cela ne durera plus longtemps, même sans vos gueules, vous continuez à demeurer des nazis...

— Et naturellement, cela a toujours été le point capital..., renchérit le Berlinois. Les autres ne bronchèrent point; seuls leurs yeux se mirent à rire.

Le Dr Urban se dirigea vers lui.

— Tu seras du prochain convoi, mon vieux..., lui dit-il. Pour conduire un tank, on n'a pas besoin de nez !

Puis il se détourna et, fulminant, il claqua la porte derrière lui.

Les hommes reprirent leurs places.

— Il arrive que ce soit rigolo, dit le Berlinois incorrigible en mêlant les cartes pour une nouvelle partie de skat. Qu'est-ce que tu lui as donc fait, Erich, pour qu'il se foute ainsi en rogne?

Erich Schwabe s'effondra sur son lit et contempla Ursula. Il y a trois jours, une lettre était arrivée : « Ainsi voilà déjà environ huit semaines que tu es rentré au pays. J'ai un tel désir de toi... Pourquoi ne puis-je pas encore aller te voir? Les autres femmes rendent visite à leurs maris, dans les hôpitaux. Tout près de chez nous, Frau Schmidke, par exemple, est déjà allée quatre fois voir son mari à Burgsteinfurt. Pourquoi pas moi? Je t'en prie... Laisse-moi venir, Erich...

— Vous êtes mariés? demanda Erich. Les six avaient du mal à le comprendre. Fritz Adam était le seul qui y réussissait vraiment, et il répétait toujours à l'usage des autres les questions et les réponses.

— Si nous sommes mariés? Non! Ah! si... Pacha Wastl est marié.

— Et comment! — Feininger se mit à rire.

— Puis-je faire venir ma femme?

La question. La grande question lourde de conséquences. Schwabe examina attentivement ses camarades. Le Berlinois brouillait les cartes, deux autres jouaient aux échecs, Feininger eut brusquement des ennuis avec ses bretelles de pantalon et disparut, Walter Hertz se mit à compter la caisse. Il n'y eut que Fritz Adam, l'ancien, qui se dirigea vers Schwabe et s'assit sur le lit à côté de lui.

— Moi, à ta place, j'attendrais encore un peu, Erich. Quelques semaines. Non pas que tu sois effrayant à voir, mais tu connais les femmes. Elles prennent au tragique la moindre égratignure! Et quand ça se trouve sur la figure, c'est doublement tragique. Elles sont tellement sensibles à la beauté, ces femelles! Dans quelques semaines, tu seras déjà bien réparé, et ta... comment s'appelle-t-elle?

— Ursula, répondit-il lugubrement.

— Ta petite Ursula ne saura jamais comment tu étais avant, comme tu es maintenant par exemple. Elle n'a pas besoin de le savoir non plus, n'est-ce pas? C'est une affaire d'hommes, pas vrai?

Erich Schwabe approuva de la tête.

— Fais venir ta mère. Fritz Adam posa le bras sur l'épaule de son compagnon. C'est ainsi que nous avons tous fait. Les mères, c'est quelque chose de différent, Erich, tu sais bien. Une seule chose les intéresse, c'est que tu sois encore en vie; entier, ou pas, cela leur est égal. Leur enfant vit; elles peuvent le toucher, le caresser, le cajoler, le voir, l'entendre, lui parler... Il n'y a rien d'autre au monde qui soit aussi beau. Que nous ayons un peu changé... Mon Dieu, c'est triste, bien sûr... Mais nous vivons... Leur enfant vit. Les mères n'attendent rien d'autre de la guerre.

— Tu crois? demanda Schwabe à voix bass

— J'en suis sûre. Nous en avons tous fait l'expérience. Même Feininger a fait venir sa mère, et pas sa Resi. Et sais-tu ce qu'elle a trouvé à dire, la bonne femme? « Il lui manque la moitié de la tête? Ce n'est pas tellement dommage... Elle n'a jamais été bien pleine ni bien solide! »

Erich se mit à sourire, mais on ne pouvait s'en rendre compte qu'à la clarté des yeux et au battement des paupières.

— Merci, Adam, dit-il. Tu es un chic type...

Le soir même, il écrivit à sa mère qu'elle pouvait venir, mais seule, sans Ursula. D'abord, elle toute seule. « Je suis blessé au visage, disait-il. Ce n'est pas trop terrible, Maman, mais je veux que tu sois la première à me voir et que tu me dises si je peux recevoir Ursula comme ça. Je ne voudrais pas l'épouvanter... »

Pendant la visite, le Dr Lisa Mainetti regarda avec étonnement la bouche de Schwabe. Il y avait une déchirure près du crochet, dans la greffe, et le sang avait coulé et s'était coagulé sur la paroi du palais.

— Qu'est-ce qui s'est passé? cria-t-elle en fixant sévèrement les autres qui restaient assis sur leurs lits, raides et tendus. Qu'est-ce qui est arrivé à Schwabe?

— C'est le résultat d'une visite du médecin-chef Urban, docteur Lisa, répondit brièvement Fritz Adam, d'une voix neutre.

— Merci! Lisa Mainetti sourit à Schwabe. Ce fut un sourire pénible et crispé.

Vingt minutes plus tard, le professeur Rusch courut le long du corridor jusqu'à la pièce réservée au Dr Lisa Mainetti, dont il entendait la voix percer la porte épaisse. Elle criait au point qu'on pouvait comprendre le moindre mot de l'autre côté.

— Portez-vous la responsabilité de mes malades? Vous qui ne savez même pas enlever le moindre petit appendice! Si vous vous occupez encore une fois. une seule fois de mon service, je me ferai un plaisir de signifier au major général quel genre de cochon et de salaud vous êtes, que votre activité médicale épuisante consiste principalement à glisser la main dans le corsage des jeunes infirmières !

Avant que le professeur Rusch n'eût le temps d'ouvrir la porte, elle fut littéralement arrachée de l'intérieur, et le Dr Urban se précipita, le visage convulsé.

Près du lit de camp, le Dr Lisa Mainetti se tenait debout, bredouillant de colère, le visage cramoisi, digne, au milieu de la pièce à allure primitive, avec son armoire, sa table, ses deux chaises, ses rayonnages grossiers supportant les livres et, tout de même quel luxe ! un fauteuil à bascule !

— Est-ce que tu es devenue folle ? demanda le professeur Rusch à haute voix en entrant.

— Il nous a, toi et moi, traités de saboteurs de la victoire finale. Je n'ai pas pu y tenir davantage ! Un salaud de son espèce, sans le moindre scrupule...

— Et s'il nous fait prendre ? Qu'est-ce que nous aurons de plus ? Lisa, pense à nos blessés. Ils ont besoin de nous en tant que médecins, et non pas comme adversaires d'une idéologie décadente !

— Il ne nous dénoncera pas, répondit faiblement Lisa Mainetti.

— En es-tu aussi sûre ?

— Absolument sûre...

— Pourquoi donc ?

— Il est morphinomane..., dit Lisa. Il vole de la morphine dans la salle d'opération. Je l'ai surpris une fois...

Frau Hedwige Schwabe habitait dans la cave de l'immeuble sis au numéro 4 de la Horst-Wessel-strasse. Ce fut autrefois une belle maison solide dont la façade en grès était ornée de sculptures et percée de hautes fenêtres et qui était surmontée d'un toit en pignon. Le maître vitrier Schwabe l'avait construite en 1928, en avait loué les deux étages supérieurs et avait lui-même habité l'étage inférieur. C'était une maison bourgeoise, bien entretenue, solide, qui possédait une bonne cave. Autrefois, on avait construit cette cave sans se douter qu'un jour elle vous protégerait de la mort.

En l'été 1944, il ne restait plus de cet immeuble que la moitié de la façade derrière laquelle on ne pouvait voir qu'un amoncellement de ruines qui depuis deux semaines brûlait et fumait. Les caves voûtées avaient survécu au désastre, et c'était là que vivait Frau Hedwige Schwabe, devenue veuve, dans deux pièces qu'elle avait arrangées de son mieux en appartement; c'était de là que tous les matins elle enjambait le monceau de ruines pour se procurer un peu de pain, de lait et de margarine aux endroits prévus à cet effet, et pour aller rendre visite à sa belle-fille Ursula qui habitait deux immeubles plus loin, elle aussi dans une cave, où elle gardait précieusement les souvenirs et les trésors d'Erich Schwabe qu'elle avait pu sauver : une collection de timbres, héritage du vieux vitrier. Personne n'avait la moindre idée de la valeur de ces petits bouts de papier multicolores; mais avant de repartir en Russie, Erich Schwabe lui avait dit énergiquement : « Si ça craque, il faut d'abord sauver, en premier lieu, la collection de timbres. Il est possible que nous en ayons besoin plus tard ! »

Ce matin-là, Frau Hedwige Schwabe ne savait que faire. Erich avait écrit ! Enfin, on savait exactement comment il était blessé, et où ! Au visage, écrivait-il, et seulement quelques égratignures. Frau Schwabe lut et relut ces quelques lignes et elle se sentit heureuse et défaillante de joie parce qu'il ne s'agissait que de quelques égratignures. Elles vont vite se guérir, pensa-t-elle en remettant la lettre dans l'enveloppe. Combien de fois déjà, lorsqu'il était enfant, il était tombé; une fois même — c'était, elle réfléchit longtemps avant d'être sûre, oui, quand il avait neuf ans — il était dégringolé avec sa trottinette et s'était ouvert le front et le nez. Ce n'était pas beau à voir. Mais au bout de quelques semaines, il ne restait plus que deux ou trois cicatrices, quelques taches claires sur la peau mate, et tout cela disparut très vite complètement.

— L'essentiel, c'est qu'il vive ! dit Frau Schwabe à sa voisine de cave. On se rendait visite tous les jours, à travers les décombres des caves, et on buvait ensemble une tasse de jus, comme on appelait l'ersatz de café, en mangeant une espèce de gâteau-mastic fait de farine de semoule, d'ersatz de confiture et de matière grasse qui servait de beurre. Tout de même, c'était une sorte de goûter, et Frau Schwabe en profita pour lire la lettre tout haut et faire éclater sa joie à la pensée que son fils était revenu vivant.

Une chose seulement lui donnait du souci : Pourquoi ne devait-elle rien dire à Ursula ? Pourquoi devait-elle aller toute seule jusqu'au château de Bernegg ? S'était-il passé quelque chose entre Erich et Ursula qu'elle ignorait ? Bien sûr, Ursula était jolie, et les hommes se retournaient derrière elle, quand elle passait. Mais pendant toutes ces années de solitude, elle était restée fidèle à Erich. Frau Schwabe devait le reconnaître, car, au fond, qui fait plus attention au moral que la mère d'un fils marié, auprès de sa belle-fille ?

Frau Schwabe était en plein conflit intérieur quand, vers midi, elle se dirigea vers la cave d'Ursula pour lui rendre visite.

La jeune femme était assise tranquillement dans sa cave, occupée à éplucher des pommes de terre. Il y avait eu une distribution exceptionnelle de pommes de terre fripées, à moitié germées, mais elles avaient encore meilleur goût que les épluchures séchées qu'on laissait gonfler dans l'eau et qui donnaient à la soupe une odeur de pourriture cuite. C'était une belle fille aux longs cheveux blonds, qui avait un petit nez en trompette, des yeux bleu clair, une belle bouche pleine et le teint rose d'une jeune peau lisse de vingt-quatre ans, recouverte d'un duvet blond. Erich Schwabe avait été son premier amour, elle s'était mariée vierge, et le jeune mari en était immensément fier ! Il en parlait d'ailleurs à ses camarades avec assurance : « Je peux avoir toute confiance en Ursel, disait-il toujours. Elle ne regarde pas d'autre homme que moi. J'étais le premier, et je serai le dernier ! » Même les remarques acides de ses camarades ne parvenaient pas à l'ébranler, et quand ils traitaient Ursula de « nature renfrognée », Schwabe se contentait de sourire et de clore la conversation en disant : « Je sais ce que je possède ! Vous pouvez toujours y aller... »

— Bonjour, mère ! dit Ursula en s'adossant au lit de secours. As-tu eu tes pommes de terre?

— Non. Où donc y en a-t-il ? — Hedwige Schwabe s'assit à côté de sa belle-fille.

— Je prépare une soupe de pommes de terre. J'ai encore quelques carottes et un sac de choux blancs. Veux-tu rester ici, Maman? — Elle se mit à rire et chassa quelques mèches blondes qui lui envahissaient le front. — Je finirai bien par aller me faire inviter en échange, le jour où tu bénéficieras toi aussi d'une distribution exceptionnelle.

Dois-je lui dire? pensait Frau Schwabe. Elle est si gentille ! C'est vraiment incompréhensible de la part d'Erich de la traiter de cette façon ! Il faudrait une bonne fois lui dire franchement: on devrait l'admirer, ton Ursel, de n'être pas comme tant d'autres femmes qui n'ont pas vu leur mari depuis des mois et qui...

— Est-ce qu'il y a quelque chose de grave, Maman?

Frau Schwabe retomba du pinacle de ses pensées et vit le regard insistant de sa belle-fille fixé sur elle.

— Est-ce qu'Erich a écrit? demanda-t-elle avec

anxiété, et avec cette perspicacité d'une femme qui attend.

Frau Schwabe remit en ordre quelques mèches rebelles de ses cheveux blancs mais sans grand succès. Dois-je le lui dire? se demandait-elle toujours dans l'incertitude. Elle est la femme d'Erich, et pourquoi ne devrait-elle pas apprendre qu'il est blessé au visage? Il vit, et c'est tout de même l'essentiel. Le pauvre, il se fait certainement bien du souci pour Ursula.

— Oui... dit courageusement Frau Schwabe. Erich a écrit...

— A toi seulement? Ursula reposa loin d'elle le sac de pommes de terre et le couteau à éplucher les légumes. Ses grands yeux bleu clair se remplirent de larmes.

— .. qu'est-ce qu'il écrit donc...

— C'est un idiot! dit Frau Schwabe à haute voix. S'il n'avait pas vingt-six ans, j'irais tout de suite là-bas, et je lui donnerais une bonne fessée! Toutes ces histoires pour quelques égratignures sur la figure... — Elle tira la lettre de son sac. — Tiens, lis, Ursel... Tout ce qu'il écrit, c'est de la sottise!

Lentement, Ursula lut les quelques lignes qu'avait écrites Erich. Lorsqu'elle en arriva à l'endroit où il demandait à sa mère de venir toute seule, les larmes inondèrent le papier. Frau Schwabe hocha plusieurs fois la tête et toussota; puis elle prit la bassine de pommes de terre et finit de les éplucher.

— Naturellement, tu... tu vas y aller, Maman, n'est-ce pas? demanda Ursula. Sa voix avait la résonance plaintive de celle d'un enfant qu'on vient de gronder et qui promet de ne plus recommencer.

— Bien sûr, j'y vais! Et la semaine prochaine encore! Et toi, tu viens avec moi!

— Mais il ne veut pas...

— C'est un imbécile! — Frau Schwabe posa durement les pommes de terre sur le bord du lit, geste qui devait symboliser l'assurance que donne une décision définitive. — Tu seras là, tout simplement ! Il s'imagine peut-être que tu ne l'aimes plus parce qu'il a quelques égratignures sur la figure. — Brusquement elle se mit à rire en cachant ses mains entre ses genoux, comme si elle venait d'en finir avec un travail difficile. —Il vit, Ursel, notre Erich vit... et si, nous aussi, nous restons en vie, nous serons de nouveau tous les trois réunis. Qu'est-ce qu'on veut de plus, hein ?

Ursula ne répondit pas, elle se contenta de hocher la tête. Elle relut encore une fois la lettre, puis jeta un coup d'œil dans le coin de la cave, là où, sur la table de nuit, une photo souriait dans un cadre de bois clair. Un jeune adjudant en tenue de sortie. Il riait, son visage tout entier respirait la joie, un visage régulier, lisse, expressif, presque insolent dans sa joie offerte aux regards de tous.

— Je t'accompagne, dit-elle en repliant la lettre. Cela m'est complètement égal, comment il est maintenant...

Après le déjeuner, Frau Schwabe envoya un télégramme au château de Bernegg. L'employé de la poste compta soigneusement les mots inscrits sur le formulaire tout en soulignant chacun d'eux d'un trait au crayon.

« Viendrai mardi. Affection et baisers. Maman... » lut-il.

— Ma mère arrive ! dit Erich Schwabe. Il était assis sur son lit et tenait le télégramme en main.

Autour de la table, on jouait de nouveau au skat, à l'exception du Berlinois qui était occupé ailleurs.

Le Berlinois avait obtenu de l'officier des troupes d'encadrement un bloc de papier à dessin et une boîte de crayons de couleurs, et il dessinait des femmes alléchantes pour les vendre au bloc C aux « malades normaux » qui arrivaient tous les jours du front et étaient repliés à l'hôpital de Bernegg, car bien souvent ils avaient encore des rations alimentaires de réserve ou des boîtes de conserve.

— Je n'ai jamais eu l'intention d'être décorateur ! c'est seulement mon oncle qui a eu cette idée-là et on peut dire qu'il a eu du flair... c'est maintenant qu'on peut s'en apercevoir ! affirmait le Berlinois. Il avait pour quelques semaines de commandes d'avance, certaines même très précises quant aux sujets, et tout cela lui rapportait des cigarettes supplémentaires.

Fritz Adam bricolait un modèle réduit de bateau. Noël approchait, et il voulait offrir ce bateau à l'un des nombreux orphelins qui avaient perdu leur père dans les plaines russes et leur mère sous les bombardements des villes.

— Qu'est-ce que je t'avais dit? fit le Berlinois à l'adresse de Schwabe avec un signe d'encouragement. Et tu verras... Ce n'est pas si terrible.

— J'ai peur, répondit Schwabe à voix basse.

— De quoi?

— Que ma mère ne me reconnaisse pas...

— Crétin ! On va la conduire au parloir et on lui dira : votre fils arrive tout de suite. Il est bien évident qu'on ne lui amènera pas un faux numéro.

Il se rendit compte qu'il avait été un peu trop loin et chercha à se rattraper en affirmant avec force grimaces : D'ailleurs, pourquoi cette question idiote? Ne pas te reconnaître? Tu fais comme si tu n'avais plus que la nuque en guise de tête ! Sois tranquille. Ce n'est pas si terrible...

Dans son bureau, le professeur Rusch était en pleine discussion avec le Dr Lisa Mainetti. Ils avaient lu le télégramme, car il était de règle, au foyer des « visages perdus », de passer au crible toutes les visites venant de l'extérieur, avant de conduire les visiteurs auprès des blessés.

— La mère arrive ! Le professeur Rusch joignit les mains. Et si l'épouse de Schwabe l'accompagne?

Lisa Mainetti alluma une cigarette. Elle s'était débarrassée de sa blouse professionnelle, et ses cheveux noirs et bouclés reposaient sur ses épaules. Ainsi vêtue, dans sa robe bleue étroite et avec toute sa féminité, elle paraissait fragile et attirait irrésistiblement. Je l'aime, pensa Rusch. C'est un amour insensé, rendu possible par la guerre seulement, une existence commune à temps limité, avec la certitude qu'un jour viendra où ce sera fini, irrévocablement fini...

— Et si la jeune femme l'accompagne... je ne la laisserai pas entrer si Schwabe ne le veut pas. Lisa Mainetti secoua la cendre de sa cigarette. — Je ne crois pas que cette petite femme sera assez forte pour supporter la vue de son mari actuellement. Et nous obtiendrons certainement l'aide de la mère, si elle, elle a vu son fils d'abord, toute seule...

— Que sait Schwabe de son état, exactement? demanda Rusch.

— Peu. Il sait que nous devons faire quelques greffes de plastique et il voit comment sont ses camarades de chambre. Mais jusqu'ici on a réussi à empêcher qu'il se procure une glace, ou qu'il ait la moindre possibilité de se regarder dans un miroir quelconque. Il se figure absolument qu'il s'en tirera uniquement avec quelques cicatrices...

— Mon Dieu ! Ce fut une erreur, Lisa ! — Le professeur considérait la doctoresse d'un regard empreint de désolation. — Comment pourras-tu un jour lui faire admettre qu'il... Il n'aura plus jamais l'apparence d'un homme comme les autres...

— Veux-tu le lui annoncer toi-même, Walter?

— Moi? Non! Mais je pensais que toi... comme toujours...

— Je me contente d'espérer que la visite de sa mère nous aidera, et surtout quand il aura constaté que personne ne se détourne à son approche. Quand il verra que, malgré la perte de son visage, il est resté un être humain. Alors, on pourra profiter d'une heure de détente et de paix pour le prendre à part, et lui dire : Mon cher Schwabe, maintenant, nous allons bavarder tous les deux avec beaucoup de sincérité. Cela durera encore longtemps...

— Encore longtemps ! — Le professeur Rusch se leva et arpenta la pièce, tête baissée. — Cela durera pendant toute sa vie future...

— Je le lui dirai... plus tard... — Elle regarda sa montre. — Il va bientôt aller faire sa première promenade dans le parc en compagnie de la petite Dora. Et demain, je lui ferai une greffe sur la joue gauche pour que, la semaine prochaine, il ait un air à peu près convenable...

— Et quand as-tu l'intention de modeler la narine gauche ?

— Au plus tôt dans trois semaines. J'ai besoin d'une parcelle de peau de la joue et si, d'ici trois semaines, la joue gauche s'est suffisamment formée pour offrir un coussinet de chair, je serai satisfaite...

Le professeur Rusch s'était approché de la fenêtre et contemplait le parc du château. Dans les allées durcies, entre les arbres nus, une infirmière et un homme revêtu d'une capote militaire se promenaient lentement.

— Les voilà, je crois, annonça Rusch.

Lisa Mainetti le rejoignit près de la fenêtre.

— Oui. Dora et Erich Schwabe.

— C'est un gars solide.

— J'ai déjà vu sombrer des géants.

Ils regardèrent en silence par la fenêtre les deux promeneurs solitaires. Brusquement, le professeur s'agrippa au châssis.

— Mais qu'est-ce qui lui prend ? cria-t-il. Est-il devenu complètement fou ? Lisa, regarde un peu ! Il ouvrit la fenêtre brutalement et se pencha au-dehors. Restez donc là, imbécile ! hurla-t-il. Fixe ! Retenez-le, Mademoiselle...

— Trop tard !

Lisa Mainetti appuya la tête sur le bord de la fenêtre; son visage mince était blême. Maintenant, il sait...

Ils se promenaient doucement sous les arbres élevés et chauves et s'arrêtaient de temps en temps pour donner à manger aux oiseaux. Dora Graff, la jeune infirmière, avait pilé du vieux pain sec et avait donné le sac plein de miettes à Erich Schwabe avant de sortir.

En silence, ils s'étaient assis sur un banc, jusqu'à ce que Erich surprît un tremblement dans les épaules de sa compagne; alors ils s'étaient levés et avaient continué leur promenade. Erich Schwabe s'efforçait, autant que cela lui était possible, d'aspirer l'air frais de décembre. Il n'avait d'ailleurs pas encore neigé, et les nuits n'étaient même pas assez froides pour que le thermomètre descendît au-dessous de zéro. La campagne n'était pas encore envahie par le gel. En Russie, se dit Erich tout en attirant les pinsons à lui, ils connaissent déjà les tempêtes de neige sur la steppe. J'ai vécu cela trois fois. Moins quarante degrés, au point que les mains restent collées sur le canon du fusil. Comment avons-nous pu survivre à ces hivers-là?... et plus tard, ils nous ont paru délicieux, plus tard, nous les avons souhaités ardemment, lorsque nous étions embourbés dans les marais, ou que le soleil impitoyable nous cuisait et que nous nous craquelions comme des saucisses éclatées.

Ils étaient déjà depuis une demi-heure environ dehors, lorsque Erich Schwabe aperçut à travers les arbres quelque chose de brillant qui scintillait dans l'air pur. Un étang, pensa-t-il comme en un éclair. Un véritable petit étang de château.

Il resta immobile, éparpilla de nouveau quelques miettes de pain sec et loucha en direction de l'étang.

La surface de l'eau, pensa-t-il. Un miroir... Un

miroir... Bien sûr, un miroir... La surface de l'eau au repos pouvait aussi servir de miroir...

Il se sentit emporté irrésistiblement. Pendant sept semaines, il avait cherché désespérément une glace pour savoir... on les avait toutes enlevées... « Depuis sept semaines, personne n'a consenti à me dire dans quel état était mon visage. Je n'ai fait que sentir çà et là du leucoplast, des bandages, des grosses cicatrices, des transplantations, des bourrelets de chair, des creux, des bosses et des trous sur toute la figure.

« Et maintenant, voila un miroir... un immense miroir d'argent... un plat d'argent brillant sur lequel la vérité peut m'être présentée... »

Il loucha cette fois vers sa compagne qui à cet instant s'était détournée, un peu éloignée de lui, et contemplait le château. Puis il jeta le sac de miettes de pain et courut en direction de l'étang.

Il entendit des appels, un cri strident, des ordres, des pas rapides qui essayaient de le rejoindre... Alors, il se jeta en avant et, bras étendus, il redoubla de vitesse vers l'étang sauveur. Sa poitrine battait; cent marteaux frappaient ses tempes... il sentit toutes ses forces abandonner ses jambes et tout son corps vaciller.

Le miroir... encore cinq pas, encore trois... encore un...

Puis, à bout de souffle, il arriva au bord de l'eau, se pencha très loin en avant, et contempla l'image que l'étang reflétait.

La tête d'un monstre. Le visage d'un être inhumain. Pas de nez, pas de bouche, pas d'oreille gauche... Quelques bourrelets de chair sur un vieux parchemin chiffonné, un quelque chose d'incertain, plein de crevasses, avec un gouffre au milieu.

— Non ! s'écria-t-il d'une voix hurlante. Quelque chose de brûlant parcourut tout son corps, de la tête aux pieds, l'envahit et le plongea, pantelant, dans le gouffre glacé de l'effroi et du désespoir, sans transition.

— Non ! non ! hurla-t-il. Dans l'eau, il put voir la cavité qui avait été autrefois sa bouche s'ouvrir et se déchirer sur les bords, et le sang couler sur le menton et sur le cou. L'impitoyable miroir de l'étang ne lui cacha aucune parcelle de l'horrible vérité... le spectacle atroce d'un monstre criant, hurlant et plein de sang.

— Non ! hurla-t-il encore une fois.

Puis il étendit les bras et se laissa glisser dans l'eau.

CHAPITRE III

Au même instant, la jeune Dora atteignit le bord de l'étang. Tout en courant derrière Erich Schwabe, elle avait sangloté à grand bruit, et elle essaya encore une fois de le saisir en tendant les deux mains, et de le ramener. Mais il était déjà trop tard. Elle ne réussit qu'à étreindre du vide, ne vit plus que le corps du désespéré s'enfoncer dans l'eau, et une vieille capote de soldat flotter à la surface.

Derrière elle, des voix hurlaient :

— Attrapez-le ! Saisissez-le donc ! Ramenez-le ! Vite !

D'un geste brusque, Dora arracha son manteau de ses épaules, et sauta elle aussi dans l'eau, à la rencontre d'Erich. Lorsque l'eau glacée la recouvrit, elle eut l'impression de se figer. Puis elle remonta à la surface, aperçut sur la berge deux infirmiers munis de longues perches, et au loin, elle reconnut le professeur Rusch et le Dr Lisa Mainetti qui accouraient du bloc B. Le manteau flottant d'Erich Schwabe se trouvait maintenant à portée de sa main ; elle le saisit, l'attira contre elle, et, s'y agrippant des deux mains, elle sentit soudain un bras auquel elle s'accrocha. Brusquement, deux hommes se trouvèrent près d'elle et l'aidèrent à ramener Schwabe au bord de l'étang. Un infirmier enveloppa Dora dans une couverture de laine, et, au pas de course, l'emporta vers le bloc B. Là, une autre infirmière attendait, qui l'emmena et lui enleva ses vêtements trempés et glacés.

— Est-ce que... est-ce qu'il vit encore? demanda-t'elle, après qu'on l'eut étendue dans un lit bien chaud. Elle était d'ailleurs si complètement égarée, qu'elle n'entendit même pas la réponse de l'infirmière, et s'endormit immédiatement, épuisée et assommée par une injection. A peine eut-elle le temps de se dire : « Maintenant, je suis en train de mourir, je suis gelée... »

Près de l'étang, Erich Schwabe était étendu sur deux épaisses couvertures de laine et un médecin stagiaire agenouillé près de lui s'efforçait de pomper l'eau qui avait envahi ses poumons et son estomac. Elle coulait du trou qui avait été jadis sa bouche, mélangée à du sang, comme un petit ruisseau qui s'étendait sur la couverture et la salissait.

— Pauvre sot! dit Lisa Mainetti. Comme si cela était une solution à tous les problèmes...

— Il va le payer cher!

Une voix froide la fit se retourner. Le Dr Urban se tenait debout, derrière le professeur Rusch, les mains enfouies dans les poches de son uniforme d'officier, une cigarette au coin de la bouche. Il regardait l'homme étendu par terre sans connaissance tout à fait comme s'il avait examiné avec un air de dégoût un tas d'ordures.

— Vous feriez mieux d'aider au lieu de bavarder inutilement! lui lança Lisa Mainetti, sans tenir compte du coup d'œil d'avertissement que lui jeta le professeur Rusch.

— Il fait partie de votre service, chère collègue! Le Dr Urban jeta sa cigarette qui tomba près de la tête de Schwabe. Lorsqu'il l'éteignit d'un coup de talon, quelques étincelles tombèrent sur les greffes toutes fraîches.

Lisa roula les couvertures autour du corps de son malade et fit signe à deux infirmiers qui le transportèrent jusqu'au château. La respiration artificielle avait été couronnée de succès et Schwabe respirait de nouveau, en ronflant et en sifflant; mais avec sa respiration, les saignements de sa bouche redoublèrent d'intensité.

Le Dr Mainetti écarta de quelques pas le Dr Urban, pour faire place aux infirmiers. Celui-ci les suivit des yeux, transportant Schwabe endormi dans les couvertures jusqu'au bloc B, suivis du professeur Rusch et du stagiaire. Il entendit Rusch s'écrier : Directement à la grande salle d'opération... Alors il se tourna vers Lisa Mainetti qui était restée debout sur la berge et, immobile, regardait l'eau. Ils étaient seuls, car les autres blessés avaient aussi suivi le petit groupe jusqu'au bloc B.

Le Dr Urban alluma une nouvelle cigarette. Il hésita un instant, puis fit quelques pas en direction de Lisa et lui tendit son étui.

— Comme si j'allais accepter une cigarette de vous ! dit-elle froidement. Plutôt fumer du foin !

— Vous vous sentez bien forte, n'est-ce pas? dit-il en refermant l'étui.

— Je me sens toujours forte.

— Mais maintenant tout spécialement. Pour vous, la guerre est déjà perdue, hein? Les Russes en marche vers la Poméranie, les Américains dans les Vosges, devant Aix-la-Chapelle. Un étau dans lequel nous allons être broyés. L'Allemagne est perdue, croyez-vous, et cela donne le courage de se risquer à jouer la grande gueule.

Le Dr Urban fumait sa cigarette d'une manière nerveuse et saccadée. Il était debout près de Lisa et elle vit à quel point ses doigts tremblaient comme si tous les nerfs de son corps vibraient.

— Vous... vous avez enfermé la morphine..., dit-il en bredouillant.

— Pourquoi? Vous l'avez cherchée? Je l'ai emportée dans ma chambre ! Je suppose que vous avez fait faire une deuxième clé pour l'armoire réservée à la morphine. La provision diminue sans cesse, bien que j'aie fait changer la serrure...

— Mais, chère collègue... Le Dr Urban jeta sa

cigarette dans l'eau. Les mains tremblantes, il se frotta le visage en lançant à sa voisine un regard glacial et brillant. — Il ne m'en reste plus que pour une journée... Je... Comprenez-moi... Je... — Il avala sa salive avec bruit, et se fit humble et petit comme un chien mendiant. — Si vous tenez la morphine sous clé, il va y avoir une catastrophe... J'aurais pu étrangler l'infirmière-chef qui possédait la clé de cette armoire. Autrefois, tout se passait à peu près bien, car un collègue m'est toujours venu en aide... Mais ici... — Il se rapprocha de Lisa. Elle sentit une crainte brûlante monter en elle, mais elle ne fit pas un mouvement. En apparence calme et insensible, elle le regarda droit dans les yeux. — Donnez-m'en un peu. Ne me forcez pas à un acte horrible... Vous ne me connaissez pas encore, collègue...

— Ce que je sais déjà de vous me suffit amplement...

Elle avait du mal à cacher le tremblement de sa voix. Urban avait joint les mains et il comprimait nerveusement ses doigts avec une telle force, que les articulations de ses mains étaient toutes blanches.

— Vous avez peut-être raison de me mépriser, Madame la doctoresse, reprit-il à voix basse. Je suis même prêt à avaler ce mépris... et à n'en faire part à personne. Personne ne nous entend d'ailleurs et ceux qui nous observent peuvent croire que nous nous entretenons paisiblement de sujets ayant trait à la médecine. Mais...

Sa voix se fit traînante et il pencha la tête en avant. Il était maintenant tout près d'elle, et, pendant qu'il parlait, elle put sentir des relents d'alcool dans son haleine. Quand il n'a plus de morphine, pensa-t-elle, il s'enivre; et elle sentit la nausée l'envahir. Puis il suce des pastilles de menthe, pour que l'on ne s'en aperçoive pas.

— Quoi, mais? demanda-t-elle, en rejetant légèrement la tête en arrière.

— Vous croyez que vous me tenez, Lisa. Il m'est aussi possible de trouver plusieurs explications à votre comportement envers moi. Mais vous vous trompez. J'ai encore le regard clair... même sans morphine. Je vois bien ce qu'il se passe ici, et dans votre service; je vois bien qu'il règne partout une atmosphère défaitiste qu'on entretient avec soin. Je sais que lors des inspections, vous et le professeur Rusch cachez quelques blessés dans les caves et les abris pour qu'ils ne soient pas remarqués et puissent rester plus longtemps à l'hôpital. Mais surtout, je connais vos opinions et celles du professeur sur tous les problèmes brûlants et actuels du Reich et..

— Quel salaud vous êtes, tout de même! interrompit Lisa à voix haute. Il lui sembla tout à coup que toute sa peur s'envolait, qu'elle devenait libre de respirer et de se mouvoir comme il lui plaisait. Sa voix monta d'un ton, et elle ne se rendit même pas compte qu'elle criait, sans la moindre retenue.

— N'avez-vous pas encore vu assez de souffrances, espèce d'imbécile? Cela ne vous suffit pas encore que, de tous côtés, des millions d'hommes se fassent tuer, que toutes nos villes se transforment peu à peu en amoncellements de ruines fumantes, que les Russes se trouvent dans l'Allemagne de l'Est et les Américains dans l'Allemagne de l'Ouest? Cela ne vous suffit pas encore de savoir que des milliers d'infirmes proclament la folie de ce régime politique? Comment pouvez-vous forcer votre conscience à parler d'atmosphère défaitiste ici? Voulez-vous continuer à fermer les yeux, pour ne pas voir où nous nous dirigeons?

— Attendez donc l'apparition des réserves... répondit-il froidement.

— On sait ce que ça veut dire, « les réserves »! C'est le grand coup de gueule des nazis! Mais eux-mêmes, maintenant, ils se taisent... à l'exception de quelques-uns dont vous faites partie.

D'un air parfaitement content de lui, le Dr Urban

enfonça les mains dans les poches de son pantalon.

— Cela suffit, chère collègue...

Lisa Mainetti releva la tête aussi haut que cela lui était possible. Après cette explosion, elle sentit sa raison revenir... Mon Dieu ! pensa-t-elle. Qu'est-ce que je viens de raconter !

— Qu'est-ce que cela veut dire? demanda-t-elle d'une voix enrouée.

— Même des médecins devraient savoir compter, reprit le Dr Urban d'une voix sarcastique. Comptons donc ensemble : la tentative de suicide de ce Schwabe — c'est vous qui en êtes responsable, puisqu'il fait partie de votre service.

— Ne soyez donc pas ridicule ! fit Lisa en agitant le bras.

La voix de Urban conserva son calme et sa force :

— Alors, poursuivons nos comptes. Donc, d'abord, Schwabe. Deuxièmement, vos opinions démoralisantes affichées. Troisièmement, les blessés que vous cachez derechef lors des visites des commissions. Quatrièmement, la façon volontairement provocante dont vous et votre médecin-chef vous vous contentez du salut ordinaire, au lieu d'utiliser le salut en vigueur dans le Reich allemand. Et enfin, je suis au courant de la réflexion qu'a faite une fois le professeur Rusch, et qui peut se résumer ainsi : C'est moi qui décide ici des exeat ! Tous ces gamins ont assez donné pour la patrie et ont bien droit à quelques mois de tranquillité à l'hôpital jusqu'à la défaite... ! Remarquez bien ces termes : Jusqu'à la défaite ! a-t-il dit. Que se passerait-il, à votre avis, si j'informais la Gestapo de ces propos...

Lisa baissa la tête; brusquement, une peur glaciale lui envahit le cœur. Mais ce n'était pas la crainte pour son propre avenir. C'était la peur douloureuse de voir Walter Rusch livré à la folie sans recours d'une politique impitoyable.

— Et que se passera-t-il, à votre avis, si je vous

accuse officiellement, devant les tribunaux, d'être un voleur de morphine? riposta-t-elle froidement.

De petites gouttes de sueur perlèrent sur le front du Dr Urban. Cette discussion le dépassait; il avait absolument besoin de son remontant habituel.

— C'est un cercle vicieux, docteur. Vous me tenez au collet... et moi, je vous tiens, vous et le professeur Rusch. Nous sommes enchaînés les uns aux autres... et il est impossible à l'un de nous de rompre cette chaîne sans se condamner soi-même. Vous seriez immédiatement dénoncés à la Gestapo, et personne ne parierait un sou sur votre tête, vous le savez aussi bien que moi... Et vous pouvez me faire sauter, moi... Je serais immédiatement envoyé au front et j'y resterais certainement. — D'une main tremblante, il chassa de ses yeux les gouttes de sueur qui les noyaient. — Qu'est-ce que nous en aurions de plus ?...

— Où voulez-vous en venir ?

— Je... Je... Les mots semblaient l'étouffer, comme un dernier reste de fierté et d'honnêteté. Je voudrais vous proposer un échange : mon silence contre la morphine...

— Vous êtes le dernier des salauds, Urban...

— La sécurité de Rusch doit certainement avoir plus de valeur pour vous que quelques ampoules. La voix de Urban se fit plus sourde, presque plaintive. Je... je laisse les choses aller leur chemin, ici, si je n'obtiens pas de morphine ! Même si votre mépris à mon égard ne fait qu'augmenter... Je n'y peux rien...

Lisa Mainetti se détourna brusquement, comme si elle allait partir sans ajouter un mot. En réalité, elle soupesait les chances. Elle connaissait suffisamment le Dr Urban pour savoir qu'il les dénoncerait sans pitié, elle et le professeur Rusch. Personne n'aurait la moindre possibilité de l'en empêcher. Ce serait une suite sans fin d'enquêtes, d'arrestations, d'accusations et d'interrogatoires, et elle était absolument persuadée que Walter Rusch se laisserait broyer par toute cette machinerie. Le Dr Mainetti regarda le Dr Urban droit dans les yeux.

— Combien d'ampoules voulez-vous ?

— Pour un mois...

— Impossible. Serons-nous obligés de laisser crier les blessés, pour vous permettre à vous de planer au septième ciel ? Je vous donne dix ampoules !

— Est-ce que le professeur Rusch ne vaut pas plus que cela pour vous, chère collègue ?

— Cessez donc de m'appeler sans cesse votre chère collègue ! cria Lisa furieuse. Dix ampoules — pas une de plus !

— Et après ? Le Dr Urban essuya de nouveau la sueur qui inondait son visage.

— Nous avons 176 blessés graves dans le bloc... Examinez-les attentivement pour savoir s'il y en a un de trop... Vous trouverez bien une raison de me faire chanter.

Le Dr Urban baissa la tête.

— Quand... Quand puis-je venir ? Chère col... Il avala le reste du mot.

— Personnellement, je m'en fous. Tout de suite Pas ce soir. Je voudrais au moins pouvoir jouir de la fin de la journée sans être obligée de supporter votre présence...

— Bien. Dans dix minutes ?

— Je m'en fous.

— Peut-être pourriez-vous me donner quinze ampoules...

— Dix ! s'écria Lisa Mainetti. Et envoyez-les vous toutes d'un seul coup... Vous nous rendriez service à tous.

Sans ajouter le moindre mot, à pas rapides comme s'il fuyait sa propre défaite, le Dr Urban rejoignit le château.

Lorsque Erich Schwabe se réveilla de sa longue syncope, il trouva Lisa Mainetti assise à côté de son lit. Ils étaient seuls dans la chambre, car tous les occupants de la B/14 avaient obtenu le droit de sortir en groupe. On les avait conduits au cinéma sous la garde d'un infirmier adjudant, pour qu'ils assistent à un film comique avec Marika Rökk. C'était Lisa Mainetti qui avait arraché cette permission auprès du professeur Rusch, après bien des hésitations, et elle avait dû déployer beaucoup d'habileté.

— Schwabe a besoin d'être seul quand il s'éveillera, et les autres sont heureux comme des enfants à la pensée d'aller au cinéma. C'est merveilleusement bien organisé : Un camion sanitaire les emmène, et ils ne pénètrent dans la salle, au dernier rang, que lorsque les lumières sont déjà éteintes. A la fin, c'est d'accord avec le directeur, on n'allumera les lumières que lorsqu'ils seront tous dehors, dans le camion. Personne de cette façon ne les verra distinctement.

— Tu en prends la responsabilité. Le professeur Rusch poussa un long soupir, puis sourit. Que pourrait-on te refuser, Lisa ? Mais une chose est parfaitement claire : officiellement, je ne suis au courant de rien.

Ce fut ainsi que le camion sanitaire emmena cinq soldats joyeux comme des écoliers en vacances, barbouillés de leucoplast et de mercurochrome, jusqu'à la ville voisine, et les déposa devant le cinéma. Pendant ce temps le Dr Lisa Mainetti demeurait assise près du lit d'Erich Schwabe et tuait le temps en lisant un journal, puis en rédigeant quelques rapports d'opération, tout en attendant l'heure critique où le malade ouvrirait les yeux et se rendrait compte qu'il vivait encore.

— Pourquoi ne m'avez-vous pas laissé mourir..., balbutia Schwabe, le regard brûlant fixé sur le visage mince de Lisa, et les mains crispées sur la couverture. Ce serait pourtant beaucoup plus simple...

— On ne se raie pas aussi facilement de la vie,

mon vieux, dit-elle en versant lentement une sorte de jus d'orange dans l'ouverture laissée libre par les nouveaux pansements faits à la suite de l'accident.

— Si j'étais resté sur le champ de bataille...

— Mais vous n'y êtes pas resté ! Et ici, nous ne sommes pas en Russie, mais en plein territoire allemand, en pleine patrie...

— Et c'est justement vous qui me dites cela, docteur... !

— J'aime ma patrie. Et vous, vous devriez commencer par aimer votre vie et vous réjouir de pouvoir entendre les oiseaux pépier devant votre fenêtre, le vent siffler, et voir les bourgeons éclater.

— Une vie sans visage...

— Eh bien, c'est une vie tout de même. Si autrefois, à Suwalki...

— Cela aurait été beaucoup mieux, docteur, beaucoup mieux pour nous tous.

Schwabe commença à s'agiter; ses mains froissèrent la couverture, et dans ses yeux, on pouvait lire une expression d'effroi immense. Ma mère qui va venir, se disait-il. Mon Dieu ! elle ne va pas me reconnaître. Et ma femme... — Docteur, je vous en supplie, elle ne doit plus jamais me revoir, vous m'entendez. Plus jamais ! Et ma mère non plus, je ne veux plus la voir... Ecrivez-lui, envoyez-lui un télégramme... Dites-lui qu'elle doit rester à la maison... Je ne veux voir personne, personne... ! Et écrivez à ma femme qu'elle peut demander le divorce... Elle... Elle ne peut tout de même pas... avec un homme... qui n'a plus de visage... avec...

Il pleurait sans retenue, la tête tournée sur le côté, et continuait à gratter nerveusement les couvertures de ses doigts crispés

Lisa Mainetti savait exactement ce qui se passait en lui; elle garda le silence, et le laissa pleurer autant qu'il le pouvait, se contentant de tamponner légèrement les larmes qui mouillaient les pansements frais et inondaient les cicatrices et les bourrelets de peau en train de pousser qui devaient plus tard permettre le modelage d'une nouvelle joue.

— Personne ! Je ne veux voir personne ! gargouilla-t-il péniblement. Je ne ressemble même plus à un homme...

— Non, pas encore. (Avec beaucoup de précaution, Lisa prit la tête de Schwabe entre ses mains et la retourna vers elle.) Mais dans quelques mois, ce sera tout différent. Et dans deux ou trois ans, vous ne serez pas encore une beauté, certes, mais personne ne se détournera de vous.

— Vous dites cela seulement pour me consoler. (Les yeux de Schwabe semblaient mendier.) Ne me mentez pas, docteur Lisa. Dites-moi simplement : ce ne sera plus jamais un visage. Dites-moi tout... La prochaine fois, je réussirai ! Il y a bien des moyens de se supprimer...

— Dans ce cas, à partir d'aujourd'hui, nous allons vous ligoter sur votre lit, Schwabe ! Ne soyez donc pas une lavette ! (Le ton militaire auquel Lisa s'était accoutumée depuis deux ans, et qui lui avait valu le surnom de « la Vénus faite homme », eut plus d'effet sur Schwabe que la manière douce et hésitante de la femme. Elle s'en aperçut en le regardant.) Pourquoi vous mentirais-je ? Bien sûr, cela durera longtemps ! Et vous serez un peu différent de ce que vous étiez avant. Il est naturellement plus facile de couper un bras ou une jambe pour ensuite y adapter un appareil de prothèse que de refaire un nouveau nez ou de remplacer des joues arrachées. Et si vous saviez à quel point c'est difficile de refaire le rouge des lèvres, vous n'en parleriez pas de cette façon-là, croyez-moi. Mais nous vous le ferons quand même, le professeur Rusch et moi.

Erich Schwabe fixait obstinément le plafond de la chambre

— Ursula ne s'y habituera jamais, finit-il par dire d'une voix à peine intelligible.

— Si, elle s'y fera !

— Je ne pourrais jamais aimer un être qui... qui... serait devenu ce que je suis... un monstre... un...

— Vous n'êtes pas une femme, Schwabe. Comment pouvez-vous ressentir ce qui se passe dans une femme ?

— Ursula aime tant tout ce qui est beau... et moi, je m'amène et je...

— Vous êtes pourtant resté celui que vous étiez...

— Non ! s'écria-t-il. Non ! Je me suis vu moi-même, et j'ai eu mal au cœur en me voyant ! Je me suis effrayé moi-même ! J'ai hurlé de peur et de dégoût à la vue de ma gueule monstrueuse...

— Et dans un an, vous allez vous tenir bien droit devant une grande glace, vous allez vous examiner et vous vous giflerez vous-même à la pensée de ce que vous avez dit et fait aujourd'hui.

— Tout ça, ce ne sont que des mots, docteur ! Il détourna encore une fois la tête. Je dirai à ma mère que je ne reviendrai jamais à Cologne ; je ne suis même plus Erich Schwabe...

— Très bien ! Nous reprendrons la conversation une autre fois sur ce sujet. Elle tira de sa poche une boîte d'acier contenant une seringue de 2cc, et la remplit d'un liquide incolore, Scopolamine hydrochlorique. Nous allons maintenant rester bien tranquille, et attendre que le soleil daigne briller de nouveau. Vous devriez aussi y penser davantage, Schwabe : le soleil continue toujours à briller... Bien, et maintenant, montrez-moi donc votre fesse gauche...

Un peu plus tard, Erich Schwabe dormait, raide sur son lit, les mains croisées, comme s'il était étendu dans un cercueil. Il n'entendit pas le retour de ses camarades et les commentaires nombreux et excités.

— Ça, c'était quelque chose, dit le Berlinois en s'asseyant sur son lit. Vous l'avez vue, la petite, au milieu de la route? Mince, quelles jambes!

— On pourrait se sentir devenir romanique, soupira Feininger.

— C'est-à-dire romantique, je suppose? corrigea Adam, le vétéran de la chambrée.

— Merde alors! s'écria Feininger en ôtant son pantalon. Et maintenant, seul dans ce lit... C'est un vrai supplice du purgatoire...

— Ta gueule! Erich...

Comme sur commande, ils regardèrent tous vers le coin où était placé le lit d'Erich Schwabe. Rien ne bougeait. Adam s'approcha et remit en place la couverture qui avait glissé :

— Nous devons le veiller à tour de rôle, dit-il en s'adressant aux autres qui étaient déjà étendus dans leurs lits. Sinon, il va sauter par la fenêtre en se réveillant, ou faire Dieu sait quoi...

Ils étaient tout juste occupés à établir les tours de garde, lorsque Dora Graff, la jeune infirmière, entra dans la chambre. Elle avait dormi quatre heures et obtenu du gros médecin chargé de l'administration et de la répartition une ration supplémentaire, soit un quart de livre de viande hachée, deux bouillons, et une noisette de beurre, mais, surtout, une grande tasse de grains de café, ce qui était l'essentiel. Ils sentaient bien un peu le moisi, mais elle put se faire cependant une bonne cafetière et d'ailleurs elle en promenait partout avec elle l'odeur que les braves nonnes reniflaient avec envie.

— Au lit, et en vitesse! dit Dora Graff, en avançant une chaise près du lit de Schwabe. Et éteignez la lumière!

— Oui, oui, Poupée! répliqua Feininger en reniflant lui aussi. Si je soupire, cette nuit en dormant, c'est que je rêve de toi!

Le Berlinois éteignit l'électricité, et réintégra son lit à pied nus

— Si vous vouliez dormir, par hasard, Mademoiselle Dora, j'ai encore une place dans mon lit.

Dora Graff sourit. Elle posa une lampe de poche sur la table de nuit et en dirigea le rayon lumineux de manière qu'il soit réfléchi par le mur. Avec cette pauvre lumière, elle se mit à lire un roman, non sans jeter de temps en temps un coup d'œil sur Schwabe.

Dans le coin opposé, Feininger commença, lui, à ronfler puissamment; les respirations régulières des autres indiquèrent aussi qu'ils dormaient. Seul Adam était encore éveillé, et protégé par l'obscurité de son coin, il contemplait Dora Graff. Il contemplait les cheveux blonds qu'on apercevait hors du bonnet blanc d'infirmière, brillant comme un anneau d'or dans la lueur faible de la lampe de poche. La jeune fille tenait son joli visage rond baissé vers le rayon parcimonieux, afin de pouvoir lire plus facilement.

Comme une peinture ancienne, songea Adam. Il se mordit la lèvre inférieure et ses pensées s'envolèrent vers un appartement situé à Brunswick. Une grande maison au milieu d'un parc. Une jeune fille élancée et blonde, avec de grands yeux et une bouche à faire damner un saint. La fille de l'industriel Wollenz, âgée de vingt-trois ans et mariée à l'étudiant en médecine Fritz Adam, originaire de Heidelberg. Il y avait de cela un an. Très brusquement, pendant qu'il était en vacances chez son oncle. Un mariage de guerre, quelques nuits d'amour, un beau rêve de bonheur, et puis un adieu. Et ensuite... une grenade au milieu de la grand-place, derrière Minsk. Trente-neuf morts et vingt-sept blessés, parmi lesquels l'étudiant en médecine Fritz Adam, à qui un éclat de grenade avait arraché une oreille, la joue et le nez.

Depuis, il n'avait plus revu Irène Adam, née Wollenz. Elle ne savait même pas qu'il se trouvait au château de Bernegg. Lui, il n'avait pas écrit et il jetait dans les cabinets, sans les avoir lues, mais après les avoir déchirées en mille morceaux, les lettres qu'il recevait d'elle, et qu'elle expédiait toujours sous son numéro de secteur postal et qu'on faisait suivre. Il ne voulait plus rien savoir du bonheur qui existait de l'autre côté des hauts murs de Bernegg. Il voulait d'abord récupérer son visage. A quoi cela servirait-il de faire venir Irène à Bernegg et de lui offrir en spectacle la gueule hideuse de la guerre sous la forme du visage ravagé de son mari ? Elle vivait dans la villa de ses parents, et il était préférable qu'elle crût en sa disparition.

Fritz Adam contempla de nouveau la tête inclinée de Dora Graff et les cheveux dorés sous le bonnet blanc. Combien une femme nous est nécessaire ! pensa-t-il. Comme elle saurait bien nous aider à répondre aux questions restées sans réponses, aux cris de l'âme, aux hurlements intérieurs qui nous oppriment quand nous pensons à l'horreur de la situation dans laquelle on nous a jetés. Comme ce serait formidable, une femme...

Mais nous avons peur.

Peur de son regard épouvanté.

Peur de sa pitié.

Peur de son dégoût qu'elle cherche pourtant à cacher.

Peur d'un amour hypocrite.

Fritz Adam enfouit sa tête dans l'oreiller et ferma les yeux. Il ne voulait pas laisser voir sa faiblesse.

Il mordit à pleines dents dans son poing serré, et ce fut ainsi qu'il finit par s'endormir...

Le téléphone hurla.

Lisa Mainetti sursauta. Elle venait juste de s'étendre après une opération fatigante et planait dans des régions incertaines, entre le sommeil et la veille. Pendant quatre heures, elle avait assisté le professeur Rusch et le Dr Urban, debout sous les projecteurs brûlants de la salle d'opération, près du

« billard ». Le professeur Rusch avait recréé une nouvelle mâchoire inférieure, et pendant tout le temps que dura l'opération, Lisa n'avait pas senti la fatigue; elle était restée fascinée en voyant les mains de Rusch travailler à former un nouveau visage. Ce fut seulement plus tard qu'il lui sembla recevoir un coup de massue sur le front. Elle avait quitté la salle en titubant et avait rejoint sa chambre pour se mettre immédiatement au lit.

Le téléphone continua à hurler.

Elle prit le récepteur et indiqua son nom. C'était le poste de garde, au portail d'entrée, qui appelait, un sous-officier d'une compagnie de réserve.

— Il y a ici deux femmes qui veulent pénétrer dans l'hôpital, dit-il. Elles disent qu'elles ont un rendez-vous, et que vous êtes au courant, docteur Mainetti.

— Je n'ai pas donné de rendez-vous à deux femmes... Lisa s'assit sur son lit, furieuse d'être dérangée, et reboutonna son soutien-gorge qui s'était ouvert tandis qu'elle dormait. Il lui fallut pour cela coincer le récepteur entre le menton et le creux du cou. Qui veulent-elles voir?

Elle entendit le sous-officier parler à quelqu'un, puis il reprit dans le téléphone :

— Elles disent qu'elles s'appellent Schwabe. Il doit y avoir un certain Erich Schwabe ici, parmi les blessés...

— J'arrive tout de suite.

Elle bondit de son lit, tout d'un coup parfaitement éveillée. Toute la tension qui, un peu auparavant, l'avait enserrée dans un étau d'acier s'évanouit.

— Retenez les deux femmes auprès de vous, compris? Ne les laissez pas entrer dans l'hôpital! Et surtout, il faut absolument les empêcher de jeter le moindre coup d'œil dans le jardin. Je vous préviens que je vous arracherai les cheveux un à un s'il se passe quelque chose!

— Compris chef! cria le sous-officier brièvement.

Depuis deux ans, on avait eu le temps d'apprendre à l'hôpital que la meilleure voix de commandement appartenait au docteur Lisa Mainetti. Le médecin-chef pouvait pousser des gueulantes — on y était habitué depuis la caserne et on l'absorbait comme de la soupe tiède. Mais quand c'était la doctoresse qui poussait des hurlements, on sentait ses genoux fléchir. On avait honte d'être traité de « sale brute » par une femme.

Rapidement, Lisa s'habilla, remit de l'ordre dans ses longs cheveux noirs, se rougit même légèrement les lèvres. Pourquoi donc deux femmes? pensa-t-elle. Est-ce que, par hasard, la petite Ursula est venue aussi? Avant même de l'avoir vue, elle éprouva de la pitié à son endroit. Elle ne verrait pas son mari. « Je me précipite la tête la première contre le mur si vous permettez à ma femme de me voir ! » avait dit Schwabe justement la veille. « Et vous ne parviendrez pas à me retenir ! »

Et Lisa Mainetti lui avait juré de ne laisser venir que sa mère, et encore, seulement après lui avoir tout expliqué.

Dans la salle d'attente du poste de garde, Frau Hedwige Schwabe et sa belle-fille étaient assises dans un coin formé par un mur sans fenêtres et deux armoires. Devant elles, le sous-officier se tenait debout et ne les quittait pas des yeux, comme s'il les surveillait. Lorsque Lisa entra dans la pièce, il se mit au garde-à-vous en claquant les talons. Il n'avait pas répondu à une seule des questions que les deux femmes lui avaient posées, jusqu'à ce que, finalement, Frau Hedwige Schwabe se résignât à s'asseoir et à se taire.

— Sois tranquille, Ursel, dit-elle en prenant la main de sa bru, et si haut que toutes les personnes présentes dans la salle l'entendirent. Les médecins seront plus polis que ce gros lourdaud...

Et voilà que le médecin était là, ou plutôt la

doctoresse. Frau Schwabe se leva d'un bond et courut à sa rencontre.

— Est-ce que je peux voir mon fils? cria-t-elle. Est-ce qu'il m'attend? J'ai amené sa femme, bien qu'il ait écrit... C'est tellement idiot d'écrire des choses pareilles, n'est-ce pas, docteur? Je suis sa mère, et ce que j'ai le droit de voir, sa femme peut aussi le voir. Ursula est une courageuse petite bonne femme; trois fois, elle a réussi à se glisser hors des décombres de la cave bombardée, comme une taupe.

Cela ne sert à rien, les taupes, pensa Lisa en jetant un coup d'œil sur Ursula Schwabe qui se tenait contre une des armoires, les yeux grands ouverts, anxieux, dans lesquels on pouvait lire à la fois des interrogations non formulées et déjà de l'épouvante. Sa belle bouche tremblait, et ses cheveux blonds étaient complètement décoiffés, car elle ne cessait de les torturer de ses doigts nerveux.

— Nous lui avons apporté un gâteau. Croyez-le si vous voulez, nous avons mendié des tickets de pain dans tout le voisinage pour acheter un peu de farine. Et même des raisins de Corinthe... Il les aime tant. On lui a apporté aussi du saucisson, aussi mou que possible, pour qu'il n'ait pas de mal à le mâcher, si cela lui fait encore mal et... et...

Le flot de paroles d'Hedwige Schwabe s'évanouit. D'un air interrogateur, elle contempla Lisa Mainetti dont le silence brusquement ne lui parut pas très normal.

— Votre fils vous attend, Frau Schwabe, dit enfin Lisa. Mais il n'attend que vous... Elle remarqua à quel point le visage d'Ursula se transformait, devenait blême et mince et tremblait depuis le front jusqu'au menton. Non pas qu'il ne veuille pas, Frau Schwabe... Vous êtes bien Frau Ursula Schwabe, n'est-ce pas?...

— Oui, hoqueta Ursula. Et elle commença à pleurer en se cachant le visage dans les mains.

— Nous allons être très sincères..., commença Lisa avec précaution. Votre mari a honte...

— Il a honte... devant moi? Ursula baissa la tête. Il n'a donc plus confiance en moi?

Lisa regarda la pendule accrochée au mur de la salle. Les blessés étaient actuellement dans leurs chambres, ou dans la salle de conférence, où on leur faisait un exposé sur la politique mondiale, exposé ordonné par le parti nazi. Certains aussi se trouvaient dans la salle de gymnastique. Il n'y aurait donc aucun blessé hors du château à cette heure-là, à l'exception du groupe de gymnastique; mais celui-ci faisait ses exercices au fond du parc, derrière le bloc C, sur un petit terrain cendré.

— Restez-vous longtemps ici? demanda-t-elle.

— Nous aurions voulu repartir demain. (Frau Hedwige Schwabe tenait dans ses mains un sac à provisions dans lequel se trouvaient le gâteau aux raisins secs, et le saucisson. Et aussi une paire de gants qu'elle avait tricotée elle-même parce qu'il faisait encore tellement froid.) A Cologne, il y a presque toutes les nuits une alerte, et nous ne voulons pas laisser notre cave trop longtemps vide, savez-vous, docteur. Nous n'avons peut-être pas sauvé grand-chose, mais le peu qu'il nous reste, nous ne tenons pas à ce qu'on nous le vole... Malgré la peine de mort qui punit le pillage... il y en a toujours qui réussissent...

— Je vous conseille pourtant de rester un jour de plus, interrompit Lisa Mainetti, en saisissant les mains découragées d'Ursula. (Elles étaient froides comme les mains d'une morte.) Je crois pouvoir vous dire qu'il vous sera possible de le voir, après qu'il aura bavardé avec sa mère. Il a peur, Frau Schwabe. Son visage n'est plus le même qu'avant...

— Je vais lui remettre la tête au bon endroit! Tout cela pour quelques cicatrices! (Frau Hedwige Schwabe hocha la tête en direction de sa belle-fille, d'un air encourageant, comme si elle voulait l'apaiser.) Bien sûr, nous allons rester un jour de plus! Et demain tu pourras parler à Erich! Laisse-moi faire. C'est toujours moi qui lui ai dit tout ce qu'il fallait, même autrefois, plus que son père! (Elle s'adressa de nouveau à Lisa Mainetti, avec l'air conquérant de la mère qui restait persuadée qu'elle seule était capable de remettre son fils dans le vrai chemin de la vie.) Il va pouvoir venir à la maison pour Noël, pas vrai, docteur? Il n'a plus besoin de rester étendu au lit...

— Non... il n'a plus besoin de rester au lit.

— Tu vois, Ursel... A Noël, il sera près de nous. Mon Dieu! Vous allez voir si on va en réunir des tickets de farine et tout ce qu'il faut pour faire une brioche. (Frau Schwabe leva l'index de l'air docte d'un professeur parlant du haut de sa chaire.) Ma brioche est célèbre. Une vieille recette venant de Dresde.

— Nous y allons? dit Lisa Mainetti en serrant les mains d'Ursula. Ne vous découragez pas, petite Madame. Demain, tout sera différent. Vous avez déjà attendu si longtemps! Qu'est-ce qu'un jour de plus ou de moins? Je vous promets que tout se passera bien. Croyez-moi...

Ursula regarda Lisa. Son visage était noyé de larmes.

— Oui, j'ai confiance en vous, docteur, dit-elle plaintivement. Je vous crois... Bien sûr... Et... et... dites bonjour à Erich pour moi.

Elle se détourna brusquement, appuya la tête contre le mur et se mit à pleurer tout haut, en se mordant le poing.

Comme prévu, il n'y avait aucun blessé devant le bloc B. Sans la moindre difficulté, elles gagnèrent le bâtiment, entrèrent dans la chambre de Lisa, et Frau Schwabe posa son sac contenant le gâteau aux raisins et le saucisson sur le lit. Lisa appela son service, et demanda à parler à Dora Graff.

— Voulez-vous, je vous prie, amener Erich

Schwabe dans mon bureau. Oui, sa mère est là... Disons... dans dix minutes.

— Si longtemps encore? interrogea Frau Schwabe.

— Il faut d'abord que je vous dise quelque chose avant que vous ne voyiez votre fils. (Lisa prit place en face de la vieille femme, sur une chaise dure, et respira profondément avant de poursuivre.) Vous vous êtes certainement demandé pour quelle raison votre fils ne voulait voir que vous, et non pas sa femme. Cela n'a rien à voir avec un caprice, une sottise, ou une fausse honte — je disais cela tout à l'heure seulement pour calmer sa petite épouse, mais c'est un geste de défense désespéré devant un fait : tu n'es plus un être humain...

— Il... il n'est plus...? bredouilla Frau Schwabe en joignant ses mains sur ses genoux. Son visage se rembrunit, sa bouche, qui pourtant avait tant de plaisir à parler, resta muette.

— Dans quelques minutes, vous allez voir votre fils Erich. Je vous en supplie, faites-moi confiance. (Lisa poussa un soupir désespéré, et continua.) C'est vraiment votre fils,... même si vous ne pouvez pas le reconnaître... Peut-être aux yeux, aux mains, à la démarche... Une mère reconnaît son fils à des détails infimes... Je vous en supplie, soyez plus courageuse que jamais encore durant toute votre vie... Reconnaissez-le sans la moindre hésitation, allez à sa rencontre, prenez-le dans vos bras, embrassez-le... Serrez-le bien contre vous, et dites-lui le plus gros mensonge de votre vie : c'est à peine si tu as changé, mon petit... Si vous pouvez faire cela, Frau Schwabe, vous aurez fait davantage pour lui que vingt opérations...

— Est-ce que... c'est si grave?... docteur..., bafouilla-t-elle. Et pourtant, il écrivait, seulement quelques cicatrices...

— Pour vous tranquilliser, il écrivait ça. Mais ce n'est pas seulement « quelques cicatrices ».

— Est-ce qu'il n'a... il n'a plus de nez...

— Non...

— Et... et les oreilles...

— L'une des deux manque. La gauche.

— Et... et quoi encore... Les yeux de Frau Schwabe lançaient des flammes. Sans bruit, de grosses larmes se mirent à couler et inondèrent le bon visage blême. Il a encore ses yeux... n'est-ce pas?

— Oui... Lisa Mainetti regarda ses mains. Il fallait que ce fût dit, il n'y avait pas d'autre solution. C'est tout ce qu'il lui reste. Tout le reste est... différent... sera nouveau... est en train de devenir neuf... Une renaissance du visage...

— Il... il n'a plus de visage du tout..., bredouilla la pauvre femme, exprimant sans le vouloir ce que Lisa n'osait pas dire. Sans répondre, elle fit un signe de tête en évitant le regard de la mère. Très raide, Frau Schwabe se tenait assise sur le bord du lit. Elle leva le bras et, d'un geste énergique, elle essuya du revers de la manche de son manteau les larmes qui noyaient son visage et ses yeux. Maintenant qu'elle savait ce qui était advenu de son fils, elle se sentait étonnamment calme et forte.

— Je voudrais le voir tel qu'il est, docteur, dit-elle. Et vous n'avez pas besoin de me dire de le prendre dans mes bras et de le serrer contre moi... Il est toujours mon fils... mon petit Erich...

On frappa à la porte. Lisa bondit, tandis que Frau Schwabe se levait lentement.

— N'ayez pas peur, dit-elle lorsqu'elle se rendit compte que Lisa hésitait à répondre : Entrez! Je me sens forte. J'ai déjà retiré des cadavres broyés des décombres...

Lisa Mainetti alla vers la porte et l'entrouvrit. Dehors, dans le couloir, elle vit Dora Graff et Erich Schwabe qui attendaient. On avait arrangé le visage du blessé du mieux possible, avec de la gaze et du leucoplast qui cachaient les parties à remodeler, les bourrelets en pleine croissance qui ornaient sa joue gauche comme une saucisse de chair. Le nez avait été complètement recouvert. Il n'y avait que l'horrible trou qui servait de bouche qui devait rester ouvert, ce trou informe, sans lèvres, dans lequel la langue remuait comme un serpent rouge.

Les yeux d'Erich Schwabe fixaient Lisa Mainetti avec une intensité presque insoutenable. On sentait la peur panique qui l'habitait. Elle lui fit un signe de tête encourageant et ouvrit la porte toute grande. Derrière elle, les bras étendus, Frau Schwabe attendait, déjà toute prête à serrer son fils dans ses bras.

— Venez, dit Lisa d'une voix volontairement dure.

Elle fit un pas sur le côté, laissa entrer Erich Schwabe dans la chambre, et s'empressa de refermer la porte derrière lui.

— Restez toujours dans les parages, dit-elle à Dora Graff, dans le couloir. Et quand Frau Schwabe voudra partir, appelez-moi. Je suis chez le patron.

Elle regarda la porte fermée, mais on n'entendait pas un bruit dans la chambre, comme si elle était vide.

Erich Schwabe resta debout contre la porte, les paumes des mains appuyées sur le bois verni.

Frau Schwabe regarda son fils, en pensant aux paroles de Lisa Mainetti : Vous ne le reconnaîtrez qu'à ses yeux... Mais, je vous en supplie, ne le lui montrez pas...

Lorsqu'il entra, sa vue lui perça le cœur d'un coup brûlant. Il lui sembla qu'elle allait s'affaisser et mourir sur place d'horreur. Les années passées défilèrent devant ses yeux : la naissance, le petit morceau de chair trépignant dans son berceau, le bonhomme remuant, blond comme les blés, qui essayait ses premiers pas, le garçonnet frisé et joyeux qui jouait dans un tas de sable près d'Aix, l'écolier des premiers jours avec son gros cartable sous le bras, le premier communiant en costume bleu, l'apprenti joyeux dans l'atelier du père, le jeune homme amoureux, brusquement enfermé dans ses secrets, le fiancé heureux et rayonnant, le soldat aux sept blessures... et toujours, le sourire l'avait accompagné, la joie de vivre avait illuminé ses yeux; il était comme le miroir de la jeunesse, et sa seule vue suffisait à vous rendre joyeux.

— Mon petit..., dit Frau Schwabe. Sa voix tremblait bien un peu, mais elle était empreinte de chaleur maternelle et du bonheur le plus profond. Mon petit... Mon chéri...

Elle ouvrit ses bras tout grands, et courut vers lui. Erich aussi jeta les bras en avant et se précipita sur elle.

— Maman! s'écria-t-il. Maman!... O Maman!...

Ils se pressèrent l'un contre l'autre, comme s'ils voulaient se noyer ensemble, ils se contemplèrent, et l'horreur disparut des yeux de la mère; elle finit par le voir comme elle l'avait toujours vu : un grand garçon joyeux...

Des deux mains, elle lui entoura la tête et l'embrassa sur ce terrible trou qui lui servait de bouche; elle caressa les pansements et les bandes de leucoplast, les bourrelets et la place où le nez manquait, et elle l'embrassa sans fin et le cajola comme autrefois lorsqu'il était encore petit.

— Comme tu parais bien portant..., dit-elle en pleurant de bonheur. Ce n'était même pas un mensonge de pitié, c'était pour elle la pure vérité. Il vivait... Il avait encore ses yeux et sa voix, ses bras et ses jambes. Mon Dieu, je vous remercie, pensa-t-elle avec émotion. Pour lui, la guerre était finie, maintenant, il va rester toujours auprès de moi. Depuis six ans, j'ai prié tous les jours, et voilà que ma prière est exaucée. Je le retrouve enfin, pour toujours... pour toujours...

— Tu... tu me reconnais encore, maman.., murmura Erich Schwabe. Il lui avait saisi les mains et les gardait dans les siennes. Tous les deux, ils s'étaient assis sur le lit de Lisa. Frau Schwabe avait du mal à le comprendre, car ses paroles sortaient en sifflant, en accrochant, en criant, du trou de sa bouche.

— Que tu es bête ! D'ailleurs, tu l'as toujours été. Maintenant encore, on devrait te punir en te donnant une bonne fessée. Et pourquoi ne t'aurais-je pas reconnu ?

— Mon visage, maman...

— Et après ? Il ne va d'ailleurs pas rester comme ça ! J'ai parlé très longtemps avec la doctoresse, et nous avons passé en revue tous les détails. Elle m'a dit que tout allait s'arranger.

Erich posa la tête sur l'épaule de sa mère. Son corps était secoué de gros sanglots, et elle se contenta de l'entourer du bras et de le serrer contre elle, comme elle l'avait fait cent fois pour le consoler, lorsque, enfant, il était rentré à la maison avec des chagrins inconsolables.

— Dis-moi franchement, maman, très franchement... Je t'en prie... s'il te plaît... Y crois-tu aussi, toi, que tout va si bien s'arranger ? Crois-tu qu'on puisse vraiment reconstruire un pareil visage ? Y a-t-il vraiment une étincelle d'espoir pour moi ?

— Si tu n'étais pas déjà aussi vieux, ce serait maintenant que je te donnerais une gifle ! Frau Schwabe fixa le mur devant elle.

— Et... et Ursula... Qu'est-ce qu'elle va dire ?

— Elle m'a chargée de t'embrasser...

Schwabe tressauta.

— Elle sait que tu es ici ?

— Crois-tu que je raconte des mensonges à ta femme ? Naturellement, je le lui ai dit.

— Et... comment a-t-elle accepté... je veux dire... n'a-t-elle pas...

— Elle a pleuré. Bien sûr ! Non pas parce que tu étais blessé, nous nous y sommes habituées depuis longtemps, à tes blessures ! C'est la huitième... Mais tout simplement parce que tu as écrit qu'elle ne devait pas venir avec moi... Ce n'était vraiment pas bien de ta part, Erich.

— Je pensais... Maman... Avec une pareille figure... Si elle voit ça... J'ai tellement peur qu'elle ne... (Il baissa la tête et ses doigts se crispèrent.) Pourquoi donc lui as-tu montré ma lettre?

— Parce que c'était ainsi qu'il fallait faire, mon petit. (D'un coup de pied, Frau Schwabe repoussa le sac à provisions sous le lit, sans qu'Erich s'en aperçut. Un gâteau aux raisins secs et un saucisson... Quelle misère! (On ne peut tout de même pas tout simplement s'emmurer parce qu'on a quelques cicatrices sur la figure.

— Quelques cicatrices..., répéta Erich amèrement. Je sais maintenant comment je suis. Je me suis regardé la semaine dernière dans l'eau. Vous n'avez pas besoin de me raconter d'histoires...

— Que tu es bête! (Frau Schwabe joignit les mains, comme elle en avait l'habitude, lorsqu'elle se préparait à éclaircir une situation.) On va pouvoir recommencer à construire la maison... C'est facile, Erich de rebâtir une maison... Actuellement, bien sûr, elle n'a pas belle allure, mais c'est seulement parce que la façade a été endommagée. Tu devrais le savoir, toi qui es vitrier! (Elle fit un effort surhumain, releva la tête de son fils, et fixa le visage dévasté.) Autrement dit, pour que tu comprennes mieux : La doctoresse est en train de te donner une nouvelle façade! Tu as compris?

Erich Schwabe sourit péniblement, mais Frau Schwabe ne s'en rendit compte qu'en voyant les extrémités du trou de la bouche s'étirer dans une sorte de rictus.

— Oui, Maman. Je suis si heureux que tu sois venue. Tu crois qu'Ursula va comprendre pourquoi je n'ai pas voulu qu'elle vienne? Je t'en prie, explique-lui... Encore quelques semaines de patience...

Frau Schwabe fit un signe d'assentiment. La voix

lui manqua tout d'un coup. C'était la première chose qui lui était venue à l'esprit lorsqu'elle l'avait aperçu près de la porte : Mon Dieu ! Il ne faut pas qu'Ursel le voie ainsi ! Même si elle l'aime plus que tout... Elle ne pourra jamais oublier ce spectacle. Cela lui brisera le cœur pour le restant de ses jours.

— Je vais lui expliquer, mon petit... même si ce n'est pas utile, ajouta-t-elle rapidement, pour ne pas lui donner la possibilité de soupçonner à quel point il était vraiment hideux à voir. Peut-être pourras-tu même passer Noël à la maison...

Elle n'y croyait pas elle-même, car elle savait bien que c'était impossible. Et dans ses yeux, elle put voir que, lui non plus, il n'y croyait pas, mais qu'il s'efforçait de ne pas tuer cet espoir en elle.

— Parle-moi de la maison, dit-il en serrant de nouveau les mains de sa mère. Parle-moi de Cologne... de la façon dont vous vivez... Parle-moi d'Ursel...

Elle hocha la tête. Avec bonheur, elle se rendit compte qu'il reprenait goût à la vie, et c'était son œuvre à elle. Au fond, rien n'avait changé depuis les années d'autrefois : son petit était couché, malade, inquiet, et la mère lui tenait les mains en lui racontant un conte jusqu'à ce qu'il s'endormît, apaisé...

— En fait, pour nous, tout va assez bien, dit Frau Schwabe en caressant les mains d'Erich. Depuis que la maison a été bombardée, et que nous vivons dans la cave, nous nous sentons en sûreté.

Et elle raconta, raconta sans fin, et vit dans les yeux de son fils combien il était heureux de nouveau, et combien la perspective de recommencer à vivre le remplissait d'espoir.

Dans la salle de garde, Ursula Schwabe n'avait pas quitté sa chaise. De temps en temps, elle jetait un regard sur la pendule et serrait ses mains moites l'une contre l'autre. Le sous-officier la plaignait en silence et examinait à la dérobée les jambes minces dans les bas clairs. Jolie poupée, pensa-t-il. Elle a tout ce qu'il faut pour faire rêver un soldat. Mais seulement rêver... Merde alors ! Pauvre gosse, elle attend, bien gentiment assise sur sa chaise, et ignore encore que son mari ressemble à un habitant d'une autre planète. C'est dommage pour elle... mais c'est un cercle vicieux, impossible d'essayer d'en sortir en consolant.

Au bout d'une heure, Ursula Schwabe se leva.

— Est-ce que je suis obligée de rester toujours assise ici ? demanda-t-elle.

— Mais non, bien sûr ! Le sous-officier remit un peu d'ordre dans son uniforme. Vous pouvez aussi vous mettre à l'aise sur mon lit, si vous le voulez.

— C'est tout ce que vous trouvez à me dire ?

— Oh ! je peux trouver mieux... mais pour ça, je crois que nous nous connaissons depuis trop peu de temps... Il fit une large grimace, ce à quoi Ursula répondit en avançant la lèvre inférieure et en haussant les épaules.

— Vous êtes tous capables de raconter des idioties. Puis-je aller me promener ?

— En dehors de l'hôpital, bien sûr ! Mais pourquoi voulez-vous donc vous en aller ? Je me suis tellement bien habitué à vous regarder... je suis certain même que j'en rêverai cette nuit.

— Eh bien, justement, c'est pourquoi j'aimerais aller me promener.

Ursula Schwabe boutonna son manteau et emprisonna ses longs cheveux blonds dans un foulard.

— Si ma belle-mère revient, dites-lui que j'arrive tout de suite. Je vais seulement respirer un peu l'air frais.

A travers la fenêtre, le sous-officier la suivit des yeux. Mince et grande, elle passa le portail d'entrée et grimpa le long du petit bosquet.

— C'est maintenant qu'il me faudrait quelques minutes de liberté, murmura le sous-officier en se passant une langue humide sur les lèvres. Mince alors, cela vaudrait la peine d'y aller voir de plus près.

Ursula suivit le sentier qui longeait le grand mur d'enceinte du parc et du château et bordait le petit bois. C'était un chemin étroit qui coupait un clair bosquet d'arbres nains et de fougères. Tout cela paraissait abandonné, et à ce point oublié qu'Ursula eut l'impression d'être le premier être humain qui passait par ce petit sentier longeant les murailles du château, depuis bien longtemps.

Le sentier montait vers une petite colline, d'où l'on avait une très belle vue sur le bourg et sur d'autres collines éloignées, recouvertes de vignobles, sur un ruisseau qui serpentait nonchalamment à travers les dépression du sol, contournant les maisons des artisans et des ouvriers ; au milieu de ce paysage, une grande cheminée s'élevait vers le ciel, comme une immense flèche menaçante.

Ursula demeura immobile et regarda autour d'elle. Elle se sentit solitaire et abandonnée, comme jamais encore dans sa vie, rejetée de tous, oubliée, projetée dans un monde dans lequel il lui fallait errer à l'aventure, arrachée à l'amour et à l'espoir qui l'avaient aidée à vivre jusqu'alors. Voilà déjà plus d'une heure qu'Erich bavardait avec sa mère, et elle, elle devait rester dehors comme un vieux parapluie inutile, comme si elle ne lui appartenait plus. C'était une sensation qui lui oppressait le cœur jusqu'à le faire éclater. Peut-être voudra-t-il quand même me voir, se dit-elle tout d'un coup, et elle regretta d'être partie. Maman a bien dit qu'elle allait s'arranger pour qu'il me fasse appeler.

Brusquement, elle entendit derrière elle des pas cadencés et quelques ordres brefs : Gauche — droite — gauche — droite... Bon sang ! Avez-vous donc tout oublié ? Vous trébuchez et vous vous dandinez comme des canards ! Faites attention à l'homme de tête !

Elle se retourna. De son perchoir, elle pouvait voir ce qui se passait à l'intérieur de l'enceinte du château. Un groupe de blessés revenait du terrain de sport; c'était le dortoir I du bloc B, qui allait bientôt rentrer au réfectoire pour goûter, conduit par un jeune lieutenant. Ils étaient tous blessés de la face, et avaient déjà subi en moyenne dix opérations ou plus; presque tous avaient le visage orné de bourrelets ou de greffes apparentes et ils ressemblaient à des tabliers brodés de toutes les couleurs.

Avec précaution, Ursula Schwabe descendit la colline du côté du mur jusqu'à ce qu'un buisson la cachât aux regards des soldats. Serrée contre le tronc d'un arbre, il lui était possible d'apercevoir, pardessus le mur, le chemin que les blessés empruntèrent d'un pas régulier.

La colonne s'approcha; elle entendit des rires et de curieux bruits rauques, venant de la gorge.

Et finalement, elle les aperçut... Vingt-quatre blessés... Elle les vit très distinctement... ils se dirigeaient vers elle... une masse mouvante d'êtres dépourvus de visages...

Ursula Schwabe ouvrit la bouche toute grande et, de ses ongles, elle s'agrippa au tronc protecteur. Des deux bras, elle l'entoura, et elle ne se rendit même pas compte qu'elle s'arrachait la peau du front et que le sang coulait sur sa figure lorsqu'elle tomba la tête la première contre l'écorce rude.

CHAPITRE IV

NON ! GEMIT URSULA Schwabe. Non... non...

La forêt, la colline, le château, le parc, tout se mit à tourner devant ses yeux, se confondit dans une symphonie de points rouges et noirs qui se noyèrent, et éclata. Elle se cramponna au tronc rugueux, essaya de se retenir de toutes ses forces, puis se sentit dégringoler, les mains et le visage collés à l'écorce, et déchirés jusqu'au sang.

Ce ne fut qu'une fois sur les genoux que le froid la transperça et qu'elle reprit conscience. En poussant un cri elle bondit et descendit en courant le chemin de la colline, longeant de nouveau le mur qui cette fois ne laissait plus percer son secret, mais derrière lequel elle entendait toujours, quoique de plus en plus vaguement, le chant rauque des ruines humaines.

En voyant apparaître Ursula haletante dans le poste de garde, le sous-officier faillit hurler : « Infirmiers ! » puis il se souvint à temps qu'on ne se trouvait plus au front, mais dans un hôpital militaire, et il se précipita, en tirant son mouchoir de sa poche, vers la jeune femme ensanglantée, et lui épongea le visage, puis la conduisit doucement jusqu'à un des lits de camp.

— Qu'est-ce qu'il se passe donc ? s'écria-t-il, et il se précipita sur le téléphone. Il composa le numéro du docteur Lisa Mainetti, sans quitter Ursula des yeux. (D'où venez-vous donc ? Qui vous a arrangée de cette façon ? Est-ce que par hasard un fils de chien vous aurait... Le sous-officier avala sa salive pour gagner un peu de temps.) Ils n'ont pas vu de femme depuis des mois, en dehors des infirmières aux bonnets blancs. Ils sont comme des... des... (Il ne lui vint aucune comparaison à l'esprit et la voix de Lisa Mainetti le tira d'embarras, heureusement.)

— Docteur ! cria-t-il énergiquement. Frau Schwabe... elle vient juste de rentrer. Je ne sais pas ce qui s'est passé, mais elle saigne de partout, du visage et des mains, et elle pleure. Je suppose que quelqu'un, là-bas, a essayé... Non, personne n'a rien vu... Bien, je la retiens ici... D'accord. Terminé.

Il reposa lentement l'écouteur et, assez ennuyé, il s'assit sur le bord de la table. Quelle saloperie ! pensa-t-il furieux. Elle veut faire une visite à son mari, et puis... voilà ce qui arrive ! Et on ne peut vraiment rien dire. Comment pourrait-on expliquer ? Devrait-on lui dire : Allons, petite Madame, vous savez bien, celui qui a trop faim mangerait même de l'herbe... C'est trop bête ! D'ailleurs, rien que de la voir, on se sent une faim d'ogre... blonde, jeune, mince, avec de telles jambes et une belle petite poitrine bien ronde. Cela réveille des souvenirs, bien sûr, et on sent la fièvre brûler tout son corps.

Quelque chose l'arracha à ses pensées. Le Dr Mainetti fit irruption dans la pièce, en enfonçant presque la porte. Elle jeta un coup d'œil sur la jeune femme ensanglantée et en larmes qui était étendue sur le lit de camp, et fit un signe au sous-officier.

— Dehors ! dit-elle très haut. Et ne revenez que lorsque je vous appellerai !

— Bien docteur !

Et il s'enfuit le plus vite possible.

Lisa Mainetti attendit jusqu'à ce que la porte claquât derrière lui, puis elle s'assit sur le lit de camp, à côté d'Ursula Schwabe. Avec un grand morceau de gaze, elle épongea doucement le sang qui suintait des blessures du visage et qui se mélangeait aux larmes.

— Alors que se passe-t-il ? demanda-t-elle à voix

basse. On ne sentait plus dans sa voix la moindre trace de ce ton de commandement qu'elle avait adopté dans l'hôpital et qui laissait toujours les soldats pantois, bien qu'elle leur eût dit : « Eh bien, petits ! ne soyez donc pas des femmelettes — vous n'êtes pas seulement chargés de faire revivre des hommes, vous devez aussi maintenir l'ordre et être raisonnables ! » Mais, en cet instant, sa voix était aussi douce et féminine que son apparence physique. Elle posa ses deux mains sur la tête d'Ursula, des mains fraîches et douces qui apaisaient. La jeune femme ferma les yeux et se cramponna aux bras de la doctoresse comme une noyée.

— Comment... comment Erich est-il? bégaya-t-elle, les yeux remplis d'une horreur profonde. Est-ce qu'il est comme... Comme... Je les ai vus... Ils n'ont même plus de visage du tout. Elle détourna la tête et poussa un cri, tandis que son corps se tordait dans un spasme et se mit à trembler. Puis elle se détendit, et ne fit plus un mouvement, comme si elle était changée en statue de pierre, et regarda fixement un coin du plafond.

Lisa Mainetti baissa la tête. Elle respira en pensant que les suppositions du sous-officier de garde étaient fausses, mais ce qui s'était réellement passé était encore pire.

— Où avez-vous vu les blessés? interrogea-t-elle.

— Dans le bois... Au-dessus du mur... Ils avançaient en chantant sur un terrain de sport... De nouveau un tremblement nerveux agita le visage d'Ursula. Le souvenir de l'horrible spectacle rompit la rigidité causée par l'épouvante.

— Mais le mur est très haut pourtant !

— J'étais sur une colline...

— C'est une saloperie ! Lisa Mainetti retrouva sur-le-champ son intonation militaire « Nous allons tout de suite faire poser une barricade de fil de fer barbelé, pensa-t-elle. Dire qu'on se donne un mal fou pour préparer les épouses à ce qui les attend, alors qu'en faisant quelques pas, elles peuvent tout contempler par-dessus le mur. »

Ursula Schwabe s'accrocha de nouveau aux mains de la doctoresse.

— Dites-moi, Madame, dit-elle d'une voix noyée de larmes, je vous en supplie, dites-moi... Comment est-il? Est-ce que je n'ai plus le droit de voir Erich parce qu'il... il...

Lisa caressa les boucles blondes d'un geste presque tendre. Comme elle est jeune, se dit-elle en même temps. Presque trop jeune pour comprendre ce que le destin lui a réservé. Voilà la vraie victime. L'homme, lui, s'habituera à vivre avec son nouveau visage. Mais elle? Est-ce qu'elle pourra tenir, avec sa jeunesse et sa faiblesse, elle qui vient tout juste de commencer à vivre, avec toute son espérance neuve dans le bonheur?

— Il n'est pas beau, dit-elle prudemment. Pas un blessé de la face n'est beau. Mais ce n'est que passager. Nous autres, médecins, nous faisons tout ce qui est en notre pouvoir. On essaie tous les moyens possibles pour que l'homme retrouve son air d'homme. Bien sûr, il restera des cicatrices, on ne peut pas empêcher cela. Et peut-être aussi ne ressemblera-t-il pas tout à fait à ce qu'il était avant... On ne peut pas copier la nature avec cent pour cent d'exactitude. Mais il vit! Et il restera en vie, même si la guerre dure encore dix ans. Pour votre mari, la guerre est finie; vous pourrez le garder, pour vous toute seule, c'est absolument certain. Voilà quelque chose que des millions d'autres femmes aujourd'hui ne peuvent pas dire. A vous, Frau Schwabe, la guerre vous a rendu votre mari... Quelle importance peuvent avoir les quelques cicatrices que portera son visage?

— Mais... mais s'il n'a plus de visage du tout? bégaya-t-elle.

— Il en a un! affirma la doctoresse avec énergie.

Je vous le jure : quand vous le reverrez, il sera redevenu un homme comme les autres.

— Et quand... quand le reverrai-je?

Lisa Mainetti souleva légèrement les épaules. Des centaines de fois déjà, elle avait entendu poser cette question par des mères ou des épouses, et même des pères le lui avaient demandé, des pères qui pleuraient, et dont la gorge était tellement serrée qu'ils ne pouvaient parler qu'avec peine. Et chaque fois, elle avait soulevé légèrement les épaules et s'était contentée de répondre, ce qu'elle répondait de nouveau aujourd'hui à Ursula Schwabe.

— Nous allons faire tout notre possible. Cela peut durer un an, mais aussi, peut-être, deux ou trois... ou plus... La nature n'accepte aucune contrainte. Il faudra beaucoup d'opérations, et il faut, après chacune, un certain temps pour que tout se guérisse et se mette en place. Chaque corps humain réagit différemment aux greffes.

— Et pendant tout ce temps-là, je n'aurai pas le droit de voir Erich?

— Mais si ! (Lisa Mainetti aida Ursula à se lever.) Dès qu'il ira un peu mieux, vous pourrez le voir, lui parler, sortir avec lui. Mais avant tout, vous avez un devoir envers lui, vous devez être pour lui sa femme ! C'est le principal. Tous ces grands blessés ont besoin de beaucoup, beaucoup d'amour. Il n'y a rien de plus efficace pour guérir un grand blessé que la certitude qu'il a une femme et que cette femme, malgré tout, l'aime; c'est donc qu'il est encore un être humain.

— Et quand pourrai-je le voir?

— Je vous le ferai savoir par lettre. (Ursula se leva, soutenue par Lisa.) Et maintenant, retournons à l'hôpital, et je vais vous barbouiller le visage de pommade. Et ensuite, il faudra que vous ayez de la patience. Beaucoup de patience.

Ursula Schwabe baissa la tête.

— Mais pourquoi a-t-elle le droit de le voir, elle, sa mère?

— Parce que, dans un tel malheur, l'homme le plus fort se retrouve toujours un enfant. Et un enfant appelle toujours sa mère, n'est-ce pas, quand il se sent perdu?

Ursula posa sa tête sur l'épaule de Lisa.

— Dites-lui que je pense à lui, dit-elle en pleurant et en se couvrant la figure de ses deux mains. Dites-lui que je l'aime, que tout cela m'est égal, je l'aime malgré son visage dévasté, dites-lui que je l'attendrai, même si je dois attendre des années... Dites-lui que je... que je... Les mots s'étouffèrent dans les sanglots. Elle se cramponna à la doctoresse, et se laissa conduire comme un enfant perdu.

Dehors, le sous-officier attendait tout en mordillant sa lèvre inférieure.

— Qui était le salaud? demanda-t-il furieux, lorsque Lisa Mainetti passa devant lui avec Ursula. Je lui romprai les os, à ce cochon...

— Vous autres hommes, vous n'avez que ça dans votre sacrée caboche! répondit Lisa. Retournez dans votre salle et tâchez de vous taire! Compris?

— Oui! répondit-il, et il n'en attendit pas davantage pour disparaître, le front rouge de confusion.

— Je suis désolée, mais il faut que je vous dérange, dit le docteur Mainetti en refermant soigneusement la porte derrière elle.

Sur le lit, Erich Schwabe était assis près de sa mère; tous deux, ils se tenaient par la main et étaient heureux. Le mur géant qui jusqu'alors avait caché le ciel aux yeux de Schwabe venait de tomber; il lui semblait maintenant qu'il était assis dans un rayon de soleil. L'avenir est là, pensait-il sans cesse. C'est maman qui me l'a dit... Ce n'est pas si grave... Elle n'a pas été horrifiée, elle n'a même pas eu un mouvement de recul. L'image que j'ai vue dans l'eau était peut-être fausse; une image déformée comme on peut en voir dans les baraques de foire, aux « royaumes du fou rire ».

Cet espoir et cette foi toute neuve en l'avenir le rendaient fort et plein d'initiatives.

— La prochaine fois, tu viendras avec Ursula! avait-il dit avant que Lisa n'entrât dans la chambre. Et Frau Hedwige Schwabe avait fait de la tête un signe d'assentiment, lui avait caressé les mains et, d'une voix qu'elle s'efforçait de rendre ferme, avait répondu : Très certainement, mon petit. Ursula va se demander pour quelle raison tu avais si peur.

Mais elle savait pertinemment qu'elle mentait, et qu'Ursula ne serait pas assez forte pour supporter le spectacle de ce visage. Quant à l'embrasser!...

— Vous avez bien soigné mon petit, docteur! dit Frau Schwabe en continuant à caresser les mains de son fils. Il a sûrement grossi de deux kilos. Je suis si heureuse qu'il soit en bonne santé...

Lisa Mainetti sourit en plongeant son regard dans le visage recouvert de leucoplast de Schwabe.

— Dire qu'il a eu si peur de cette rencontre! dit-elle.

— Il n'a pas changé, vous voyez, il est toujours un peu idiot!

Frau Schwabe se leva, car elle voyait dans le regard de Lisa Mainetti que la visite touchait à sa fin. Et elle se rendit compte aussi que la doctoresse avait parlé avec Ursula.

— Tu veux déjà t'en aller? demanda Erich d'une voix rauque; c'était un gargouillement de mots à peine intelligible, mais sa mère comprit comme s'il parlait d'une voix claire et normale.

— Mais je reviendrai, mon petit. Elle caressa les cheveux blonds bouclés, et le décoiffa complètement. « Il lui reste ses cheveux, pensa-t-elle. Et comme ils sont rebelles au peigne; déjà quand il était petit, il était presque impossible de lui faire faire une coupe raisonnable. Il a toujours ressemblé à un pinceau usagé. » — Je reste une semaine à Bernegg, et je viendrai te voir tous les jours et bavarder avec toi pendant une heure... Si toutefois, c'est permis...

— Mais bien sûr...

Les yeux d'Erich Schwabe se mirent à briller, ce qui était pour les autres le seul moyen de reconnaître à son visage informe qu'il était heureux.

— Fais venir Ursula, Maman, je t'en prie..., dit-il

— La prochaine fois, petit. Derrière le dos d'Erich, Frau Schwabe repoussa d'un coup de pied énergique le sac contenant le gâteau et le saucisson jusqu'au mur, sous le lit de Lisa. D'abord moi, et ensuite... Et maintenant, sois bien sage et fais tout ce qu'on te demande...

Les yeux du blessé sourirent :

— Oui, Maman, dit-il à voix basse. Je suis si heureux que tu sois venue.

Pendant que Frau Schwabe embrassait encore une fois le pauvre visage de son fils, le Dr Mainetti leur tournait le dos et se perdait dans la contemplation du parc. Cela ne lui coûtait même plus d'effort. C'est mon enfant, pensa-t-elle. Mon sang et ma chair. Ce qu'on lui a fait, on l'a fait aussi à moi.

— Mon cher petit, mon petit chéri, dit-elle tendrement en embrassant les yeux d'Erich. A demain ! Je vais écrire tout de suite à Ursula pour lui donner de tes nouvelles.

On frappa à la porte, et Dora Graff entra, pour venir chercher Erich Schwabe.

— Moi aussi, je vais lui écrire, Maman. (Erich appuya la tête sur l'épaule de sa mère.) Et merci beaucoup Maman,... pour tout... Je suis si heureux maintenant.

Il s'arracha à l'étreinte et, sans même se retourner, il quitta la chambre en compagnie de Dora Graff.

Lorsque la porte se referma derrière eux, Lisa entendit un profond soupir. Avant même qu'elle ait eu le temps de se précipiter, Frau Schwabe s'affala sur le lit et enfouit sa tête blanche dans l'oreiller.

— Erich ! cria-t-elle. Mon petit ! Mon enfant !

Et puis, elle se mit à pleurer, enfin libérée de la contrainte qui l'avait nouée depuis deux heures. L'horreur de ce qu'elle avait vu et senti lui revint à l'esprit, et il lui sembla qu'on lui arrachait le cœur.

La doctoresse la laissa pleurer. Elle s'assit sur le lit auprès d'elle et attendit que la pauvre femme relevât la tête.

— Vous vous êtes montrée incroyablement forte, dit-elle enfin.

Frau Schwabe secoua ses cheveux blancs.

— Croyez-vous qu'il n'ait vraiment rien remarqué ? hoqueta-t-elle.

— Certainement pas. Vous avez plus fait pour sa guérison qu'une centaine de médicaments.

— Est-ce qu'il... est-ce qu'il retrouvera jamais un visage normal, docteur ?

— Oui. Nous allons tout tenter. Avez-vous une bonne photo de votre fils ? Nous allons nous efforcer de lui reconstituer un visage aussi ressemblant que possible avec le vrai.

Frau Schwabe essuya ses larmes. Une pensée lui vint tout à coup, qui l'occupa tout entière, qui ne laissait aucune place au chagrin ou à l'épouvante.

— Que va dire Ursula, sa femme, quand elle le verra ? demanda-t-elle. Qu'est-ce que je dois lui dire, docteur ?

— La vérité. J'ai déjà parlé à la pauvre petite. Pendant que nous la croyions tranquillement assise en sécurité dans la salle de garde, elle est allée se promener et a vu par hasard quelques-uns de nos blessés. Elle s'est comportée beaucoup mieux que je ne l'aurais cru. Elle veut voir son mari...

— Pas maintenant ! Frau Schwabe leva les deux mains en l'air. Je ne le permets pas, docteur !

— Elle va attendre. Ce sera peut-être possible dans deux ou trois mois. (Lisa joignit les mains.)

Vous avez maintenant deux grands devoirs, Frau Schwabe. Vous devez lui reconstruire son avenir, en lui mentant. Et vous devez vous arranger pour que votre belle-fille ait confiance dans la possibilité de cet avenir, aussi confiance que votre fils. Cela ne vous sera pas facile, je le sais par expérience. Pour vous, Erich reste toujours votre petit enfant... Mais la pauvre Ursula va passer des nuits entières à tourner la tête sur l'oreiller, de droite à gauche, en se demandant si c'est vraiment possible de passer toute une vie à côté d'un homme qui n'a plus de visage. Elle est encore jeune, sa vie en tant que femme vient à peine de commencer. Ce sera pour elle incomparablement plus difficile que pour vous, sa mère, de s'habituer à une vision qui chaque fois lui donnera un coup au cœur. Vous allez avoir une tâche difficile...

— Je sais. (Frau Schwabe tira son sac à provisions de dessous le lit, et l'ouvrit. Le gâteau, le saucisson, les petits biscuits... Tout ce qu'on avait réussi à amasser en se privant de manger et en mendiant quelques tickets supplémentaires chez les voisins.)

— Voulez-vous donner tout ça aux jeunes qui peuvent vraiment mâcher, dit-elle en retenant ses sanglots. Est-ce que je puis revenir demain?

— Mais bien sûr.

— Je n'ai pas besoin de dire quoi que ce soit à Ursula?

— Non. Elle sait déjà tout.

Elles longèrent le long corridor jusqu'à la petite salle d'attente attenante à la salle des premiers soins, où Ursula attendait, perchée sur un escabeau. Son visage était tout barbouillé de pommade, et aux endroits qui avaient été arrachés par l'écorce d'arbre et qui étaient à vif, on avait placé quelques bandes de leucoplast.

Frau Schwabe ne posa pas de question. Elle aida Ursula à descendre de son perchoir et l'emmena immédiatement avec elle.

— Viens, petite ! dit-elle simplement. Nous allons rester encore une semaine à Bernegg.

— Que fait... Comment va Erich? bredouilla Ursula, dont les ongles perçaient le bras de sa belle-mère. Comment est-il?

— Bien...

— Bien?

— Oui. Il a grossi de deux kilos.

— Mais son visage, maman....

— Ah ! Ce n'est rien ! s'exclama Frau Schwabe en secouant énergiquement la tête. On en parle beaucoup trop ! Bien sûr, ce n'est pas un prix de beauté, tu le sais bien puisque la doctoresse te l'a dit. Mais dans quelques mois, tout sera remis en place !

Ursula Schwabe garda le silence. Elle pensa aux hommes qu'elle avait aperçus par-dessus le mur. Des gueules de monstres, comme il vous en vient à l'esprit quand vous avez la fièvre. Elle savait que sa belle-mère mentait; elle le savait parfaitement, mais elle ne lui en voulut pas. « Peut-être que je lui aurais aussi menti, moi, si j'avais vu Erich la première », pensa-t-elle. Elle ferma les yeux et essaya d'imaginer le visage de son mari : un visage heureux, ouvert, souriant, et des cheveux blonds perpétuellement en désordre, une grande bouche masculine, assez voluptueuse. Puis un nuage troubla l'image souriante, et quand il se dissipa, il ne restait plus qu'une figure informe comportant en tout et pour tout des yeux, des yeux au milieu d'une surface bouleversée et sillonnée. Et au-dessus, les cheveux blonds fous.

Devant le château, Ursula tomba en syncope dans les bras de sa belle-mère. Un camion militaire les emmena toutes deux jusqu'à Bernegg où on transporta immédiatement Ursula évanouie dans une chambre d'hôtel. Le médecin du village arriva presque immédiatement et lui fit une piqûre pour lui soutenir le cœur.

Pendant ce temps, dans sa chambre, Erich

Schwabe goûtait son bonheur. Il écrivit tout de suite à sa femme :

Uschi chérie!

Maman est venue me voir et elle te racontera tout. J'avais tellement peur de te voir la première... Pardonne-moi, je t'en supplie. Mais maintenant que maman m'a dit que ce n'était pas si épouvantable que je craignais, tu peux venir. J'ai tellement envie de te voir et d'entendre ta bouche me dire que tu m'aimeras toujours...

Puis, il alla s'accouder à la fenêtre et contempla la vallée; il vit tout au fond, entrecoupés de branches d'arbres, les toits des maisons de Bernegg, il vit aussi le toit sous lequel on était justement en train de faire une piqûre à Ursula Schwabe pour la remonter... Mais il ne le savait pas.

Deux jours avant Noël, on amena un nouveau blessé. Ce fut le Dr Mainetti qui était de service ce soir-là qui le reçut. Dans la petite salle de pansements, un jeune soldat était assis, raide, sur un tabouret. A côté de lui, un deuxième soldat se tenait debout; celui-ci avait le visage hargneux, et portait dans ses mains un fusil muni d'une baïonnette.

Le soldat au fusil contempla avec étonnement le Dr Mainetti qui le soupesait du regard comme un véritable adjudant, puis qui se tourna vers le jeune soldat assis. Celui-ci portait une pince dans la bouche, une pince à mâchoires et regardait autour de lui d'un air de chien battu; toute son attitude respirait la peur toute nue.

L'infirmier chargé d'enregistrer les admissions, était assis à son petit bureau près de la fenêtre. Il connaissait le Dr Mainetti depuis deux ans, et garda le silence, tandis que le soldat à la baïonnette se raclait la gorge en regardant le bureaucrate et en lui faisant des signes de tête interrogateurs au sujet de Lisa Mainetti.

— Vous pourriez peut-être vous abstenir de gargouiller comme un asthmatique ! dit Lisa à voix haute, tout en commençant à palper le menton du jeune soldat. Ce fut alors qu'elle remarqua l'uniforme dépourvu d'épaulettes que portait ce dernier, un uniforme déchiré et vieux, et couvert de taches de sang au col.

— Au fait — qu'est-ce que vous foutez ici, dans la salle de pansements ? demanda Lisa au soldat qui se tenait toujours debout. Vous devez attendre dehors, dans le couloir !

— Erreur ! L'homme à la baïonnette fit une large grimace. Je reste ici ! Je dois assister au pansement.

— Dehors ! cria Lisa. Et en vitesse !

— J'ai un ordre de mon chef de compagnie ! En disant ces mots, il se raidit sur place et baissa la tête, comme un taureau.

— Je me fous de votre chef de compagnie comme de ma première chemise ! Ici, c'est moi qui suis le chef ! Si vous ne sortez pas immédiatement, je vous fais chasser !

— Eh ben, mince alors ! Quelle femelle ! (Le soldat se tourna vers l'infirmier qui était toujours assis à son bureau et n'avait manifesté aucune réaction.) Eh, l'ami ! Va donc me chercher le médecin de service pour que je lui murmure deux mots à l'oreille !

— Tout de suite !

D'un bond, l'infirmier se leva, se mit au garde-à-vous devant Lisa et transmit :

— Docteur, il y a là quelqu'un qui voudrait parler au médecin de service ! Il voudrait se plaindre !

— Merde alors ! Bon sang de bon sang ! fit l'homme à la baïonnette. Puis il se mit lui aussi au garde-à-vous.

— Je suis chargé d'accompagner un soldat du bataillon pénitentiaire à une visite médicale. J'ai reçu l'ordre de...

— Je pense que vous avez compris qui avait à

donner des ordres ici, n'est-ce pas? coupa Lisa Mainetti, en montrant la porte du doigt. Le soldat suivit des yeux la direction du doigt menaçant, et son visage se mit à tressaillir. Dehors ! Et vite encore ! En ce qui concerne cet homme, c'est mon affaire, et non celle de votre chef de compagnie, compris ?

— Je...

— Dehors ! hurla Lisa Mainetti. Le soldat tressauta, prit son fusil sous son bras, et quitta la pièce. Dehors, il resta immobile et raide devant la porte, comme une statue qui monte la garde.

Le jeune soldat à la mâchoire cassée regarda Lisa avec une expression de reconnaissance dans les yeux. Il se mit brusquement à pleurer et étendit les mains vers elle, comme s'il cherchait du secours. Elle se mit à palper de nouveau la mâchoire avec précaution et se rendit compte qu'elle n'était pas cassée; celle du bas était simplement démise, et comme elle n'était plus maintenue par l'articulation, elle donnait au visage une allure tragique. Il n'y avait pas eu d'hémorragie; la bouche se bloquait dans une ouverture de la largeur de deux doigts.

La doctoresse se releva.

— Vous êtes dans un bataillon pénitentiaire? demanda-t-elle, en faisant un signe à l'infirmier. Evipan et rouleaux à plâtres, lui cria-t-elle.

— Oui, répondit l'infirmier d'un simple signe de tête.

— Et pourquoi?

— Parce que j'ai prolongé ma permission. De trois jours seulement, pas plus. (Il pleurait maintenant et appuyait la tête contre le mur.) J'étais en perm et ma mère a attrapé la grippe. Elle toussait de façon effrayante. Et le dernier jour, il y a eu une alerte et nous avons été obligés de descendre à la cave où il faisait glacial. Naturellement, elle est devenue plus malade encore, a eu de la fièvre, 40°5, docteur. Alors je suis resté trois jours de plus pour la soigner. Pas un hôpital n'a accepté de la prendre, car ils étaient tous pleins de civils blessés pendant les bombardements. Puis je suis retourné au régiment, lorsque la fièvre a disparu, et ils m'ont condamné. Pour désertion — d'abord à mort — mais mon commandant s'est ravisé parce qu'une pareille chose ne m'était encore jamais arrivée... Bataillon pénitentiaire. (Le visage du jeune garçon grimaçait de peur.) Mais je ne voulais qu'aider ma mère. Elle n'avait personne auprès d'elle ! Et maintenant,... maintenant... il n'y a personne qui me croie... personne...

La doctoresse se lava les mains. « C'est impossible, pensa-t-elle. Cette blessure n'est pas une blessure de guerre. On l'a battu, on l'a tout simplement battu à coups de poings. » Elle interrompit sa toilette, et les mains trempées, elle ouvrit la porte toute grande. Le soldat chargé de la surveillance du prisonnier se tenait devant elle. Lorsqu'il aperçut Lisa, il rougit et serra les lèvres.

— Pourquoi cet homme se trouve-t-il dans le bataillon des punis ? s'écria-t-elle.

— Je ne sais pas, grommela le soldat.

— Et où a-t-il attrapé cette fracture de la mâchoire inférieure ?

— Je ne sais pas.

— Retournez auprès de votre commandant et dites-lui que l'homme doit rester ici. Il faut que je remette la mâchoire à sa place et que je fasse un plâtre. J'enverrai ensuite un rapport écrit détaillé.

— Ça ne va pas. Il avança d'un pas en direction de Lisa. Il faut que je le remmène avec moi.

— Il faut que tu fermes ta gueule, compris ! cria Lisa. Retournez à la réception et attendez qu'on vous donne un certificat d'admission. Et ensuite, filez !

Sans attendre de réponse, elle claqua la porte et retourna au lavabo où elle finit de se laver les mains.

Dans le couloir, le soldat n'arrivait pas à prendre une décision. Et ce fut ainsi que le rencontra le

Dr Urban, occupé à lire le dernier numéro de « Reich » dans sa chambre jusqu'à ce que les cris de Lisa Mainetti le fissent sursauter. Il venait voir ce qu'il se passait.

— Eh bien, qu'est-ce qui vous arrive? demanda-t-il. (Il contempla la baïonnette et fit entendre un léger sifflement.) Qu'est-ce que vous fichez ici? Avez-vous amené quelqu'un? Accompagnez-moi jusqu'à ma chambre et racontez-moi.

Tandis que Lisa Mainetti, après avoir fait au blessé une injection d'évipan, lui remettait sa mâchoire et la fixait dans une bande de plâtre, puis le faisait conduire dans son service, le soldat de garde faisait son rapport sur l'incident qui les avait opposés.

— Faites tout ce qu'elle vous a dit, conclut Urban avec satisfaction. Et racontez tout cela à votre commandant. Quant au blessé, je le surveillerai moi-même, soyez tranquille, je le tiendrai à l'œil, le petit salaud. Décamper, et venir ici faire le difficile! Je vais arranger tout cela.

Lisa était encore en train d'arracher le plâtre qui lui était resté collé aux mains, lorsque le Dr Urban pénétra en souriant dans la salle de pansement et s'approcha du lavabo.

— Je suppose que ce jeune homme a une fracture tellement mauvaise qu'il va être obligé de rester à l'hôpital pendant plusieurs mois, dit-il sur un ton acide. J'ai entendu dire que vous l'aviez mis dans votre service? Au fait, savez-vous ce que signifie l'expression : forces de défense tenues cachées?

— Bien sûr, je le sais. Je sais aussi ce que signifie : vol de morphine dans la pharmacie de l'hôpital.

— Ce n'est pas avec cela que vous allez m'intimider, collègue. Je sais pour quelle raison vous gardez caché le soldat condamné. Sous couvert de conscience professionnelle, et de secret médical, vous faites de l'opposition passive au Führer et à la victoire finale!

Lisa Mainetti garda le silence. D'un coup d'œil

glacial elle foudroya le Dr Urban et quitta la pièce, non sans faire ostensiblement un grand détour pour ne pas l'approcher de trop près. Par la porte ouverte, le médecin la vit longer le couloir, les mains encore dégouttantes d'eau, vers la chambre du patron.

« Naturellement, se dit-il. Maintenant, elle cherche protection. Tous à mettre dans le même panier ! Orgueilleux, effrontés, et certains que nous allons perdre la guerre. On devrait les envoyer tous au poteau d'exécution ! »

La tête penchée, il restait debout, seul, au milieu de la salle, tandis que, derrière lui, l'infirmier lavait à grande eau les lamelles de plâtre qui étaient tombées pendant l'opération. « Il n'y a qu'un moyen de la toucher, pensa Urban, c'est de lui prendre son amoureux. Dans toutes les chambres, il y a plusieurs blessés qu'on maintient au lit alors qu'on aurait pu depuis longtemps les renvoyer, simplement pour leur éviter d'être expédiés au front. Il suffirait de le signaler. Un petit mot : Allez donc faire un tour à l'hôpital de Bernegg. Vous y trouverez des gars qui pourraient parfaitement combler les vides au front... »

Ce serait un coup dur. Et pourtant ce ne serait que son devoir le plus strict envers la mère patrie.

La chambre B/14 s'était habituée à l'aspect d'Erich Schwabe. Cela allait très vite d'ailleurs entre hommes qui avaient tous le même genre de misère à supporter. Et après la visite de sa mère, Schwabe s'était montré beaucoup plus ouvert vis-à-vis de ses camarades; il restait avec eux beaucoup plus souvent, assis tous ensemble autour de la table à discuter ou à jouer au skat, aux échecs, ou aux petits chevaux avec le Pacha qui gagnait toujours d'ailleurs.

La chambrée B/14 qui s'était vue privée de son attraction numéro un après le départ de l'homme à la poitrine de femme en guise de menton, attraction qui avait fait sa célébrité, se vit bientôt nantie d'un nouveau numéro sensationnel, encore que très silencieux, en la personne du sous-officier Kaspar Bloch.

Bloch était un jeune géant brun à qui un éclat de grenade avait arraché une pommette et rasé une oreille. La partie droite de son visage donnait l'impression d'avoir été écrasée par un marteau-pilon. Depuis plus d'un an déjà, il était en traitement. Tout d'abord, au service de la chirurgie du visage, puis en psychiatrie, et enfin dans le service oto-rhino-laryngologique. Puis, de là, il était revenu chez le professeur Rusch et le Dr Lisa Mainetti, qui lui avaient tellement bien refait le visage qu'on pouvait maintenant le regarder sans sursauter.

Mais il était resté sourd, totalement sourd. C'était la grande énigme qui le faisait promener d'un service à l'autre. Qu'il ne puisse plus entendre de l'oreille droite, voilà qui ne surprenait aucun spécialiste... Mais pour quelle raison était-il devenu sourd également de l'oreille gauche, alors qu'elle n'avait subi aucun dommage, voilà qui les laissait perplexes.

Le Dr Urban qui parcourait les fiches de Kaspar Bloch, après son retour dans le service chirurgical, exprima tout haut ce que le Dr Mainetti soupçonnait depuis longtemps en silence.

— Le cas est pourtant clair ! s'écria-t-il en jetant les fiches médicales de Bloch sur la table. La brute joue la comédie ! Il peut entendre tout aussi bien que nous tous. Mais je vous garantis que j'arriverai à le faire se trahir ! Nous allons bien voir !

Ce fut ainsi que Kaspar Bloch fit son entrée dans la chambrée B/14. Sa réputation de comédien et de simulateur invétéré l'y avait précédé. Toute la chambrée attendait avec curiosité la réaction du soi-disant sourd quand Wastl Feininger sortirait une de ses plaisanteries irrésistibles. Même si on n'entendait qu'à moitié, il était impossible à un homme normal de ne pas se trahir.

Mais Kaspar Bloch réussit cette épreuve. Il était assis près de la table et jouait au skat lorsque Wastl commença à raconter une aventure qui s'était passée dans un modeste chalet de montagne. Ce fut l'histoire la plus corsée que la chambrée B/14 ait jamais entendue jusqu'alors.

— Est-ce possible, un salaud pareil ! hoquetait Paul Zwerch en se tenant le ventre. Il faut que je l'oublie, sinon, je vais en rêver.

Calme et souriant, Kaspar Bloch était resté assis devant son échiquier et attendait patiemment que les rires de ses camarades se soient calmés. Pas un muscle de son visage n'avait tressailli, Fritz Adam l'avait observé avec beaucoup d'attention.

— Il n'entend vraiment rien ! dit-il lorsque le silence fut revenu. Personne ne pourrait se dominer à ce point. En ce qui concerne la comédie... C'est sans doute une fois de plus une idée lumineuse de Urban le nazi.

Le soir, après l'extinction des lumières, lorsque les autres s'étaient déjà endormis, Kaspar Bloch, encore éveillé, était étendu sans faire un mouvement et scrutait l'obscurité.

« Quatorze mois, se dit-il, voilà quatorze mois que je tiens le coup. Et je tiendrai encore, jusqu'à ce que toute cette saleté soit passée.

« Souvent, cela m'a été presque impossible de faire comme si je n'entendais rien. »

Surtout autrefois, lorsque son père vint lui faire une visite, le docteur Thomas Bloch, professeur de psychiatrie. On ne lui avait pas dit que son fils était devenu complètement sourd, et il vint à lui, les mains tendues en avant, en disant : « Je suis chargé de te transmettre toute l'affection de maman, et de te donner ce baiser de sa part ! » Et Kaspar Bloch dut rester là, devant son père, l'air étonné, comme s'il n'avait rien compris, tandis que son cœur criait et que l'émotion l'étouffait. Mais un regard lui suffit pour constater combien attentivement les médecins qui se trouvaient avec eux l'examinaient, et il se contenta de hausser les épaules, d'indiquer du doigt ses oreilles, et il aurait pu hurler de désespoir en voyant l'air consterné de son père qu'il avait été obligé de tromper comme tous les autres.

Le Dr Urban avait déjà essayé trois fois de confondre Kaspar Bloch. Il n'avait pas réussi. Et même la dernière fois, il avait dit à un infirmier, en voyant passer Bloch devant lui : « Ah ! le voilà, Bloch ! Michel, réfléchissez un peu à la façon la plus douce dont on puisse prévenir le pauvre garçon que son père a été arrêté hier ou avant-hier pour subtilisation de forces armées... »

Kaspar Bloch n'avait pas bronché. Il avait poursuivi son chemin sans même marquer de la moindre hésitation la régularité de son pas. Ce fut seulement arrivé aux toilettes qu'il put s'appuyer contre le carrelage froid et qu'il s'était mordu les lèvres jusqu'au sang pour ne pas crier. Pendant trois jours, il avait vécu dans l'enfer de l'incertitude, trois nuits de suite il n'avait pas réussi à dormir, et avait essayé d'apaiser sa souffrance en s'enfonçant les ongles dans la paume des mains. Puis, il reçut une lettre de son père disant qu'il allait bien. Sa tension tomba, et il pleura une nuit entière, la couverture appuyée sur son visage pour que personne ne l'entendît dans la chambre.

— Et pourtant, je suis sûr qu'il joue la comédie ! dit le Dr Urban un peu plus tard, dans le bureau du patron. Je vais trouver un moyen de le réduire. Attendez un peu Noël. J'ai déjà bâti un plan...

— Que vous puissiez m'entendre ou non, dit plus tard Lisa Mainetti à Kaspar Bloch, je m'en fiche. Mais faites attention quand viendra Noël. Ne perdez pas votre sang-froid. Tout ce qu'on pourra vous raconter... n'y croyez pas, ce ne sera pas vrai !

Kaspar Bloch se trouvait alors dans l'antichambre

de la salle d'opération occupé à rouler des bandes de gaze. On se servait de lui pour remplir de semblables petites tâches sans importance mais qui faisaient perdre du temps au personnel médical. Tandis que Lisa prononçait ces paroles, il la regarda gentiment mais sans manifester la moindre réaction, comme s'il n'entendait vraiment rien. Ce fut seulement quand elle s'arrêta de parler qu'une étincelle apparut dans ses yeux.

Lisa Mainetti respira profondément.

— Tu es un gars courageux, dit-elle en frappant affectueusement la joue de Bloch. Je n'aurais jamais eu cette force...

Puis elle se détourna et se lava les bras et les mains. Dans quelques minutes devait arriver un nouveau contingent de blessés venant du front; on avait annoncé un nouveau train sanitaire, et les camions de l'hôpital de Bernegg étaient partis vers le lieu de débarquement.

Douze nouveaux pour le bloc B, avait annoncé le service administratif. Douze visages rasés. Douze destins brisés. Douze caricatures de la guerre. Douze êtres jeunes qui devaient commencer une nouvelle vie dans la solitude de Bernegg.

La conséquence douze fois répétée d'un délire politique.

Et cela ne servait de leçon à personne.

C'était Noël.

Ursula Schwabe avait déménagé de sa cave pour emménager chez sa belle-mère. Un jour, elle était arrivée avec une petite valise et ses habits sous le bras devant la porte de l'immeuble détruit, et elle se mit à pleurer.

— Je n'en peux plus, dit-elle. Je ne peux plus dormir la nuit. Sans cesse, devant mes yeux, ces visages qui n'en sont plus. Et je vois sans arrêt Erich... lui aussi, sans rien... rien que les yeux... et ces yeux pleurent, pleurent... C'est terrible, maman... Laisse-moi habiter avec toi... Toute seule, je ne tiendrai pas le coup !

Frau Schwabe comprit, la prit par la main, et la conduisit dans sa propre cave. Dans la journée, pendant les courtes périodes de calme entre les alertes, elles coururent toutes deux jusqu'à la cave d'Ursula et traînèrent tout ce qu'elles purent chez Frau Hedwige Schwabe, le lit de camp, les matelas, les pots, les couvertures, les oreillers, deux chaises, la vaisselle et les verres en carton. Et une boîte de chaussures pleine de photos. Des photos d'Erich Schwabe : depuis l'enfance, dans le tas de sable, jusqu'au mariage qui le montrait dans toute sa fierté et sa confiance en soi : Voyez quelle jolie petite épouse j'ai là !

— Vas-tu là-bas à Noël ? demanda Ursula.

Elle avait reçu une ration spéciale de farine et ne savait pas, assise en contemplation devant la terrine, si elle devait faire des petits biscuits secs ou pas.

— Oui, répondit Frau Schwabe.

— Est-ce qu'il peut déjà manger des biscuits ?

— Je ne crois pas, Uschi.

Ursula porta sa terrine de farine dans un coin de la cave et l'enferma dans la partie inférieure de l'armoire de cuisine qu'elles avaient transportée dans la cave. La partie supérieure avait été brûlée.

— Il a écrit que je devais venir, dit-elle lorsqu'elle revint. Depuis deux semaines, elle ne faisait que répéter cette phrase, et toujours Frau Schwabe lui faisait avec patience la même réponse.

— La doctoresse a dit qu'en février, ça ira déjà bien.

— Mais je l'aime ! Je ne serai certainement pas horrifiée... Je... je...

— Il faut avoir un peu de patience, Uschi. Sois courageuse, pour l'amour d'Erich. Il va venir une période où il aura entièrement besoin de toi. De toi toute seule... et plus de moi. Et cette période ne va plus tarder. Chaque opération le rapproche de toi, chaque opération le ramène à toi... C'est maintenant pour toi la seule façon de l'aider, attendre.

L'avant-veille de Noël, Frau Schwabe reprit la route du château de Bernegg. Cette fois, elle n'avait rien emporté à manger, mais seulement une grande photographie d'Ursula dans un cadre de bois. Cela lui avait coûté les tickets de tabac de six semaines. Et elle avait aussi acheté des livres à un homme qui remplissait sa marmite avec les restes sauvegardés de sa bibliothèque.

Ce fut ainsi, que, bien chargée, elle débarqua à Bernegg.

Elles étaient nombreuses, les mères, qui étaient assises très raides, et qui attendaient dans la grande pièce débarrassée. Beaucoup de femmes étaient venues; toutes, elles étaient contractées et bouleversées à l'idée de ce qui allait se passer. On sentait des odeurs de branches de sapin et de gâteau, d'éther et de ragoût brûlé. Un soldat qui portait un brassard de la Croix-Rouge se tenait debout sur le seuil de la porte et regardait sa montre.

— Le patron vient tout de suite, dit-il. Il veut encore vous dire quelque chose avant.

CHAPITRE V

DANS LEURS CHAMBRES, les blessés étaient sagement assis et attendaient avec la même impatience douloureuse que les épouses et les mères, au rez-de-chaussée du bloc B. Cette tension muette succédait à une activité de fourmilière, qui avait déjà commencé très tôt le matin, avec la douche et les soins des visages. On fit des pansements neufs, on replaça de nouvelles bandes de leucoplast sur les cicatrices les plus visibles et sur les greffes. Quelques-uns même durent se raser. Millimètre par millimètre, ils grattèrent les quelques poils qui pointaient ou qui s'accumulaient sur les parties de peau intacte entre les cicatrices. C'était la spécialité du Dr Urban de rendre la vie difficile à ces hommes qui devaient se raser. « Approchez donc un peu le rasoir ! criait-il quand il surprenait un blessé qui maniait l'instrument avec trop de précaution, à son gré. Ce type a la chance d'avoir encore de la vraie peau sur la figure, et il n'en prend aucun soin ! Allez, retourne — et recommence à te raser convenablement ! »

On brossa et on repassa les uniformes; on refit les plis des pantalons. A la manière des paysans, les soldats les avaient humidifiés la veille au soir, et les avaient glissés sous leurs matelas, ce qui donnait un pli plus résistant que le meilleur fer du meilleur tailleur.

Wastl Feininger lui aussi avait appris que sa femme allait venir de Berchtesgaden, et cela lui avait donné du souci. « La voilà qui vient ! grondat-il en reposant sur la table son bateau-miniature. Maintenant, je suis obligé de décommander la fille, là en bas. Ce n'est plus un jour de fête, si on doit le passer avec sa vieille ! »

Fritz Adam était assis sur son lit, silencieux, plongé dans ses pensées. Sa femme aussi devait venir. C'était la première fois qu'elle viendrait lui rendre visite à Bernegg. Il lui avait écrit qu'il avait été blessé au visage et que, si l'opération réussissait, il serait probablement un peu différent de ce qu'il était avant. Ce à quoi la capricieuse Irène Adam, qui n'avait pas beaucoup de plomb dans la cervelle, avait simplement répondu: « On verra bien. Ce ne peut pas être aussi effrayant... » Et Fritz Adam attendait sur son lit, le cœur battant à tout rompre de peur. En bas, un étage au-dessous, Irène attendait elle aussi, il le savait, car Dora Graff avait transmis le nom des visiteurs. Fritz s'était rasé et coiffé avec un soin tout particulier, et l'officier sanitaire qui aidait le Dr Mainetti dans son service lui avait collé de larges bandes fraîches de leucoplast pour cacher du mieux possible la moitié de son visage qui avait été grillée et arrachée. Puis il s'était regardé dans une glace et avait trouvé ce spectacle supportable. « Exactement comme après un tournoi au sabre, camarade ! s'était écrié l'aide-stagiaire. Ta femme va se demander pour quelle raison tu restes dans cet hôpital. »

Dans un coin de la chambre, on avait déposé les cadeaux de Noël que les blessés avaient bricolés eux-mêmes pendant les semaines précédentes. L'après-midi devait avoir lieu la distribution aux orphelins de guerre, cérémonie organisée par la direction du Parti qui comptait bien en faire de la publicité et monter l'effet de propagande en épingle : Ceux qui ont été marqués de façon indélébile par la guerre offrent des gâteries aux enfants de ceux qui sont restés sur le champ d'honneur — les forces invincibles de l'amour !

Mais les blessés ignoraient ce détail. Ils avaient confectionné ces jouets avec joie : ils avaient scié et collé, creusé et tapé du marteau, parce que cela les avait amusés. Et il en était sorti de véritables petits chefs-d'œuvre artistiques, des moulins automatiques, des grues à pivot et des pompes à incendie, des bateaux qui voguaient et des autos dont les moteurs rugissaient vraiment. Il ne manquait que des reproductions d'engins de guerre. Pas de sabres et pas de tanks, pas de canons et pas d'avions. Quelques semaines auparavant, la direction du Parti avait fait apporter à l'hôpital les plans destinés à la fabrication d'une ligne de défense militaire avec des canons et des engins de D.C.A., mais on avait retrouvé les desssins déchirés et jetés dans les cabinets. Il semblait aux blessés qu'il leur suffisait de penser à de tels engins pour que leurs doigts se raidissent et se refusassent à tout service. A la suite de cet incident, le Dr Urban entreprit une enquête serrée, mais il n'eût pas de succès. Il y avait deux cents blessés dans le bloc B, et chacun d'eux pouvait être le coupable. Par contre, personne ne songea que ce pût être l'œuvre du patron, le professeur Rusch lui-même.

Erich Schwabe aussi avait fabriqué quelque chose. Il était vitrier de métier, et s'était procuré des débris de verre, puis il les avait peints avec de la peinture à l'huile; et de tous ces morceaux multicolores, il avait fait une mosaïque représentant deux êtres qui, la main dans la main, s'en allaient vers le soleil. Et au-dessous, il avait écrit : ce n'est qu'avec toi qu'il existe pour moi un lendemain. C'était le cadeau d'Erich pour Ursula, que Frau Schwabe devait emporter à Cologne. Ursula elle-même ne pouvait pas venir, avait écrit la mère, car elle avait attrapé une forte grippe et avait beaucoup de fièvre. « Mais elle viendra certainement à Pâques, avait ajouté Frau Schwabe. Il y a ici tous les jours des alertes et des bombardements, et bien qu'ils risquent la peine de mort, les pilleurs se multiplient. C'est pourquoi nous ne pouvons pas abandonner trop longtemps la cave. Nous ne pouvons venir te voir qu'à tour de rôle, mon petit. A Pâques, ce sera le tour de Uschi...

Erich Schwabe comprenait très bien. A Pâques, je serai déjà plus présentable, se dit-il. Toutes les semaines qui passent amènent des améliorations. C'est sans doute mieux pour elle de ne pas venir tout de suite, mais seulement dans quelques mois, quand je serai un peu mieux reconstruit...

Il avait fignolé sa mosaïque pour sa femme, ce cri touchant d'amour, cet appel émouvant vers l'amour. Il l'avait posée sur ses genoux, soigneusement enveloppée dans un papier d'emballage, et il attendait aussi d'être appelé. Bien qu'il sût de façon certaine que sa mère allait venir, et qu'il n'eût plus peur comme la première fois, puisque le premier choc était passé, il se sentait énervé de la tête aux pieds. Sa respiration sifflait à travers le trou qui lui servait de bouche.

La porte s'ouvrit, et un infirmier passa la tête et inspecta du regard les hommes qui avaient tous en chœur bondi de leurs chaises.

— Dans dix minutes, camarades ! Le patron n'a pas terminé sa conférence. Vous avez encore juste le temps d'aller pisser une dernière fois.

— Cochon ! Crétin ! s'écria Wastl Feininger.

Fritz Adam s'étendit sur son lit, les bras repliés sous sa tête, et il ferma les yeux.

— Cette attente, dit-il tout bas. Cette attente maudite. Je voudrais qu'on soit déjà ce soir...

Personne ne lui répondit. Ils étaient tous assis sur le bord de leur lit, et fixaient le plancher.

« Qu'est-ce qu'elle va dire? pensait chacun d'eux en particulier. Est-ce que tout va bien se passer? Ou bien va-t-elle se contenter de me jouer la comédie, et au fond d'elle-même sera-t-elle horrifiée ? Peut-être a-t-elle déjà trouvé un autre homme, un bel homme en bonne santé, avec un visage aux contours normaux et unis? Etait-il raisonnable de la croire capable de passer toute sa vie avec une pareille caricature? N'était-il pas préférable de rompre — tout de suite, tout de suite? Sans attendre? »

Noël... la fête de l'amour...

— Personne ne m'attend, moi! dit le Berlinois tout d'un coup, rompant le lourd silence de la pièce. Enfants! Si vous saviez comme je suis heureux d'être tout seul.

Et tous ceux qui l'entouraient, effectivement, en cet instant l'envièrent.

Tous les regards des épouses et des mères se relevèrent lorsque la porte de la salle s'ouvrit et que le professeur Rusch entra, en compagnie du Dr Lisa Mainetti et du Dr Urban. Ils avaient tous trois revêtu leurs blouses blanches, mais seul, le Dr Urban portait son uniforme d'officier sous sa blouse de médecin, ainsi que de grandes bottes brillantes. Sa tête typiquement germanique se tourna immédiatement vers le groupe des femmes, et son regard tomba d'instinct sur une jeune femme en manteau de fourrure qui était assise près de la porte. Elle portait de fines chaussures à hauts talons, des bas de soie, et sous son manteau de fourrure, on apercevait un tailleur bien coupé dont la jupe très étroite s'entrouvrait pour laisser voir les longues jambes galbées. Elle avait relevé ses longs cheveux blonds, s'était maquillée avec soin, ce qui faisait paraître son mince visage encore plus mince; ses lèvres rondes luisaient sous la couleur cyclamen d'un rouge de marque française. Les yeux sombres et ardents enregistraient tout ce qui se passait autour d'elle et, mi-étonnés, mi-insolents, répondirent au regard insistant que lança le Dr Urban.

« Regardez-moi ce petit numéro » pensa-t-il, et au même moment, il remarqua l'anneau d'or à l'annulaire gauche. « Allons bon, c'est l'épouse d'un de nos prix de beauté, se dit-il sans ménagement. Impensable, qu'une petite poupée de ce genre puisse passer toute son existence avec un homme qui n'a plus de visage. On pourrait presque dire : c'est vraiment trop dommage pour elle. »

Le Dr Urban remit sa blouse en ordre et déboutonna le bouton du haut pour qu'on puisse apercevoir les insignes d'argent de son uniforme attestant qu'il était officier. Puis il regarda de nouveau la petite femme à l'allure de poupée. Elle détourna vite son regard, mais il remarqua cependant que du coin de l'œil, elle l'observait et le soupesait. Lentement, le professeur Rusch se dirigea vers une chaise qu'on avait installée devant l'immense sapin décoré. Deux infirmières, munies de longues perches aux extrémités desquelles on avait placé des bougies, étaient justement en train d'illuminer l'arbre. Un parfum de sapin échauffé emplit la pièce et répandit l'odeur caractéristique de Noël sur les femmes assises, serrées les unes contre les autres, et sur les quelques hommes qui les accompagnaient, de vieux papas qui attendaient leurs fils mutilés.

Le professeur Rusch posa ses mains sur le dossier de la chaise libre et promena son regard sur les visages tendus vers lui. « Maintenant, il faut que je dise quelque chose, pensa-t-il. Et je voudrais pouvoir leur dire à tous : Pères et mères qui êtes là devant moi, venez. Prenez votre fils, emmenez-le, placez-le au milieu des routes, montrez-le à tous, allez de ville en ville, de village en village, de maison en maison et criez : Voyez ! voyez le vrai visage de la guerre ! Voyez cette caricature indélébile ! Voilà ce qui reste d'un bel être plein de force et de santé, heureux de vivre, d'un être qui a cru au bonheur et à l'amour et que j'avais mis au monde pour qu'il puisse vivre et chanter de joie ! Voilà ce qu'on a fait de lui ! Et pour quoi ? Je vous le demande à tous. Pouvez-vous me dire comment il est possible qu'une poignée d'hommes déclenchent une guerre tout en sachant que des millions d'autres ne souhaitent que pouvoir vivre en paix? Où se cache la racine de cette folie? Regardez mon enfant — ça, c'est la guerre! Faut-il vraiment que demain ou après-demain, ce soit le tour de votre enfant à vous? »

Lisa Mainetti s'approcha du professeur Rusch par derrière, et se pencha légèrement en avant :

— Dois-je commencer à parler? demanda-t-elle à voix basse. Si tu dis maintenant ce que tu penses, tu vends ta propre tête.

Le professeur Rusch jeta un rapide coup d'œil sur son médecin-chef, le Dr Urban, qui s'était installé près de la jolie petite personne au manteau de fourrure, et ronronnait comme une chatte en chaleur.

— Chères mères et épouses, commença le professeur Rusch d'une voix claire qui éveillait d'emblée la confiance grâce à sa chaude humanité. Même si bientôt toutes les lumières du grand sapin de Noël vont étinceler et si les portes de l'hôpital vont s'ouvrir, ce sera quelque chose de tout à fait différent que la cérémonie rituelle de l'ouverture de la porte d'une pièce derrière laquelle brûle un sapin et attend une pile de cadeaux. Un cadeau vous attend vraiment, un être ressuscité qui peut-être n'aura plus tout à fait la même apparence que celle à laquelle vous étiez habitués et dont vous gardez souvenir — mais il est là, et c'est vraiment lui! Il a retrouvé confiance dans l'avenir, de toute la puissance de son cœur! Il a surmonté tous les obstacles pour pouvoir recommencer une nouvelle vie après avoir longtemps pensé que, pour lui, tout était terminé. Maintenant il vous est rendu, et la seule chose que cet être vous supplie de lui accorder — ou plutôt, qu'il exige de vous, qu'il a le droit d'exiger de vous, ce n'est rien d'autre que de l'amour. Rien que de l'amour! C'est l'unique et le plus grand cadeau que vous puissiez lui donner. Tout ce que vous avez pu apporter dans vos sacs, vous pouvez le jeter. Cela n'a aucune importance car votre amour seul compte, c'est pour lui la nouvelle vie, sa force, son avenir, c'est tout, simplement tout pour lui. La plupart d'entre vous n'ont pas encore revu le fils ou le mari que nous soignons depuis des mois ici. Le Dr Mainetti a bavardé avec chacune d'entre vous en particulier. Je voudrais vous demander de ne pas oublier un seul instant la recommandation qu'elle vous a faite : soyez fortes ! Donnez tout votre amour, sans compter, même si cela vous semble dur. C'est votre fils, c'est votre mari qui va se trouver bientôt devant vos yeux — et il a plus besoin d'aide qu'un petit enfant...

Le professeur Rusch baissa la tête, sa voix s'affaiblit, mais jusqu'au rang le plus éloigné, on ne perdit pas un mot de ce qu'il disait.

— ...Je dépose entre vos mains maternelles le destin de mes camarades. Je sais que vous pouvez guérir beaucoup mieux que mon bistouri.

Presque brutalement, il se détourna et, la tête toujours baissée, il quitta la pièce.

Un infirmier-adjudant apparut dans l'encadrement de la porte. Il tenait à la main une longue liste et la déplia dans la salle. Le Dr Urban jeta un coup d'œil sur la petite femme assise à côté de lui, qui ne semblait pas particulièrement émue par le discours du grand chef. Elle ne pleurait pas comme la plupart des autres femmes; elle se contentait de se passer la langue à petits coups nerveux sur ses lèvres peintes. Un joli petit serpent, pensa le Dr Urban. A qui peut bien appartenir cette poupée?

La voix de l'adjudant le tira de ses méditations. Il appelait les noms, et l'une après l'autre, les femmes ainsi appelées disparaissaient.

— Berger : Chambre 10
— Wüllner : Chambre 15
— Eisenbart : Chambre 4
— Gerhardt : Chambre 20

— Pollisch : Chambre 1
— Feininger : Chambre 14
— Schwabe : Chambre 14
— Adam : Chambre 14...

La petite femme blonde capricieuse tira sa jupe sur ses genoux, et se leva. Elle ramena sur ses épaules le manteau de fourrure entrouvert et regarda Urban avec de grands yeux enfantins.

— Adam ! C'est moi ! dit-elle d'une voix claire.

C'est un outrage à la nature ! Le Dr Urban se pencha vers elle avec galanterie :

— Permettez-vous que je vous conduise jusqu'à la chambre 14, Madame ?

— Très volontiers, docteur.

Elle trottina devant lui tout le long du corridor jusqu'à l'escalier. « Adam, pensa le docteur Urban en examinant les jambes élancées de la jeune femme. Fritz Adam. L'homme à qui il manquait la partie droite de la figure. L'étudiant en médecine, troisième année. Un chic type, en soi — mais que peut demander un homme qui n'a plus qu'un demi-visage à une petite femme aussi ravissante ? »

— Il faut monter, dit le Dr Urban en contemplant avec gourmandise les jambes qui dansaient devant lui. Il se sentit envahi par la chaleur, et il dut avaler sa salive, pour empêcher la sécheresse de paralyser sa bouche.

— Vous avez déjà vu votre mari ? demanda-t-il en la rejoignant en quelques enjambées.

— Non. C'est la première fois. Irène Adam demeura immobile, les yeux exorbités et anxieux. Est-ce que... est-ce que c'est vraiment épouvantable ?

— C'est selon. (Le Dr Urban enfouit ses mains dans les poches de sa blouse blanche.) Je fais tout ce qui est en mon pouvoir pour guérir votre mari. D'autant plus maintenant que je vous connais.

— C'est vous qui l'opérez ? demanda-t-elle en le regardant d'un air admiratif. Une flamme illumina ses yeux. Vous avez un métier formidable, docteur.

Le Dr Urban garda le silence. Il jouit du compliment de la petite poupée comme il jouissait de son injection de morphine. Cela ne le gênait pas le moins du monde d'avoir conscience de son rôle de spectateur durant les opérations que subissait Fritz Adam; jamais encore il n'avait même recousu la moindre plaie de ce visage ni des autres ! On devrait lui dire que son mari ne sera plus jamais comme avant, pensa-t-il un instant. Mais tout de suite il s'épouvanta de ses propres pensées et précéda Frau Adam dans la chambre 14. Il ouvrit la porte et la laissa entrer toute seule. Il eut encore le temps de voir bondir Fritz Adam et la petite épouse se paralyser sur place. Puis il ferma rapidement la porte, alla s'accouder à un châssis de fenêtre du couloir et contempla le parc enneigé.

Il sentait monter en lui le désir sinistre de voir Irène Adam incapable de s'habituer à la mutilation de son mari. Et il n'avait pas même honte de ses propres pensées.

« Je suis grand, fort et en bonne santé, pensa-t-il. C'est ce qu'il lui faut. » Et il sentit se développer en lui une passion insurmontable, et en même temps, la colère le prit de voir que la porte de la chambre 14 ne s'ouvrait pas, que la petite poupée affolée ne sortait pas en criant : Je ne peux pas le regarder !... Je ne peux pas.

D'un geste nerveux, le Dr Urban alluma une cigarette et attendit dans le corridor. Pendant une heure entière, il arpenta les quelques mètres les plus proches de la porte de la chambre 14, jusqu'à ce qu'un tremblement secouât tout son corps. Alors il courut dans sa chambre, ouvrit la petite boîte contenant, soigneusement emmitouflées dans une couverture d'ouate, la seringue et l'ampoule de liquide blanchâtre, et enfonça l'aiguille très profondément dans son avant-bras gauche. La respiration oppressée, il se renversa et attendit que le poison fit son effet.

Il s'apaisa, sa respiration se régularisa, et on ne

put bientôt voir qu'à ses yeux brillants quelle était la source des forces du Dr Urban.

A grands pas, il regagna le premier étage, et reprit son poste de garde devant la chambre 14.

Peu avant le déjeuner, quelqu'un frappa à la porte de la chambre de la doctoresse Mainetti.

Lisa s'était mise à l'aise, après avoir entendu les rapports des infirmières de service sur le comportement des malades et de leurs familles. Tout se passait très bien. Il y avait eu des larmes, bien sûr; souvent, il avait été difficile aux visiteuses de tenir cachée l'horreur qui les avait saisies à la vue du déchet humain qu'était devenu celui qu'elles aimaient. Mais l'amour des femmes et des mères avait gagné la bataille et, bientôt, elles avaient perdu de vue la mutilation pour se représenter instinctivement le visage comme elles l'avaient toujours connu. Le professeur Rusch était parti pour Bernegg, car il devait aller chercher le chef du Parti pour qu'il présidât la cérémonie de remise des cadeaux aux orphelins, cérémonie qui était prévue pour l'après-midi même. A cette occasion, on changea la décoration de la grande salle. On apporta une estrade devant le sapin, recouverte de drapeaux à la croix gammée et, entre le podium et l'arbre, on éleva sur un socle un buste de Adolf Hitler. Le professeur Rusch ne pouvait empêcher que la salle de loisirs soit ainsi déshonorée, et il accepta cette promiscuité avec la même résistance passive qui lui faisait répondre au salut des soldats, à l'occasion des visites médicales, par un clair « Bonjour », tandis que le Dr Urban hurlait chaque fois d'une voix stridente « Heil Hitler! »

Lisa Mainetti venait de s'asseoir et de commencer à se brosser les cheveux lorsqu'elle entendit le coup frappé à la porte.

— Entrez!

Avec étonnement, elle admira la poupée blonde

qui dansait devant elle. Mais avant que la porte ne se refermât, elle eut le temps d'apercevoir l'envol d'une blouse blanche dans le couloir, et deux grosses bottes noires étincelantes.

— Docteur Mainetti, se présenta-t-elle. Vous désirez me parler?

— Je suis Frau Adam, répondit Irène en contemplant la doctoresse avec de grands yeux innocents. (Si on la couche sur le dos, les paupières doivent se fermer automatiquement, en faisant un bruit sec, pensa Lisa.) Le docteurs Urban m'a appris que vous étiez le médecin chargé du service auquel appartient mon mari...

« Ainsi, c'était bien lui, pensa Lisa. Pourquoi donc m'a-t-il envoyé cette femme sans me prévenir? »

— C'est vrai, je suis le médecin chargé de votre mari. Fritz Adam, n'est-ce pas? (Lisa parlait lentement et avec prudence. Elle avait éprouvé un curieux sentiment, à la vue d'Irène Adam, dès que la jeune femme avait pénétré dans sa chambre. Et l'apparition furtive de la blouse blanche et des bottes n'avait fait que renforcer ce sentiment.) Comment trouvez-vous votre mari? N'est-il pas beau? Et il est doué d'une volonté tellement forte qu'elle rejaillit sur ses camarades et les console.

Irène Adam se mordillait la lèvre inférieure. Elle s'assit et posa à côté d'elle, sur le plancher, son grand sac en cuir verni.

— Nous sommes mariés, dit-elle comme un enfant boudeur. Certes. Mais nous ne nous connaissions que depuis quelques semaines seulement, et dès le mariage, Fritz a dû retourner au front. En fait, je ne suis pas mariée du tout, n'est-ce pas? A moins qu'on n'appelle « vie en ménage » les quelques jours que nous avons passés ensemble. C'est impossible, et si on examine en face la situation...

— Qu'est-ce que vous attendez de moi? l'interrompit violemment Lisa Mainetti, qui sentait monter en elle une répugnance, collante comme une nausée.

Irène Adam la regarda avec effroi.

— Je voulais seulement parler avec vous de Fritz.

— C'est ce que vous êtes en train de faire, mais d'une manière que je trouve bien curieuse.

— Je suis venue pour vous demander quelque chose, docteur. En disant ces mots, elle tira de son grand sac verni un petit mouchoir brodé de dentelles dont elle s'épongea doucement les yeux, comme si elle se trouvait sur les planches. J'ai vu Fritz. Je savais qu'il était blessé au visage. Mais de cette façon?... tout un côté... il ne reste plus rien... Je n'aurais jamais cru cela.

— Votre mari n'aurait jamais cru lui non plus qu'il devrait finir sa vie comme cela. Mais il y a des blessures encore bien pires que la sienne. Dans deux ans, il aura retrouvé une apparence humaine.

— Dans deux ans! fit Irène Adam en agrandissant ses yeux d'épouvante. Mais il ne retrouvera jamais son aspect d'avant?

— Non.

— Il ne sera plus jamais beau?

— Non.

— Autrefois, quand je me suis mariée, j'ai épousé un homme qui était beau, et c'était la raison pour laquelle je l'ai préféré à tous les autres, parce qu'il avait un visage splendide. Toutes les femmes le suivaient des yeux, et c'est moi qui ai réussi à l'épouser! Et voilà qu'il ne reste plus rien de tout cela. Je suis pourtant encore bien jeune, docteur, je n'ai que vingt-trois ans. Serai-je obligée de vivre tout le reste de ma vie en compagnie d'une figure pareille? Près d'un homme qui fait peur à tout le monde? Personne ne peut exiger cela de moi, n'est-ce pas?

— Ce qu'il faudrait maintenant, c'est qu'on vous administre une bonne paire de gifles, dit Lisa Mainetti avec un calme imperturbable.

Irène Adam sursauta comme si effectivement on l'avait frappée, et bondit de sa chaise.

— Vous êtes pourtant une femme comme moi! dit-elle sur un ton pleurard. Vous aussi, vous avez été jeune. Et en fait, je ne suis même pas mariée... nous ne sommes restés ensemble que quelques jours. On ne peut tout de même pas me condamner toute ma vie à cause de ces quelques jours-là!

Lisa Mainetti maîtrisa le réflexe qui la poussait à bondir et à frapper véritablement cette face de poupée maquillée. Un goût amer lui emplit la bouche, et son visage refléta le mépris qu'elle éprouvait.

— Avez-vous dit tout cela à votre mari? demanda-t-elle en se dominant avec peine.

Irène Adam secoua sa tête blonde :

— Non, bien sûr. Il était tellement heureux de me voir. C'est aussi la raison pour laquelle on m'a envoyée à vous, docteur. Je vous en prie, parlez de cela avec Fritz. Il faut qu'il me comprenne. Faites-le lui entendre. Il ne peut pas exiger que je passe toute ma vie... Je ne veux pas revenir non plus, après le déjeuner. Je retourne immédiatement chez mes parents. Il faut que vous lui parliez, docteur!

— Il faut? Lisa baissa la tête. « Pourquoi est-on aussi bien élevé, pensa-t-elle amèrement. Pourquoi ne peut-on pas bondir de son siège et battre cette petite saleté de femme, la jeter dans le couloir, la jeter hors de l'hôpital, sur la route, pour que tout le monde la voie? Pourquoi faut-il encore, en plus être poli? »

— N'avez-vous jamais pensé à ce que vous vous être promis, en vous mariant, l'un à l'autre? dit-elle d'une voix rauque d'énervement. A la vie, à la mort, n'est-ce pas, c'est à peu près cela? Et un ménage n'a pas à résister seulement aux bons jours, mais aussi aux mauvais. D'abord, parce que c'est ainsi que l'amour prouve sa force. Se marier, c'est s'unir pour le bien et pour le pire, et non pas entreprendre une excursion à travers toutes les distractions agréables. C'est maintenant, en cet instant même, que vous avez l'occasion de prouver que vous preniez les choses au sérieux, lorsque vous avez fait ce serment de vivre toute votre vie avec Fritz.

Irène Adam s'était assise de nouveau en face de Lisa Mainetti, la tête inclinée sur le côté, la bouche boudeuse, les yeux grands ouverts d'indécision et même le front strié de rides.

— Tout cela est bel et bien, dit-elle lorsque Lisa se tut. Autrefois, c'était différent. Autrefois, j'avais vraiment la volonté de... avec Fritz... Elle avala sa salive et s'épongea avec un coin du mouchoir qu'elle tordait sans cesse entre ses doigts. Mais tout a changé, docteur. Fritz n'est plus le même qu'alors. Non seulement physiquement. Vis-à-vis de moi aussi, il est différent... Comment puis-je exprimer cela... il est complètement retourné. Ce n'est plus le Fritz que j'ai épousé jadis. Il m'est totalement étranger. Elle se moucha et tamponna de nouveau ses yeux peints. Et d'ailleurs, ajouta-t-elle brusquement, comme un enfant en colère, je ne veux plus ! Je suis jeune et belle, et j'ai l'intention de chercher un homme qui ressemble à ce que j'attends de lui.

— Pendant des mois, votre mari s'est fait une joie incroyable de cette minute où il vous reverrait, s'écria la doctoresse, le visage rouge et dur. Avec une patience invraisemblable, il a supporté toutes les opérations, les dernières avec seulement une insensibilisation locale, parce qu'il commençait à avoir des troubles de circulation, à la suite d'une administration prolongée de trop grandes quantités d'anesthésiques. Chaque fois, il parlait de sa petite Irène et il était heureux quand il constatait qu'on avançait pas à pas dans le remodelage de son visage. Et voilà que vous arrivez, et que vous exigez...

Irène Adam se leva brusquement. Elle reprit son sac et lança à Lisa Mainetti un regard où on ne pouvait lire qu'une froideur lugubre.

— Que voulez-vous, c'est la vie ! dit-elle avec insolence. Je n'y peux rien, moi non plus.

Les derniers scrupules s'envolèrent. Lisa bondit, arracha la porte de sa chambre et saisit avec force le bras de la petite poupée. D'un coup brusque, elle la poussa vers la porte et la jeta dans le couloir.

— Dehors ! s'écria-t-elle. Et en vitesse ! Votre mari pourra remercier Dieu lorsqu'il sera débarrassé de vous !

Elle claqua la porte derrière elle, et appuya les deux mains sur son cœur qui battait à se rompre. « Qu'est-ce que j'ai fait, se dit-elle. J'ai perdu tout contrôle de moi-même, et en tant que médecin, je me suis conduite de façon impossible. Mais je ne pouvais plus tenir. Mon Dieu ! J'aurais éclaté si je ne l'avais pas jetée à la porte. »

Au bout du couloir attendait le Dr Urban. Lorsqu'il vit arriver Irène Adam, tête basse et la démarche nerveuse, il se précipita à sa rencontre. Il lui suffit de voir son visage pour comprendre ce qui s'était passé. D'ailleurs, cela ne l'étonnait pas, et c'était ce qu'il avait souhaité en envoyant Irène chez Lisa.

— Est-ce que je peux vous aider en quelque chose? demanda-t-il d'une voix chaude et galante. Vous êtes descendue à Bernegg?

— Non. A Oberhalden. Tout était déjà plein à Bernegg. Oberhalden, à l'hôtel de « l'Ange Doré ». (Elle regarda le Dr Urban de ses grands yeux d'enfant qui cherche du secours.) Elle m'a chassée.

— Je sais. C'est une méchante femme. (Il ôta sa blouse de médecin et la lança sur une chaise qui se trouvait là, contre le mur du couloir. L'uniforme d'officier lui allait très bien, et Irène n'y resta pas insensible.) Est-ce que vous verriez un inconvénient à ce que je vous reconduise moi-même en voiture jusqu'à Oberhalden, Madame?

— Un inconvénient? Comment pouvez-vous poser une telle question? J'ai justement besoin maintenant d'une protection masculine... Je me sens tellement seule.

— Alors, allons-y !

Urban la précéda et ouvrit devant elle la petite porte de côté qui menait à une allée du parc, puis, de là, à la grande porte d'entrée.

— Quand rentrez-vous chez vous, Madame?

— Peut-être dans deux jours, répondit Irène Adam en remettant en ordre ses bouclettes blondes. Peut-être... Personne ne m'attend...

Pendant qu'ils se dirigeaient vers le portail principal, Lisa Mainetti se précipita sur la fenêtre de sa chambre et l'ouvrit toute grande. Il lui était impossible de supporter plus longtemps l'odeur du parfum d'Irène Adam.

On distribua le courrier après le repas de midi. En cette veille de Noël, il était arrivé avec un peu de retard, parce que l'administration de l'hôpital avait accordé aux employés et vaguemestres un rythme de travail un peu ralenti, et qu'à cette époque le volume du courrier est toujours plus impressionnant.

Le Dr Urban avait entrepris de vérifier encore une fois toutes les lettres avant de les envoyer dans les différents services, et deux hommes l'aidaient dans cette tâche, un caporal infirmier du service de Urban et Kaspar Bloch, le sourd.

— Regarde, dit brusquement le Dr Urban en retournant une lettre entre ses doigts, vers laquelle Kaspar Bloch se contenta de loucher — il ne vit qu'une enveloppe officielle recouverte d'un gros tampon administratif. Une lettre pour notre sourd national, Kaspar Bloch.

Il introduisit son auriculaire dans l'enveloppe et l'ouvrit. « Salaud », pensa Kaspar, mais comme il était sensé ne rien entendre, il ne manifesta aucune réaction extérieure et continua à trier minutieusement les autres lettres, en les empilant par numéro de chambre.

Urban observait le blessé. Lentement, il déplia

la lettre et la lut attentivement. Puis il fit un signe au caporal et indiqua Kaspar Bloch du doigt.

— C'est dégueulasse, dit-il tout haut. Il faut justement que ça arrive à Noël. Comment allons-nous transmettre cette nouvelle à Bloch ? Le mieux serait de ne lui faire parvenir ce papier qu'après les fêtes.

— Bien, docteur, répondit le caporal sidéré. Et de quoi s'agit-il donc ?

— Une lettre du chef du district. La mère de Bloch a été tuée pendant le dernier bombardement.

Kaspar Bloch se sentit transpercé d'un fer rouge qui l'inonda d'un feu intérieur instantané. Il ferma les yeux et ouvrit la bouche. Mais au même moment, son cerveau réagit : Il te regarde... il t'observe justement, maintenant... Tu n'as rien entendu... tu n'as rien entendu... Tu sais bien, tu es sourd... sourd... sourd...

« Maman est morte, pensa-t-il. Ceci n'est plus un piège. Il tient la lettre en main et moi, j'ai vu l'enveloppe officielle, les cachets; il l'a ouverte devant moi. Maman est morte... Maman ! »

Le Dr Urban replia la lettre et la cacha dans la poche de son veston d'uniforme. Il fit comme s'il ne s'agissait que d'une affaire sans importance. Pensif et l'air interrogateur, il regardait le dos penché de Kaspar Bloch qui, apparemment calme, continuait comme toujours à trier les lettres. Des petits tas, rangés par ordre de numéro de chambre.

« Ou bien, il est vraiment sourd, pensa Urban indécis, ou bien ce type a une maîtrise de lui-même invraisemblable. » Son « expérience », comme il appelait sa dernière trouvaille, avait de nouveau échoué. A pas rapides, il quitta la pièce. Sur le seuil, il tira la lettre de sa poche, la déchira en très petis morceaux, et la jeta dans la corbeille à papiers. C'était vraiment une chose sans aucune importance : une vieille lettre de la préfecture, avec une invitation pour le 9 novembre.

Kaspar Bloch attendit que quelques minutes se

fussent écoulées. Son visage mutilé était blême et défait. Il triait toujours les lettres, de ses mains tremblantes, mais il ne faisait plus attention à rien, et les plaçait n'importe où. Il regarda tristement le parc couvert de neige, et dut faire un effort surhumain pour ne pas crier. Sa gorge le serrait à l'étouffer, comme si un poing immense s'enfonçait dans sa bouche, de l'intérieur.

Et puis, il n'y put plus tenir. Il laissa retomber sur la table le tas de lettres qu'il venait justement de saisir, et s'enfuit de la pièce en courant. L'infirmier ne fit même pas attention à lui ; il était occupé à remettre en état un colis qui avait été abîmé pendant le transport, et qui laissait apercevoir un morceau de cake-maison et un échantillon de pullover. Kaspar Bloch s'arrêta devant l'escalier principal et s'appuya contre le mur frais. « Mon Dieu, pensa-t-il. Où vais-je aller ? A qui puis-je dire maintenant que je ne suis pas sourd ? A qui puis-je demander si c'est vrai que ma mère... »

Il ne lui restait plus d'autre choix que de se dévoiler. Il descendit l'escalier quatre à quatre et se précipita dans la chambre de Lisa Mainetti, sans même frapper à la porte.

Cette dernière était justement en train de lire un longue lettre qui était arrivée avec le courrier de Noël. Effrayée, elle releva les yeux lorsque Kaspar fit irruption dans sa chambre et laissa la porte claquer derrière lui.

— Docteur..., bégaya-t-il. Je vous en supplie, docteur, ne me trahissez pas...

Lisa Mainetti posa la lettre sur le côté, et indiqua une chaise à son visiteur. Elle n'était ni étonnée, ni fâchée.

— Asseyez-vous, Bloch, dit-elle tranquillement. Je savais bien que vous entendiez tout, je l'avais vu dans vos yeux.

Il baissa la tête et se couvrit les yeux de ses deux mains. Tout d'un coup, il se mit à pleurer, tout bas, en gémissant comme un tout petit enfant qui s'est fait mal en tombant. Lisa alla à la porte, et la ferma à clé.

— Bien. Ainsi, nous ne serons pas dérangés. Et maintenant, déballez-vous. Vous vous êtes douté que j'avais surpris votre secret?

Kaspar Bloch acquiesça.

— Oui. Je n'en peux plus. C'est trop. Je ne peux plus tenir le coup... Je vous en prie, aidez-moi, docteur... Je vous en prie...

Une idée vint à l'esprit de Lisa Mainetti. Elle alla fermer aussi la fenêtre qui donnait sur le parc et s'adossa au châssis.

— Qu'est-ce que le Dr Urban vous a dit encore?

— Rien ! Absolument rien ! Kaspar Bloch regarda la doctoresse avec des yeux flamboyants, presque fous. Il a reçu une lettre de la préfecture. Ma mère... au dernier bombardement... Il ne veut me la donner qu'après les fêtes... Pitié, docteur, je vous en supplie... Sa tête tomba sur la table, et il pleura sans la moindre retenue.

Lisa Mainetti sentit bientôt monter en elle la même chaleur qu'à la vue d'Irène Adam. Cela peut être vraisemblable, se dit-elle en l'espace d'un éclair. Tous les jours, maintenant, des villes allemandes sont détruites par des bombes; tous les jours, il y a des centaines d'êtres humains qui meurent sous des ruines brûlantes. Mais il est aussi possible que ce soit un piège, un des pièges les plus odieux qu'un homme digne de ce nom puisse imaginer.

— Quand la lettre est-elle arrivée, Bloch?

— Tout à l'heure, avec tout le courrier. J'étais en train d'aider au tri.

— Attendez. Je vais vous la chercher.

Lisa ouvrit la porte, sortit et la referma à clé de l'extérieur. Elle se dirigea rapidement vers la salle de travail et s'adressa à un homme penché sur une liste impressionnante de chiffres.

— Je voudrais le courrier de mon service, dit-elle à voix haute.

L'homme la regarda sidéré, tandis qu'un soldat qui attendait au garde-à-vous près de l'autre lui vint en aide :

— C'est le docteur Urban qui est venu le chercher. Il y a à peu près deux heures.

— Qu'est-ce que le docteur Urban fait avec mon courrier? Il a son propre service, que je sache! Je désirerais qu'à l'avenir personne d'autre que moi ne vienne prendre ce courrier, compris?

Avant même que l'homme ait pu prononcer un seul mot, elle avait quitté la pièce en courant, et rejoignit celle où le caporal continuait toujours à réparer les colis endommagés.

— Le courrier de mon service! cria Lisa Mainetti.

— Voici! D'un geste raide, il indiqua un petit tas sur la table. Tout est déjà trié, docteur.

— C'est ce que je vois. Qui a ordonné cela?

— Le docteur Urban.

Lisa Mainetti feuilletait le tas de la chambre 14. Parmi les lettres, elle trouva une enveloppe épaisse, ornée de décorations de Noël, au nom de Kaspar Bloch. Expéditeur : Professeur Thomas Bloch. Mais aucune enveloppe officielle.

— N'y a-t-il rien d'autre? demanda-t-elle.

— Non, docteur.

— Zut alors! Réfléchissez un peu! Est-ce vraiment tout le courrier destiné à mon service?

Le caporal tourna les yeux vers le plafond, dans l'attitude manifeste de l'homme qui se donne du mal pour essayer de se souvenir. Puis sa figure s'éclaira, et se levant brusquement comme pour s'excuser, il ajouta :

— Le médecin-chef a caché une lettre dans une de ses poches. C'était pour Bloch. Sa mère a été tuée dans un bombardement, mais le docteur Urban veut...

— Merci! Elle ramassa tout le paquet et quitta la

pièce. En quelques pas, elle se trouva à la porte du Dr Urban. En entrant, elle le trouva justement en pantalon et maillot de corps, en train de se raser devant la glace. Il avait arrangé pour l'après-midi même un rendez-vous avec Frau Irène Adam, une petite promenade en voiture dans la campagne recouverte de neige, et pour s'octroyer ce petit plaisir, il n'hésita pas à renoncer de bon cœur à la distribution de cadeaux aux orphelins de guerre, présidée par le préfet du district.

— Eh bien, chère collègue! dit-il en posant le blaireau sur la tablette du lavabo. Aussi crânement dans une chambre masculine? Vous ne vous êtes tout de même pas découvert brusquement une artère d'érotisme?

Lisa Mainetti lança le paquet de lettres sur la table, et referma la porte d'un grand coup de pied en arrière.

— Il manque une lettre! dit-elle froidement. Le caporal m'a dit que c'était vous qui l'aviez cachée. Je voudrais la voir.

— Cet imbécile a des visions! Urban s'approcha, le visage ensavonné; il essaya même de sourire. Vous n'avez tout de même pas la prétention de m'accuser de subtiliser le courrier de nos malades...

— C'était une lettre destinée à Kaspar Bloch. Il paraît que le préfet transmettait l'annonce de la mort de sa mère...

— Ah! C'est cela! Urban éclata de rire. Il se détourna et retourna vers la glace, reprit son blaireau, et recommença à se savonner le visage. Ce n'était qu'un simple truc de ma part, mais malheureusement, il a échoué. Je crois vraiment moi-même que le gars a perdu le sens de l'ouïe...

Elle ne le laissa pas poursuivre. En quelques enjambées, elle se trouva près de lui et le regarda avec haine de ses yeux froids et foudroyants.

— Si je n'étais pas une femme, dit-elle presque à voix basse, vous vous trouveriez en ce moment en danger de mort. Mais je suis obligée de me contenter de vous lancer à la figure tout le mépris que vous m'inspirez.

— Cela ne me fera pas grand mal. Puis Urban se détourna et dévissa calmement son rasoir. La fin justifie les moyens, comme disait déjà Machiavel. Ou bien, avez-vous le désir de cacher un comédien, collègue ? Allons, j'ai l'impression qu'il est vraiment sourd. Quelle importance peut donc avoir ce petit truc, puisqu'il ne l'a pas entendu, hein ?

Sans ajouter un mot, Lisa Mainetti tourna sur ses talons et regagna sa chambre. Lorsqu'elle entra, Kaspar Bloch bondit, le corps tremblant comme s'il était secoué par une forte fièvre.

— Alors, c'est vrai ? bégaya-t-il. Est-ce que c'est vrai ?

Lisa secoua la tête :

— Non, affirma-t-elle. Il ne voulait que vous faire lâcher prise.

Kaspar Bloch tomba aux pieds de Lisa Mainetti, sans connaissance...

Noël.

Dans la cave de la Horst-Wesselstrasse, à Cologne, Ursula Schwabe était assise devant une branche de sapin décorée qu'elle avait été chercher en cachette dans les bois entourant la ville. Avec du papier d'étain, elle avait fabriqué des étoiles brillantes et, au bas de l'arbre, elle avait déposé la photo d'Erich, souriant dans son uniforme d'adjudant, Erich au visage ouvert, heureux, respirant la joie de vivre.

Un visage qui avait disparu le 4 octobre 1944.

Ursula avait aussi allumé trois bougies. Le poste de radio diffusait les chants de Noël, le célèbre *Stille Nacht, heilige Nacht,* les vieilles chansons populaires allemandes. Les mains jointes, Ursula contemplait les trois bougies tremblantes, le sapin pauvrement décoré, et l'image du passé. Derrière elle, le poêle ronflait et absorbait l'humidité de la cave en donnant une illusion de chaleur.

« En ce moment, à Bernegg, ils sont eux aussi assis devant un sapin, pensa-t-elle. Et Erich doit penser à moi, de même que je pense à lui. J'aurais dû y aller, c'était une erreur de ma part. Pourquoi ne serais-je pas assez forte pour le regarder tel qu'il est devenu ? Je ne suis tout de même plus une enfant, je suis sa femme, et je sais bien comment il était avant, puisque j'ai sa photo là, devant moi. D'ailleurs un jour viendra où il se retrouvera comme tous les autres. »

Elle écouta les bruits du dehors. Les sirènes se mirent à hurler, mais cela n'effrayait plus ; au contraire, si un jour se passait sans cet intermède, on s'étonnait. Souvent d'ailleurs, les escadres se contentaient de survoler la ville, ou revenaient de mission et ne faisaient que jeter quelques bombes isolées. Du lest qu'elles n'avaient pas envie de remporter en Angleterre. Des restes de bombes qui retournaient un peu plus les ruines comme si le champ n'avait pas été labouré assez profondément la première fois.

Elle entendit les explosions ; la terre trembla légèrement. C'est loin, se dit-elle. Mais elle tourna le bouton de la radio pour mieux entendre quand même. « Des profondeurs du ciel, je descends vers vous... » chantait justement, comme en se moquant, un chœur quelconque.

Les explosions se rapprochèrent, et le bruit se mêla à celui du ronflement des moteurs. A cet instant, Ursula entendit des pas rapides frapper l'escalier de la cave ; la porte s'ouvrit brusquement et un homme en uniforme d'aviateur trébucha devant elle.

— Ils sont juste au-dessus de nous ! haleta-t-il en claquant la porte derrière lui. Puis son regard fit le tour de la pièce, il ôta son calot, essuya du revers de sa manche la sueur qui lui coulait sur le front et envoya à Ursula un sourire un peu gêné.

— Vous êtes toute seule ici, Mademoiselle? Il tendit l'oreille vers les bruits extérieurs. Ils s'en vont, quelle chance! Pas même à Noël, on ne peut avoir la paix. Saloperie de guerre! Il s'approcha timidement et regarda le sapin, les trois bougies et la photo d'Erich Schwabe.

— Votre fiancé?

— Mon mari.

— Oh! Excusez-moi. On ne peut savoir comme ça, n'est-ce pas?

L'aviateur s'assit sur une caisse près d'Ursula et contempla la photo.

— Il est au front? demanda-t-il, comme Ursula ne disait rien.

— Non. A l'hôpital.

— Blessé? En Russie?

— A Bernegg. Il est blessé au visage. Sa mère est près de lui en ce moment, mais moi, je n'ai pas encore la permission...

L'homme siffla entre ses dents. Il avait un visage sympathique et régulier, des boucles brunes comme un type du Sud. Il était grand et large et respirait la santé comme un arbre planté en bonne terre.

— Hum... C'est moche, dit-il avec indifférence. Nous en avons eu deux aussi, chez nous. On les a retirés d'un traîneau en feu. Ils avaient l'air de pommes cuites, mais, heureusement, ils sont morts tous les deux.

Une angoisse folle envahit la pauvre Ursula. Elle baissa la tête et regarda la photo de loin. « Tu es en vie, se dit-elle. Et qui sait comment tu es maintenant... Mon Dieu, mon Dieu, faites qu'il revienne comme les autres hommes... »

— Et maintenant, vous passez Noël toute seule? demanda l'adjudant. Au fait, je m'appelle Karlheinz Petsch. Ce n'est pas un très joli nom, mais je n'y puis rien. (Il se mit à rire, fouilla dans ses poches et en retira une boîte de conserves déjà ouverte, laissant voir de la crême au chocolat. Il la présenta à Ursula en lui faisant un signe de tête amical) C'est ma participation à vos festivités. C'est tout ce que j'ai. Ah ! oui, j'ai aussi des vacances. Six jours encore. (Il regarda autour de lui, et s'adossa au mur de la cave.) J'ai eu du flair de venir me réfugier ici. Je suis justement aussi seul que vous. Ma fiancée est partie, et personne ne sait où. Et mes parents ont été évacués, je viens seulement de l'apprendre. Nous pourrions peut-être réunir nos solitudes pour passer ensemble Noël et Nouvel An. Qu'en pensez-vous ?

Ursula Schwabe secoua la tête :

— Je préférerais être seule, dit-elle à voix basse.

— Mais pourquoi donc ? Chaque jour qui passe est important. Il est possible qu'aujourd'hui ou demain, nous recevions un jeton sur le crâne, et alors, ce sera fini pour toujours ! Je vais me procurer deux bouteilles, et vous verrez que le monde aura une tout autre allure !

— Non, je vous en prie, dit Ursula, en se penchant pour redresser une bougie, afin qu'elle ne fasse pas de tache de suif et qu'elle ne se consume pas trop vite.

Karlheinz Petsch bondit de sa caisse, e tapota doucement l'épaule de sa compagne.

— C'est terminé là-haut ! Je reviendrai ce soir. Et d'ailleurs, je trouve que ça n'a pas de sens de passer son temps à contempler une photo. Il n'est plus comme cela maintenant ! Vous feriez mieux de réclamer une photo le représentant tel qu'il est. (Il se pencha vers Ursula et s'amusa à rouler une boucle blonde autour de son doigt.) Allons, et relève la tête, petite. Tout ce qui nous entoure est pourri, nous ne pouvons rien y changer. A ce soir.

Il remonta l'escalier en courant et laissa la porte de la cave ouverte. Ursula appuya ses deux mains contre sa poitrine; de nouveau, elle contempla la photo d'Erich, mais bientôt, l'image souriante disparut à ses yeux, et une horrible caricature hurla dans le cadre.

Elle sauta sur ses pieds et remonta elle aussi l'escalier en courant et en criant :

— Je ne veux plus vous voir ! Ne revenez pas ! Je vous en prie, ne revenez pas ! Je ne veux pas !

Elle claqua la porte, la ferma avec la chaîne, et poussa la caisse devant, sur laquelle il s'était assis.

Mais tout en s'enfermant, elle savait déjà que c'était inutile. Il reviendrait... et elle le laisserait entrer.

Alors qu'elle voulait rejoindre Fritz Adam — les jambes lourdes comme du plomb en montant l'escalier —, Lisa Mainetti entendit tinter la sonnette d'alarme dans sa chambre. Elle retourna sur ses pas, entra à la réception où déjà un infirmier en blouse blanche l'avait précédée.

— Un transport venant du front ! cria le sous-officier de planton au téléphone. Il va arriver d'un instant à l'autre. On nous l'expédie directement. Ce doit être quelque chose de beau ! Et le jour de Noël encore ! ajouta l'infirmier. Un jour où la maison est envahie par les visiteurs.

On boucla en toute hâte l'entrée, et les visiteurs furent drainés vers l'entrée de secours. Toutes les issues menant à la salle d'opération furent bouchées.

Déjà, dans la salle elle-même, les infirmières s'activaient. On savait comment arrivaient les blessés envoyés directement. La plupart du temps, on s'était contenté de leur faire un simple pansement hâtif.

Le Dr Mainetti n'avait pas encore fini de se laver les mains, qu'on amenait déjà un brancard porté par deux infirmiers, sur lequel une longue forme humaine était allongée, recouverte d'une couverture. On le dirigea immédiatement vers la salle d'opération. Le corps ne faisait pas un mouvement.

Un assistant présenta la fiche de renseignements

du nouveau à Lisa Mainetti pendant qu'elle continuait à se laver les mains.

— Fischer Rudolf. Lieutenant, né le 24 avril 1916, à Breslau. Blessé le 23 décembre 1944. Amené au poste de secours à 0 h 10. Renvoyé à 14 h 17. Trois mille unités de sérum antitétanique. Pouls 60, température 36°, à l'aisselle. Blessures du crâne et du visage dûes à une grenade.

Lisa regarda la forme étendue sur le brancard.

— Découvrez-le, dit-elle au jeune assistant. Nous sommes déjà habitués à ce spectacle.

L'assistant enleva la couverture du corps de Rudolf Fischer et, pendant un instant, Lisa elle-même resta les mains en l'air. Ce n'était plus une tête humaine, plus un visage. Ce n'était plus une forme humaine. On se demandait par quel miracle cet homme pouvait continuer à vivre, à respirer, à faire battre son cœur dans sa poitrine.

Il ne lui restait qu'un œil qui reposait au milieu d'un amas de fragments osseux et de chairs déchirées. Les mâchoires avaient été emportées et la boîte crânienne défoncée. On avait fait une incision dans la trachée-artère pour y introduire une sonde, et ce fut cette trachéotomie seule qui sauva le blessé de l'étouffement.

Lisa Mainetti examina l'œil gauche, unique, perdu dans une mare de sang, et dont le blanc s'était aussi teinté de rouge. Mais il vivait, et Lisa ne put s'empêcher de sursauter d'épouvante en découvrant cette parcelle de vie dans un amas de sang et d'os.

— Sur le billard ! Attention, dit-elle avec émotion. Elle se retira de côté pour laisser sécher ses mains, consciente d'être suivie par le regard de cet œil.

CHAPITRE VI

IL A TOUTE SA CONNAISSANCE, pensa Lisa Mainetti en aidant à étendre le corps raidi sur la table d'opération; elle voyait les visages blêmes des infirmiers et du stagiaire Baumann, et elle-même avait du mal à réprimer un frémissement de tout son être.

« Comment un tel homme peut-il encore vivre? se demanda-t-elle. Pourquoi le cœur n'a-t-il pas tout simplement cessé de battre? Que peut faire maintenant un tel être sur la terre : une bouillie de sang sur laquelle surnage un œil? »

Lorsqu'on l'eut placé sur la table d'opération, elle se pencha sur lui, sans savoir s'il était capable de la comprendre. Mais en examinant soigneusement son œil, elle s'aperçut qu'il l'observait très attentivement.

— Nous allons réparer cela, mon vieux, dit-elle d'une voix ferme. Tout paraît toujours beaucoup plus grave que ce ne l'est en réalité. Dans une heure déjà, ce sera changé.

Elle relut encore une fois la fiche de renseignements, tandis que Baumann s'approchait d'elle, une seringue pleine d'eukodal à la main, qu'il lui tendit sans dire un mot. Lisa contempla de nouveau l'œil épouvantablement clair. « Si je lui donnais maintenant de la morphine, se dit-elle, il s'endormirait paisiblement. Le cœur et l'appareil circulatoire ne le supporteraient pas. Et la perte de sang en plus... Je pourrais aussi lui donner un mélange d'eukodal et de strophantine, et il continuera à vivre... Mais pour quoi aurait-il à vivre? Est-ce qu'un homme qu'on a mutilé de cette façon peut encore vivre? »

Elle posa la fiche sur le côté. Pitié et conscience professionnelle se disputèrent un instant son esprit.

— Eukodal, et stroph, Baumann.

Baumann lui tendit la seringue et, d'une main expérimentée, décapuchonna les ampoules, dont Lisa Mainetti injecta le contenu dans la cuisse.

— Bien, dit-elle en aspirant très fort, et sa voix était devenue aussi rauque que si elle avait crié une nuit durant. La dose d'eukodal allait suffire pour endormir les souffrances les plus vives, pendant qu'elle examinerait le visage informe et donnerait les premiers soins.

Elle attendit que l'œil devint trouble et petit. On eut l'impression qu'un voile tombait sur le regard. Puis l'œil disparut tout simplement, se retourna vers le haut, tomba sur le côté, et on ne vit plus que le blanc strié de petites veinules éclatées qui brillait d'une manière fantomatique sous les projecteurs de la salle d'opération.

— Il est sans connaissance! annonça bien inutilement Baumann.

— Pour cette remarque incroyablement intelligente, on devrait vous offrir votre diplôme sur un plateau d'argent! lança Lisa Mainetti sans douceur. Allez! Amenez la table aux instruments.

Elle contrôla la pression artérielle et le pouls au stéthoscope, et commença à examiner millimètre par millimètre le visage dévasté, en le palpant; en même temps, elle dictait le résultat de ses constatations à un infirmier qui prenait des notes.

Lorsqu'elle eut terminé, elle s'appuya d'un air fatigué à la table d'opération. L'infirmière en chef arrivait justement de la chapelle; elle s'approcha de la doctoresse et lui essuya maternellement le front.

— Lisez les observations, ordonna Lisa à l'infirmier, et pendant la monotone lecture, elle nettoya les plaies terribles, arrêta un saignement de l'artère de la langue, posa un premier pansement couvert de poudre anti-infectieuse, et fit une injection intraveineuse de 20 cc d'une solution de calcium à 20 %.

— Os frontal et os temporal droits pulvérisés, annonça l'infirmier, en jetant de temps en temps un regard sur le visage informe et l'œil unique renversé. Œil droit disparu. Parties molles de la moitié droite du visage arrachées, y compris la lèvre supérieure et la narine, jusqu'à l'oreille. Os de la pommette fracassé, parties osseuses de la mâchoire supérieure visibles, palais brisé, dents disparues. La partie libre de la langue a été arrachée, et l'artère sectionnée, ce qui a occasionné une importante hémorragie. Conduits auditifs droits et gauches noyés dans le sang, fracture de la boîte crânienne, hémorragie dans l'œil gauche. Trachéotomie pratiquée au poste de secours. Paralysie de la partie située entre le cou et le diaphragme, hématome. Eclat de grenade dans la quatrième vertèbre cervicale, profondément coincée. Partie inférieure du corps sans réflexes.

L'infirmier se tut. Sa voix était devenue de plus en plus rauque au fur et à mesure qu'il lisait. Baumann tendit à Lisa Mainetti une seringue à injection; sa main tremblait.

— Cela suffit, dit-il timidement. Ne serait-il pas préférable de... Vous ne croyez pas, docteur?

— Baumann, une pensée pareille est à la fois impardonnable, et indigne. Aussi longtemps qu'il reste une parcelle de vie chez un être, nous sommes là pour la lui conserver.

Et elle fit l'injection-miracle qui lui permettrait de travailler sans avoir à se soucier de la souffrance du blessé. Cela dura une heure. Finalement, elle fit un pansement en bonnet, et un pansement de soutien dans la région de la vertèbre cervicale.

Pendant qu'elle terminait son travail, le professeur Rusch pénétra dans la salle d'opération. Il était allé chercher le chef du district, et en revenant, le poste de garde lui avait annoncé la nouvelle arrivée. Sans donner la moindre explication, il avait abandonné le chef à son propre sort, à l'étage inférieur, et s'était précipité dans la salle d'opération. Le grand nazi l'avait regardé, sidéré.

— Que se passe-t-il ? avait-il demandé à un infirmier qui traversait le hall.

— Un nouveau cas.

— Et toute cette agitation pour cela ? Le chef fit une figure renfrognée, parce que personne ne s'occupait de lui. Vous avez bien toute la maison pleine de blessés !

Furieux et tête baissée, il se mit en route à la recherche du professeur Rusch, jusqu'à la salle d'opération.

— Grave ? demanda Rusch en arrivant près de Lisa. Il vit tout de suite combien fatiguée et tendue elle paraissait, encore horrifiée de ce qu'elle avait vu.

— Parfois, cela devient vraiment trop, dit-elle à voix basse. As-tu amené le bonze du parti ?

— Oui. Il attend dans le hall.

— Amène-le ici et montre-lui cette figure. Et ensuite, on verra bien s'il aura encore le courage de parler de l'honneur et de la joie qu'éprouve le héros allemand à répandre son sang pour son Führer et sa mère patrie !

Dans le dos des docteurs, une porte claqua, un courant d'air passa sous les projecteurs brûlants. Lisa se retourna comme un éclair et hurla : Fermez la porte, merde alors !

— Est-ce bien ici que je dois venir ? Le chef du Parti se tenait debout, dans l'embrasure de la porte, un peu embarrassé, et son uniforme de couleur faisait comme une tache sale au milieu des blouses blanches. Le ruban de sa croix de guerre et la médaille du Parti brillaient dans la lumière crue de la salle d'opération.

— Vous arrivez à pic ! dit Lisa Mainetti, tandis

que le professeur lui écrasait brutalement le pied. Elle fit une grimace, mais continua néanmoins à parler d'une voix tremblante d'excitation.

— Approchez-vous donc, Monsieur. J'ai l'honneur de vous présenter un héros.

Le chef du Parti avança lentement entre la haie de blouses blanches et parvint jusqu'à la table d'opération, mais la silhouette de Lisa lui cachait encore le visage dévasté et horriblement ravagé du lieutenant Rudolf Fischer.

— On ne voit pas ça tous les jours, prononça-t-il. Il se sentit défaillir. Tout à la fois, l'odeur de chloroforme, de sang chaud, l'odeur du corps et du pus, tout lui porta sur la langue, sur l'estomac, et sur le cœur.

— Vous avez raison, dit Lisa Mainetti tout haut, en reculant d'un pas sur le côté, pour laisser au visiteur le champ de vision entièrement libre. Le visage de la guerre, ajouta-t-elle.

L'homme fixa l'œil renversé, et la tête qui n'avait plus rien de commun avec une tête. Il eut brusquement l'impression d'étouffer et dut respirer avec effort, très profondément; son visage passa du blanc au jaune, puis au gris. Il voulut s'agripper à quelque chose, se retenir, mais il n'y avait personne qui pût le soutenir. Il tomba lentement devant la table d'opération et resta par terre, sans connaissance.

Lisa Mainetti accorda un regard méprisant à la silhouette brune qui traînait sur le plancher.

— Joyeux Noël! lança-t-elle, puis sans ajouter un mot, elle quitta la salle.

Tandis que, dans la grande salle, la fête de Noël, organisée par le Parti se déroulait — le grand bonze se tenait debout, bien droit, devant le buste du Führer, sur le podium et dit quelques mots sur l'héroïsme silencieux et l'amour de la patrie, mais il lui semblait que les mots l'étouffaient et obturaient son gosier comme autant de pierres — Lisa Mainetti était assise au bord du lit de Fritz Adam. La chambre 14 était vide, car tous les blessés étaient en bas, dans la salle, en compagnie de leur mère ou de leur épouse, parfois aussi de leur père, et ceux qui n'avaient personne avaient été pris en charge par des jeunes filles étrangères, des volontaires. Le chœur des orphelins chanta les vieux Lieds de Noël, le gros sapin flamboyait de toutes ses bougies et de tous les petits objets qu'on y avait accrochés, selon la coutume, pour l'égayer; un quatuor composé de musiciens blessés de la face exécutait des œuvres de Telemann, de Bach et de Schütz, qu'un compositeur, lui aussi blessé au visage, avait transcrites pour qu'elles puissent être jouées par les mutilés. Un aveugle — un éclat de grenade lui avait arraché les deux yeux et une partie de l'os frontal — tenait l'alto; il jouait d'instinct, en penchant légèrement la tête sur le côté, et un sourire lumineux éclairait son visage lorsqu'il avait réussi des passages sans faute et qu'il sentait vibrer sous ses doigts l'instrument merveilleux, qu'il arrivait à faire chanter et pleurer.

— Louez Dieu, jouaient-ils, et les mères, les épouses et les pères avaient noué leurs doigts à ceux de leurs fils blessés, comme s'ils unissaient leurs prières dans cette heure silencieuse. Même Wastl Feininger avait baissé la tête et tenait très serrée la main de sa femme.

Là-haut, dans la chambre 14, Fritz Adam était étendu, le visage tourné vers le mur, et il pleurait.

C'était ainsi que Lisa l'avait trouvé lorsqu'elle était arrivée dans la chambre, sans avoir frappé au préalable. Elle se rendit compte qu'elle n'avait plus besoin d'ajouter beaucoup d'explications. Irène n'était pas revenue, et cela avait suffi à Fritz pour comprendre. Il s'était effondré avec la même violence avec laquelle auparavant il s'était réjoui en retrouvant sa jolie petite épouse.

Lisa Mainetti était assise auprès de lui, les mains posées sur ses genoux, et attendait que la première souffrance s'atténuât avec le flot des larmes. Lorsque Adam se fut un peu calmé, elle posa ses deux mains sur les cheveux en broussaille.

— Je lui ai parlé, dit-elle. Et si elle n'est pas revenue, c'est ma faute.

— Quoi ? (Fritz Adam se détourna d'un coup. Son visage qui ressemblait à une pomme cuite grimaça encore davantage.) Mais pourquoi donc, docteur ? Qu'est-ce... qu'est-ce qu'il s'est passé ?

— J'ai jeté à la porte votre poupée blonde ! dit-elle très calmement. Parfaitement, vous avez bien entendu : foutu à la porte. Et c'est seulement parce que je ne voulais pas me mettre dans mon tort, que je ne lui ai pas donné de coups de pied dans le derrière.

— Mais, docteur..., bégaya Fritz Adam. Ses yeux étaient devenus fixes, et ses lèvres, qui n'étaient encore qu'à moitié refaites, tremblaient comme s'il était en transe. Elle... elle était seulement épouvantée, et c'est bien normal. Elle a toujours été si fragile, si peureuse, si facilement effrayée. Il faut lui laisser un peu de temps. Et voilà que vous, vous-même... !

Il bondit sur ses pieds, et arracha sa veste d'uniforme du porte-manteaux.

— Où est-elle actuellement ? Je vais la rejoindre, tout de suite ! Vous verrez bien qu'elle n'était qu'effrayée. Je sais, moi, qu'elle m'aime ! Elle me l'a encore dit il n'y a pas trois heures.

Lisa Mainetti le retint par la manche et le força à s'asseoir sur le lit.

— Assieds-toi, dit-elle.

— Il faut que j'aille la rejoindre !

— Assieds-toi ! cria Lisa. Fritz Adam sursauta et s'assit au bord du lit. Son visage tremblait; muet, sur la défensive, il fixait un point vague, droit devant lui.

— Tu n'iras pas la rejoindre ! dit Lisa.

— Si ! Je l'aime. Ma vie n'a plus aucun sens si Irène...

— Plus aucun sens ! Les hommes parlent comme de petits enfants, quand ils sentent une jupe sous leurs doigts ! Mince, Fritz Adam, est-ce qu'il n'y a que cette Irène sur la terre ?

— Sur « ma » terre, oui.

— Et si ton Irène est partie, tu n'as plus rien, n'est-ce pas ? Pas de femme, pas de vie ! On devrait vous battre jusqu'au sang, vous autres, hommes en papier mâché ! Est-ce que le destin t'a préservé de la mort uniquement pour que, maintenant, tu rejettes la vie ? Et nous, est-ce que depuis deux ans, nous avons reconstitué ton visage morceau par morceau pour que tu dises maintenant : sans cette femme, je ne veux plus ! Je me retire de ce monde ! Est-ce que cette femme unique est l'unique but de ta vie ? Cette poupée de son, qui ne sait que ronfler quand on la touche du bout des doigts et qui disparaît quand un léger courant d'air agite ses bouclettes ? N'y a-t-il pas des milliers de femmes qui valent cent fois plus la peine d'être aimées que cette petite putain idiote ?

— Docteur ! hurla Fritz Adam en bondissant. Il avait serré les poings comme s'il voulait frapper Lisa Mainetti au visage. Même par vous, je ne laisserai pas insulter ma femme...

— Ta femme ! cria Lisa. En arrivant ici, j'avais l'intention de te parler très doucement, comme on parle à un malade. Mais je vois que c'est inutile. Tu aimes cette femme, et ton amour est un poison dont on ne peut détruire l'effet que par un contre-poison. Et maintenant, écoute, espèce de jeune imbécile.

Lisa attira Fritz Adam de nouveau sur le lit, et le maintint de toutes ses forces allongé. Elle lut dans ses yeux une flamme et une peur panique de ce qu'il allait entendre, et un instant, elle serra les dents. « Je ne peux rien faire d'autre, pensa-t-elle.

Seul un nouveau choc peut le sauver; il aime tant cette saleté d'Irène qu'il est prêt à tout lui pardonner, peut-être même aussi ce qu'elle est en train de fabriquer actuellement avec le Dr Urban. Il est toqué de cette petite larve blonde, de ce corps mince et souple; de ces hanches agiles, de ces longues jambes bien faites. C'est une folie qui le tient, et tant qu'il n'en est pas guéri, il n'arrivera jamais à se réadapter à cette vie impitoyable, brutale et oublieuse. »

— Tu es pourtant un type intelligent, reprit-elle. Tu as passé ton bachot, tu as commencé tes études de médecine. Et puis, tu rencontres cette poupée, et tu l'épouses, tout simplement, toi, l'homme sérieux et raisonnable. Puis tu fous le camp tout de suite, au front, et voilà que tu reviens, mais tu n'es plus le même Fritz Adam qu'autrefois, tu ne ressembles plus à l'homme que la jolie Irène a épousé. Et cette Irène est venue me trouver et m'a dit : J'ai épousé une fois un homme qui était beau, et qu'est-ce qu'il en reste? Tout ce que j'aimais en lui a disparu! Personne ne peut exiger que toute ma vie, je...

— Non! cria Fritz Adam en se bouchant les oreilles. Non! Non! Elle n'a pas dit ça. Irène ne peut pas avoir dit ça...

D'un coup brusque, Lisa Mainetti lui arracha les mains collées aux oreilles.

— Ecoute-moi! ordonna-t-elle durement. Pour quelle raison, à ton avis, l'ai-je jetée dehors comme une poule qui n'aurait pas payé la location de sa chambre? T'imagines-tu que j'aurais traité une femme de cette façon, si j'avais eu la moindre lueur d'espoir que tout n'était pas perdu? J'ai toujours été pour vous plus qu'un médecin, vous le savez bien. J'ai été votre compagne, votre amie, votre confesseur, votre mère quand c'était nécessaire. Avec vous, j'ai souffert, et je me suis réjouie, et j'ai participé à tout ce qui s'est passé ici, dans cet hôpital. Crois-tu vraiment que je me conduirais de cette façon, sans raison ?

De ses yeux flamboyants, Fritz Adam la contemplait fixement.

— Irène a..., bredouilla-t-il. Docteur... Mais ce n'est pas possible. Il y a seulement trois heures, elle m'a dit qu'elle m'aimait. Docteur... Ce n'est pas possible. Pourquoi alors a-t-elle...

— Parce qu'elle est dégueulasse ! répondit Lisa à voix haute. Bien, maintenant, tu es au courant. (Elle le força encore à rester allongé, en le maintenant aux épaules, car il voulait de nouveau bondir et sauter sur ses pieds.) Avant que je n'arrive, tu pleurais comme un gosse, parce que tu croyais qu'elle ne reviendrait plus jamais. Et maintenant, tout d'un coup, tu ne veux plus y croire ? Pourquoi donc ? Il est préférable de s'arracher le cœur en souffrant terriblement, que de courir toute sa vie en se trompant soi-même et en dégringolant lentement vers la catastrophe. Viens, étends-toi, pleure, crie, hurle, mords ton oreiller, frappe ton lit de tes deux poings serrés, fais n'importe quoi, pourvu que cela te libère ! Mais crois-moi, à la fin, et surmonte tout cela ! Un jour viendra où tu penseras à cette heure-ci avec une reconnaissance éperdue. Et cela ne tardera pas, tu verras.

— Elle en a un autre, n'est-ce pas ? Il grattait les montants du lit avec ses ongles. Irène a trouvé un autre homme, et elle vous l'a dit, n'est-ce pas, docteur ? Vous pouvez me le dire tranquillement, après tout ce que j'ai déjà entendu !

Lisa hocha la tête ; il lui faisait vraiment pitié. Mais il n'y avait pas d'autre solution, il fallait l'arracher brutalement à cet enfer, pour lui permettre de recommencer une nouvelle vie.

— Je ne sais pas, répondit-elle. Mais je le croirais presque.

— Je vais la tuer ! s'écria Fritz comme un fou.

— Et à quoi cela t'avancerait-il ? Elle tira de sa

poche une petite glace et la lui présenta. Est-ce que cela arrangera ta figure? Viens, regarde-toi! Je sais bien que tu vois tous les jours en te rasant les quelques endroits où ta barbe continue à pousser. Mais ça ne fait rien, regarde quand même! Voilà le nouveau Fritz Adam! L'autre Fritz Adam, celui qui était marié à une poupée nommée Irène, est mort dans un tank en feu, sur la steppe de Russie. Il faut que tu vives pour ce nouveau Fritz Adam. Il a tout l'avenir devant lui, et c'est un être tout neuf. Un homme sans passé. Regarde-le bien, Fritz Adam : pour cet être-là, il n'y a plus d'Irène — ce n'est pas ce qui lui convient!

Fritz Adam contempla son visage ratatiné et, brusquement, il lança les mains en avant, saisit la glace, et la jeta violemment sur le plancher en poussant un hurlement.

— C'est bien, dit Lisa avec calme. Détends-toi, mon petit. Il n'y a rien de tel pour se libérer des dernières saletés. Donne-toi du mouvement! Mais n'oublie pas que, demain, il faut continuer à vivre!

Elle se leva et quitta la chambre sans même jeter un dernier regard à ce qui l'entourait. Quand la porte se fut refermée, elle entendit Fritz Adam pousser des grognements comme un chien à qui on vient de faire mal.

Dans le couloir, Lisa Mainetti rencontra la petite infirmière Dora Graff qui revenait de la grande salle où continuaient à se dérouler les festivités. Le nouveau venu, le lieutenant à l'œil unique, Rudolf Fischer, venait de se réveiller; elle était allée le voir et lui avait fait une nouvelle piqûre d'insensibilisation.

— Dora, voudriez-vous me rendre service, dit Lisa pensivement en jetant un coup d'œil sur la porte de la chambre 14. Attendez encore dix minutes ici, dans le couloir, puis entrez dans cette chambre. Là-dedans, il y a un homme qui a un besoin urgent d'une main féminine, mais elle doit être plus jeune que la mienne. Pendant ce temps-là, je vous remplacerai en bas, dans la salle des fêtes.

Dans la grande salle, la distribution avait commencé. Tout ce que les blessés avaient confectionné était distribué aux orphelins, et comme remerciements, ils récitaient des poésies ou bien se contentaient de saluer gauchement ou de faire une révérence. Le président de la cérémonie avait surmonté sa faiblesse; il fit faire des photos pour la propagande, et souligna la petite fête de paroles bien sonnantes telles que « le front et la patrie forment un seul bloc », ou encore « Là où les armes sont silencieuses, parlent les cœurs ». Personne ne l'écouta; il bouchait le passage, on le bouscula, et Wastl Feininger, qui avait bricolé un moulin à roue et voulait le faire fonctionner devant l'enfant à qui il avait été attribué, lui marcha sur le pied en disant : R'cule un peu, j'voudrais faire parler la roue d'mon moulin...

Au dernier rang, était assis Walter Hertz. On avait recouvert son boudin de transplantation avec beaucoup de gaze et collé le tout avec des bandes de leucoplast; il ressemblait ainsi à un homme qui aurait eu les oreillons d'un seul côté, mais chez qui la partie enflée avait glissé vers le haut. Son visage était complètement de coin. Près de lui, une jeune fille en uniforme de la jeunesse hitlérienne, qui portait même un ruban indiquant qu'elle faisait partie des cadres, était assise et avait presque l'air d'avoir peur. Elle avait déjà rempli son devoir, qui était de s'occuper à distraire le blessé qu'on lui avait confié. Et maintenant, elle n'avait plus rien à dire, et ne savait plus ce qu'elle devait faire encore.

On avait dit qu'après les festivités officielles, on organiserait une sauterie, et deux accordéons avaient été déposés dans un coin, près du buste de Hitler. La jeune fille regarda autour d'elle d'un air égaré. Danser? se dit-elle. Ces pauvres types veulent danser ? Je crois qu'il serait préférable alors de fermer les yeux.

A côté d'elle, Walter Hertz, sagement assis sur sa chaise, les mains posées sur les genoux, cherchait aussi un sujet de conversation. Qu'est-ce qu'on peut bien dire à une jeune fille ? se demandait-il désespérément. Naturellement, il savait bien ce qu'il y aurait eu à dire. Mais c'étaient des mots réservés à des êtres normaux... Mademoiselle, pourrions-nous nous rencontrer quelque part, où nous serions un peu moins nombreux... Que penseriez-vous d'une séance de cinéma ? Ou bien : je connais un endroit où il y a un orchestre formidable, nous pourrions peut-être aller y jeter un coup d'œil... Des mots et des souhaits d'hommes qui avaient la chance de posséder encore leur visage. Mais que peut dire un homme qui n'a plus de visage ?

Son embarras était si grand qu'il restait là, près de la jeune fille, raide comme un manche à balai, et qu'il contemplait, sans le quitter des yeux, le buste du Führer. Et comme il n'avait rien bricolé, parce qu'il n'avait aucun don pour les activités artisanales, il n'avait pas pu prendre part à la distribution générale. Ainsi, suant de gêne, il restait sur sa chaise, et se mordillait la lèvre inférieure.

Soudain, une idée s'imposa à son esprit, qui lui sembla une excellente solution. Il tourna vers la jeune fille sa tête tordue, et l'effleura au bras. La pauvre fille sursauta et le regarda.

— Je ne vous ai même pas demandé comment vous vous appeliez, dit-il. Vous m'avez apporté tant de joie.

— Je m'appelle Pétra Wolfach.

— Pétra... un joli nom. Je m'appelle Walter Hertz.

— Herz ? Comme le cœur ?

— Non, avec un t en plus. Comme le physicien Heinrich Hertz, celui qui a découvert les ondes électro-magnétiques. C'est d'après son nom qu'on a baptisé les unités de fréquences. Hertz, kilohertz, etc. Vous savez bien, les ondes hertziennes.

— Oh ! Comme c'est intéressant, dit Pétra Wolfach.

La conversation languit de nouveau, et Walter Hertz avec tz se mordilla encore la lèvre inférieure. Elle n'entend rien à la physique, pensa-t-il. Que je suis bête ! On devrait s'appeler Herz, comme le cœur, et cela faciliterait beaucoup la conversation. Il toussota, et attira de nouveau l'attention de Pétra.

— Mademoiselle Pétra, dit-il timidement. Ce n'est pas ma faute si mon nom s'écrit avec tz. Mais j'ai tout de même un « Herz » sans tz. Et ce cœur me dit que ce serait bien agréable pour lui de pouvoir un jour aller au cinéma avec vous. On joue justement à Bernegg « Le Grand Amour », avec Zarah Leander. Quelques-uns de mes camarades y sont déjà allés et ils ont été emballés.

Pétra Wolfach regarda son compagnon au visage de travers. Comme il est gentil et naïf, pensa-t-elle. Quel âge peut-il bien avoir ? On ne peut plus leur donner d'âge, à tous ces blessés; leurs visages ont perdu toute expression. Ils paraissent tous du même âge — comme s'ils venaient d'être fabriqués par Dieu, et qu'ils n'étaient pas encore terminés. Des visages issus de l'entracte du jeu de la création.

— Mais oui, ce serait une bonne idée, dit-elle, en hochant la tête. Est-ce que vous avez le droit de sortir ?

— Si j'en parle à la doctoresse... (Dans le cœur de Walter Hertz, un sentiment presque insupportable de bonheur se développa au point de lui serrer la gorge.) Le docteur Mainetti est une femme formidable. Si nous ne l'avions pas... !

— Et vous croyez qu'elle vous donnera la permission ?

— Certainement. Est-ce que jeudi prochain vous arrangerait ?

Pétra Wolfach hésita un instant. Au cinéma,

pensa-t-elle. Qu'est-ce que mes amies vont dire quand elles me verront avec lui? Et que penseront les gens? On nous suivra des yeux et on baissera la tête. Comment Pétra peut-elle sortir avec un homme pareil? Un homme sans visage. Et que va dire Papa?

— Oui, dit-elle fermement, pour se persuader elle-même de la justesse de sa décision. Oui. C'est d'accord.

— Nous nous donnons rendez-vous devant le cinéma. A 7 h 30?

Pétra acquiesça. Il ferait sombre dans la salle de cinéma, et on ne pourrait pas la voir. Quant à ce qui se passerait après la séance, on verrait bien. Peut-être pourrait-on rester assis jusqu'à ce que tout le monde ait quitté la salle?

— Jeudi à sept heures trente, dit-elle. Je m'occupe des places, d'accord?

— D'accord. (La voix de Walter Hertz tremblait de joie.) Et maintenant, je suis bien heureux à la pensée que nous allons pouvoir danser après la fête. Savez-vous danser, Pétra?

— Oui.

— Moi aussi! J'étais le meilleur de tous, au cours de danse... Mon Dieu, quelle belle fête de Noël!

La joie débordait de lui comme une vague impétueuse et elle était tellement irrésistible que Pétra en fut aussi éclaboussée.

— Oui, je suis heureuse, moi aussi, dit-elle en riant, comme libérée. Et ce que je préfère, c'est le tango.

— Le tango? Là, j'étais imbattable!

Et brusquement ils se tinrent par la main comme deux enfants qui attendent le moment où la distribution leur sera destinée. C'était d'ailleurs exact, mais ils ne le savaient pas encore.

Dans un autre coin de la salle commune, étaient assis Erich Schwabe et sa mère. Ils s'étaient déjà raconté tout ce qu'il y avait à raconter, les cent petits détails de la vie à Cologne et les soucis qu'on se faisait pendant les nuits d'insomnie passées sur un lit d'hôpital. Il ne restait plus qu'une grave question, et chacun y pensait sans vouloir l'avouer à l'autre : que sera l'avenir? Y a-t-il encore une liaison avec la vie passée, ou faut-il qu'avec un nouveau visage on commence une vie entièrement nouvelle?

— Tu as tout raconté à Ursula? demanda Erich Schwabe à sa mère. On ne lui avait pas dit que sa femme avait jeté un coup d'œil au-dessus du mur d'enceinte du château et avait pu apercevoir les visages mutilés et se rendre compte de l'aspect que devait présenter celui d'Erich.

— Oui, mon petit, dit Frau Schwabe courageusement. Elle a répondu : il reste toujours pour moi le même Erich.

— Mais si elle me voit ainsi, Maman? Elle n'a pourtant pas la moindre idée de ce que c'est qu'un homme sans visage... euh... d'un homme comme je le suis devenu.

— Je lui ai tout expliqué. Elle a été bien courageuse, la petite Uschi, tu sais. Et elle a pleuré pendant deux jours quand elle a attrapé la grippe et qu'elle a compris qu'elle ne pourrait pas venir avec moi ici.

Comme je sais bien mentir, pensa Frau Schwabe. Moi qui n'ai jamais su avant! On voit tout de suite dans tes yeux que tu caches quelque chose, lui avait dit un jour son mari alors qu'elle avait perdu son porte-monnaie contenant cent cinquante marks, et n'osait pas l'avouer. Et voilà que maintenant, elle savait très bien s'y prendre, et que même ses yeux ne trahissaient plus ses paroles.

— Je vais remonter l'affaire de Papa, reprit Schwabe. Après la guerre, il y aura beaucoup de travail. Rends-toi compte, combien y a-t-il de maisons détruites, rien qu'à Cologne, par exemple, qui devront être reconstruites! Combien de fenêtres à boucher! Je ne me fais pas de souci, maman. J'ai seulement peur que Uschi ne puisse pas s'habituer à me regarder.

— Tu es bien toujours le même idiot ! s'exclama Frau Schwabe durement. Elle donna à son fils une légère tape sur les fesses, mais c'était bien plutôt une caresse, et les yeux d'Erich sourirent.

— Quand, pendant des semaines, on reste toute la nuit étendu sur son lit, il vous vient de drôles d'idées, Maman. Et quand la guerre sera terminée, il reviendra beaucoup d'hommes en bonne santé. Et une si jolie fille, comme Uschi...

— Quelle sottise ! s'écria de nouveau Frau Schwabe. Uschi et un autre homme ! C'est vraiment le comble de ce que tu pouvais trouver, Erich. Si tous les hommes avaient une femme aussi sérieuse que la tienne, Erich...

— Elle a un autre souvenir de moi, et maintenant...

— Ah ! quelle importance ! (Frau Schwabe fit un grand geste dans l'espace, et de loin, elle aperçut le Dr Mainetti qui arrivait dans la salle.) Tiens, voilà justement la doctoresse, dit-elle pour faire diversion. Je vais lui dire qu'elle doit venir te laver la tête tous les jours !

Lisa s'était arrêtée à la porte. La distribution était presque terminée, mais le chef du Parti faisait une sombre figure parce que la cérémonie ne s'était pas déroulée tout à fait comme il l'avait prévue. Tout avait eu un caractère familial et civil, alors qu'on aurait voulu en faire le symbole de l'union entre le front et la patrie. En outre, ce fut à peine si les médecins et les blessés s'étaient occupés de lui. Le Dr Urban brillait par son absence, et l'apparition de Lisa Mainetti lui rappela mal à propos la tête en bouillie et l'œil flottant. Il se sentit de nouveau pâlir, et il dut reculer jusqu'au buste de Hitler et s'asseoir sur la chaise vide, comme s'il cherchait secours à l'ombre du Führer.

Le professeur Rusch rejoignit Lisa Mainetti. Son mince profil aux tempes blanchissantes dominait tous les autres; il regarda Lisa en inclinant légèrement la tête, et on pouvait lire de gros soucis dans son regard.

— Tu sembles complètement épuisée, lui dit-il à voix basse. Tu devrais vraiment prendre une journée entière de repos. Veux-tu que nous fassions demain une promenade en traîneau dans la montagne?

Elle le regarda en souriant faiblement, et elle se passa une main fatiguée sur les yeux et sur les cheveux. C'était un geste qui signifiait : Ce serait sensationnel, mais c'est impossible.

— J'ai peur pour Fritz Adam, Walter. Je ne voudrais pas le laisser seul aux mains de Urban. Faisons plutôt des projets pour plus tard, quand les fêtes seront passées, nous partirons deux ou trois jours.

Le professeur Rusch approuva. Ils se trouvaient près de la porte, cachés par le sapin. Le murmure des voix les enveloppait comme le bruit d'une cascade, et malgré la présence de tout ce monde, ils se sentirent très seuls.

— Cela ne va plus durer longtemps, dit Rusch à voix basse. A l'Est et à l'Ouest, le front craque de toutes parts. Et ensuite, Lisa, que se passera-t-il? Tu m'as demandé, il y a quelques jours, ce que je désirais pour Noël. Je vais te le dire aujourd'hui. Je voudrais t'épouser, Lisa.

Lisa Mainetti fixait les branches du sapin et les bougies tremblantes qui étaient presque épuisées. Son visage avait pris l'immobilité d'un masque.

— Nous n'en avons encore jamais parlé, Walter.

— C'est pourquoi il est temps, Lisa.

— Lorsque nous nous sommes connus, intimement, ce n'était qu'un caprice, rien de plus. Un amour de guerre, comme on dit. C'est ce qui remplace aujourd'hui les anciennes amours de vacances.

Elle tourna la tête vers le professeur Rusch, et ses yeux noirs étaient remplis d'une grande souffrance.

Il ne restait rien de Lisa Mainetti, la femme énergique, qui commandait dans l'hôpital comme un adjudant, et que les infirmiers craignaient davantage que le patron.

— Nous ne sommes plus très jeunes, Walter, et au fond, nous sommes si différents l'un de l'autre.

— Et que feras-tu quand toute cette saleté de guerre et de nazisme sera passée?

— J'ouvrirai un cabinet de consultation, n'importe où.

— Et tu seras sur pied du matin au soir; tu prescriras des pilules ou des suppositoires, tu écouteras des cœurs, tu examineras des poumons, tu masseras des rhumatisants et tu ordonneras du sirop contre la toux, tu ouvriras des abcès et tu arrêteras les hémorragies avec de l'alcool...

— C'est pour faire tout cela que nous avons senti naître en nous la vocation, Walter. C'est pour cela que nous sommes médecins. Toi, tu peux avoir une autre carrière. Tu peux aller à l'université, les cliniques et les chaires te seront offertes.

— Viens avec moi, Lisa. Comme ma femme. Je sais bien que depuis deux ans, nous nous sommes très souvent heurtés; j'ai souvent été impossible et tu t'es souvent écriée : la femme qui acceptera de t'épouser doit être folle! Je t'en prie, sois folle, toi, et accepte-moi. (Le professeur Rusch s'appuya au mur; le murmure des voix ne lui parvenait même plus, il se trouvait dans un monde qui n'appartenait qu'à lui et à Lisa.) Quand ce monde dans lequel nous avons été obligés de vivre jusqu'ici éclatera, nous allons tous nous retrouver nus et esclaves. Moi aussi. Nous devrons tout recommencer, comme les premiers hommes. Je vais me retrouver tout seul et je me demanderai : pour quoi, au fond, vas-tu te donner tout le mal de recommencer? Est-ce que cela en vaut la peine, pour ces quelques années qui te restent? Est-ce parce que ta vie est tellement précieuse, que tu l'enfouis dans un travail dont tu ne pourras pas même goûter les fruits? C'est insensé, ne le vois-tu pas, Lisa? Mais avec toi, j'aurais le courage de continuer à vivre. Parce que j'aurais un but, parce que tout aurait retrouvé son sens.

— Si le monde pouvait voir combien petit est le grand chirurgien! Lisa Mainetti caressa tendrement le bras de son voisin, d'une caresse presque timide, car elle savait que beaucoup de regards pouvaient les surprendre. C'était une caresse presque imperceptible, mais le professeur Rusch sentit qu'il était compris.

— Qu'est-ce qui t'empêche de dire oui? demanda-t-il tout bas.

— La peur, Walter.

— La peur? De quoi?

— De toi. Tu es déconcertant.

— Parce que je suis tout seul, Lisa. Je me trompe moi-même.

Lisa Mainetti baissa la tête :

— Comme je te comprends bien! dit-elle à voix basse. Ainsi, c'est le droit des solitaires d'être étranges.

— Nous avons besoin l'un de l'autre, ne le sens-tu pas, Lisa? Nous pourrions à nous deux construire un monde à part, qui serait le plus beau qu'on puisse imaginer.

— Peut-être. Elle se passa la main dans les cheveux, et contempla la foule des blessés et de leurs familles. La cérémonie était terminée, on distribuait maintenant du café et, pour ceux qui pouvaient manger, des gâteaux. De nombreuses variétés de biscuits et de gâteaux qui avaient été préparés par les mères et les épouses et placés sur la table commune.

— On devrait tout au moins essayer, Lisa. Tout seul, on va de toutes façons à reculons.

— Allons, le mariage en tant qu'expérience? L'affaire va-t-elle réussir ou non ?

Rusch se détourna, la figure décomposée.

— Je ne peux rien dire de plus, Lisa. Je t'aime. C'est tout.

Lisa tira sur les manches de sa blouse, et elle vit les regards d'Erich et de sa mère qui les examinaient.

— Et moi, je t'aime aussi, Walter, dit-elle à voix basse. C'est ça qui est terrible.

A pas rapides, elle rejoignit Erich Schwabe et sa mère, avant même que le professeur Rusch ait eu le temps de réagir.

Au moment où, dans le château de Bernegg, les premières notes d'accordéon retentirent, et où Walter Hertz et Pétra Wolfach pénétrèrent les premiers sur la piste de danse, à Cologne, l'aviateur Karlheinz Petsch frappait à la porte de la cave de l'immeuble numéro 4, Horst-Wesselstrasse. Il avait les bras chargés de choses précieuses : deux bouteilles de vin, du saucisson sec, une boîte de gâteaux secs, une demi-livre de beurre, quelques tranches de fromage, un pain de campagne et une paire de bas de soie de marque française, avec une couture noire. Où il avait trouvé tous ces trésors... c'était son secret. Comme un jeune homme crâneur, il avait descendu les marches de la cave, en sifflant et en criant depuis le haut :

— Voilà le Père Noël qui arrive, Mademoiselle ! Ouvrez la porte ouvrez-la toute grande !

Dans la cave, Ursula était assise sur une caisse, celle qui servait à maintenir la porte. Son corps commença à trembler lorsqu'elle entendit les pas et la voix de Karlheinz Petsch. Elle lança un long regard à la photo d'Erich, illuminée par la lueur des trois bougies tremblotantes.

« Aide-moi, dit-elle à voix basse. Erich, aide-moi ! Il ne faut pas qu'il entre. Pourquoi n'as-tu pas voulu que je vienne près de toi ? Pourquoi suis-je toute seule ici ? »

L'aviateur était arrivé à la porte de la cave; du coude droit, il essaya de baisser la poignée.

— Fermé ! dit-il pour lui, puis avec mille précautions, il posa les deux bouteilles de vin sur le sol en béton de la cave et frappa.

– Ouvrez, petite Madame ! Il faut que nous fêtions la dernière fête de Noël de cette chienne de guerre !

Ursula appuya la tête contre la porte de la cave.

— Partez ! cria-t-elle d'une voix grêle. Si vous ne partez pas, j'appelle au secours.

Petsch regarda les planches disjointes de la porte, sidéré :

— Ben ça alors ! dit-il tout haut. Si tu savais, petite, tout ce que je t'ai apporté ! Pour tout ça, on tuerait ses voisins aujourd'hui. Et même une paire de bas ! De Paris. Avec une couture noire ! Arrachée à un commissaire. Quand je me représente ces bas sur tes jambes... Rien que cette pensée me rend ivre, sans la moindre goutte d'alcool. Viens, ouvre !

Ursula secoua la tête. Elle savait bien qu'il était inutile d'appeler au secours, car personne ne l'entendrait. Il n'y avait qu'une solution, regagner la cave voisine à travers les ruines, à travers les rats qui couraient partout en quête d'une miette à grignoter ou d'un cadavre oublié.

— Partez ! dit-elle encore une fois. Je ne vous ouvrirai pas. Et si vous essayez de démolir la porte... j'ai une hache et je vous frapperai, c'est certain !

— Joyeux Noël ! répondit Karlheinz Petsch, sur l'escalier de la cave. On court partout pour organiser une petite fête et faire un petit plaisir à Mademoiselle, et elle ? Que fait-elle ? Elle veut vous frapper avec une hache. Est-ce que j'ai mérité ça ?

Avant qu'Ursula pût répondre, les sirènes se mirent à hurler de nouveau. C'était peut-être une fausse alerte, mais un petit bombardement apportait aussi ruines et morts, feu et souffrances.

L'aviateur Petsch tambourina nerveusement contre la porte.

— Alerte ! Bon sang de bon sang ! Cette fois, vous

êtes obligée d'ouvrir ! Ou bien, m'obligerez-vous à crever ici pendant que les œufs pleuvront?

— Courez jusqu'à la prochaine cave, cria Ursula.

— Merde alors ! Tenez, la D.C.A. tire déjà, et il faudrait que je sorte pour recevoir un éclat sur la gueule? Pendant cinq ans, j'ai eu de la chance, et maintenant, c'est vous qui m'envoyez au diable? Non, Mademoiselle, ouvrez, comme la charité vous l'ordonne !

Les doigts tremblants, Ursula mit la chaîne de côté. L'aviateur Petsch poussa la porte toute grande, donna un coup de pied à la caisse, et en deux voyages, il transporta tous ses trésors dans la cave qui sentait le moisi. Il arrangea le tout sur la table, plaça la photo d'Erich, à l'envers, près du sapin, et s'assit sur le lit. Puis il jeta au loin son calot.

— Pourquoi as-tu peur? demanda-t-il en voyant l'air pitoyable et innocent d'Ursula. Crois-tu que je te ferai quelque chose, si tu ne le veux pas?

Ursula continua à se taire. Elle restait debout adossée à la porte restée ouverte, comme si elle voulait pouvoir s'enfuir à tout instant. On entendait de la rue les claquements des canons de D.C.A. et le grondement des bombardiers légers. Ils traversèrent la ville, sans y toucher.

— J'ai connu une fois une fille, elle était exactement comme toi, dit Petsch. Mais au bout de deux heures, elle est venue d'elle-même, et ensuite, tout lui était égal. Est-ce que nous savons où nous serons demain?

Ursula regarda la table; elle put voir le saucisson, le beurre, le pain, le vin. Et les bas.

— Est-ce que je peux vous préparer quelque chose? demanda-t-elle d'une voix rauque. Un sandwich au saucisson, et un verre de vin?

— Prépare-nous un beau dîner ! Il saisit une bouteille de vin — et on va en boire une tout de suite. A la santé de l'année qui vient, pour que le prochain Noël ait une autre allure ! A la tienne, petite Madame ! Et maintenant, viens, viens boire avec moi. Et si tu as encore quelques bougies, allume-les. C'est beaucoup plus beau. Là-haut, les hurlements. Ici, « Stille Nacht ». Mon Dieu, dans quel monde vivons-nous !

Le soir même de Noël, Frau Hedwige Schwabe reprit la route de Cologne. Erich avait obtenu la permission de l'accompagner jusqu'à la gare, et Baumann lui avait fait un pansement artistique qui ne laissait voir que les yeux. Ainsi harnaché, Erich Schwabe ne soulevait plus l'effroi, et pouvait oser se promener parmi les hommes. A la gare, personne ne fit attention à lui, et il put faire de grands signes, sur le quai, jusqu'à ce que le train disparût à ses yeux. Lorsqu'elle ne le vit plus, Frau Schwabe s'assit et posa minutieusement sur ses genoux le paquet contenant la mosaïque de verre. Le cadeau d'une naïveté touchante faite par un homme mutilé à son épouse. L'envol sans paroles vers l'amour et la fidélité.

Elle passa presque deux jours en voyage, à travers les déviations et les transbordements, et arriva à Cologne le 27 décembre. Vers midi, entre deux bombardements, elle apparut à la porte de la cave, sans qu'on l'attendît, portant très haut le petit paquet fragile et précieux comme un trésor irremplaçable.

— Ursula ! cria-t-elle de l'escalier. Uschi, c'est moi ! Je suis revenue !

CHAPITRE VII

URSULA OUVRIT D'UN coup brusque la porte de la cave. Ses cheveux blonds étaient décoiffés, et elle tenait à la main une grosse brosse avec laquelle elle frottait justement le sol de la cave.

— Maman..., dit-elle d'une voix qui laissait davantage deviner une crainte cachée qu'une grande joie. Tu es déjà là...

— Oui. Cela t'étonne, n'est-ce pas? Frau Schwabe posa le paquet contenant la mosaïque sur le lit et suspendit son manteau à un clou.

— Tu voulais rester auprès d'Erich jusqu'au nouvel an pourtant?

— Oui, je voulais, mais c'est Erich lui-même qui m'a renvoyée à la maison. Vers toi. Il voulait que tu reçoives tout de suite son cadeau. Cela ne lui laissait pas un instant de repos, et je t'avoue, que moi non plus, je ne me sentais pas tranquille. Il va très bien, d'ailleurs, il ne manque de rien et se fait gâter par tout le monde. Alors, je me suis dit : La petite Uschi là-bas, toute seule, et les bombardements... Et qui sait ce qui se passe à Cologne... Mais avant tout, le cadeau. (Frau Schwabe fit un clin d'œil et s'amusa à exciter la curiosité de sa belle-fille.) Il l'a fait lui-même, et il s'est donné beaucoup de mal; il a cherché les morceaux un par un et les a peints...

La tête d'Ursula retomba sur sa poitrine; elle ferma les yeux et, sous son tablier, joignit les mains.

— Il m'a fait un cadeau... dit-elle tout bas.

— Mais tout d'abord, avec un peu de retard :

Joyeux Noël ! Frau Schwabe prit la jeune femme dans ses bras, et l'embrassa, mais elle était tellement impatiente de remettre le cadeau, qu'elle ne remarqua même pas le tremblement qui secouait les épaules d'Ursula. Elle l'attira vers le lit et lui montra le petit paquet recouvert de papier d'emballage.

— Allez, et maintenant, ouvre-le. Mon Dieu, je m'en suis fait du souci avec ça ; j'ai eu si peur de ne pas le ramener intact à la maison ! Juste avant Francfort, nous avons eu un bombardement. Nous avons été obligés de quitter le train, et j'ai laissé toutes mes affaires dans le compartiment, sauf ça... Allons, ouvre-le. Tu vas en faire des yeux, Uschi !

Ursula s'assit sur le lit. Un cri s'étrangla dans sa gorge, qu'elle aurait voulu pousser pour se délivrer de cette torture intérieure qui la brûlait. La torture de penser qu'elle n'était plus Ursula Schwabe, pour qui ce cadeau avait été fabriqué, rendait ses doigts maladroits et comme engourdis. Elle n'arrivait pas à défaire le nœud ; elle n'avait même plus assez de forces pour tirer les ficelles.

— Il n'a pas changé ! dit Frau Schwabe en s'armant d'une paire de ciseaux et en coupant la corde.

Si on pouvait tout couper aussi facilement, se dit Ursula. Comme ce serait simple : un coup de ciseaux, et quelque chose de nouveau se présente, qu'on peut emmener, qu'on peut posséder... Oh ! si seulement la vie pouvait ressembler à ce petit paquet !

– Alors ? demanda Frau Schwabe en se frottant les mains. Alors, qu'est-ce que c'est ?

— Tu ne l'as pas vu non plus, toi ?

— Mais non ! Erich me l'a remis tout emballé. C'est très fragile, a-t-il dit, et il m'a expliqué ce que c'est. Mais... Je ne l'ai pas vu ! C'est ton cadeau, à toi.

Elle vit les épaules d'Ursula, secouées de sanglots

contenus, et les larmes lui montèrent aussi aux yeux, d'émotion; elle posa la main sur les cheveux blonds de la jeune femme et la caressa doucement :

— Ouvre, dit-elle en bégayant. Tout va bientôt changer. Tout de suite après le nouvel an, ils vont l'opérer, plusieurs fois, aussi vite que cela sera possible. J'en ai parlé avec la doctoresse et le patron. Après avoir vu la photo d'Erich, ils ont été pleins de confiance. Je sais bien que c'est dur pour toi, ma petite, et je sais aussi à quel point tu aimes Erich...

La tête d'Ursula tomba en avant et elle s'appuya sur le paquet à moitié ouvert. Elle hurla sa douleur, mais à travers la couverture on n'entendit qu'un murmure prolongé et indistinct. Quelle horreur ! cria une voix en elle. Je ne suis pourtant rien d'autre qu'une putain !... rien qu'une putain, Maman ! Mais je me sentais si seule. Et j'avais toujours devant les yeux ces visages affreux. Je les voyais partout, de tous les coins de la cave, ils s'approchaient de moi... et il est arrivé... Il ressemblait à tous les autres avec un visage souriant et heureux, des lèvres chaudes et des yeux brillants. Il était si gai, et dès qu'il est arrivé, tous les autres, les visages horribles, ont disparu et brusquement, je n'avais plus peur. Pourquoi m'as-tu laissée toute seule, Maman, pourquoi ne m'as-tu pas emmenée avec toi à Bernegg. Je n'y peux rien... et maintenant je suis une putain...

— Je vais l'ouvrir à ta place, Uschi, dit Frau Schwabe en pleurant. Maintenant, Erich n'y verrait rien à redire.

Elle sortit la mosaïque du papier, la porta sur la table de nuit, la posa près de la photo d'Erich et alluma les bougies qui se trouvaient à côté. Elle aperçut tout d'un coup sur l'oreiller d'Ursula une paire de bas de soie fraîchement lavée. Pendant une parcelle de seconde, elle s'étonna : Où a-t-elle eu ça? mais très vite, cette pensée se noya dans la lumière des bougies, dans la tendresse qu'elle éprouvait en contemplant l'image multicolore de ces deux êtres qui semblaient se diriger la main dans la main vers le soleil et vers la vie.

— Regarde, Uschi, dit-elle à voix basse.

Ursula releva la tête. Son visage était chiffonné et blanc comme un linge. Elle contempla avidement les deux êtres allant vers le soleil, et les paroles qu'Erich avait écrites, véritable travail d'artiste, avec autant de petits morceaux de verre : Ce n'est qu'avec toi qu'il existe pour moi un lendemain.

— Est-ce joli, Uschi ?

— Oui.

— Nous n'avons fait que parler de toi là-bas.

— Oui, Maman.

— Il m'a dit : et même si cela doit durer dix ans, avec une opération tous les mois, je tiendrai le coup... pour elle.

— Dix ans ?

— C'est une façon de parler. Il a retrouvé toute sa joie de vivre.

Ursula ferma de nouveau les yeux. Elle recommença à pleurer, doucement cette fois. Que dois-je faire ? se demandait-elle. Mon Dieu, que va-t-il se passer ? Elle joignit les mains et les appuya sur ses lèvres tremblantes. Je n'ai pourtant fait qu'avoir peur, seulement peur !

Là-haut, on entendit du bruit venant de l'escalier. On entendit un homme traîner un objet lourd, puis se moucher bruyamment. Frau Schwabe leva la tête, et dans les yeux d'Ursula, l'épouvante s'installa. Elle mordit ses mains jointes et, avec désespoir, appuya la tête sur les montants du lit.

On entendit une voix tonitruante, insouciante et heureuse.

— Chérie ! Tu es la pupille de mes yeux..., chanta la voix. Puis on entendit tomber quelque chose tout le long des escaliers.

— Qui est-ce? demanda Frau Schwabe sidérée. Ursula ne répondit pas, et ne fit pas un mouvement.

— Tra la lère! Cent kilos de pommes de terre! cria la voix depuis l'escalier. Puis la porte s'ouvrit d'un coup et un sac de pommes de terre roula dans la cave. Suivit alors, suant et chantant, Karlheinz Petsch. Son uniforme était couvert de poussière à l'épaule, là où il avait porté le sac de pommes de terre et il prit soin de se secouer avant d'entrer.

— As-tu une brosse, petite? demanda-t-il.

Ce fut seulement à cet instant qu'il aperçut Frau Schwabe, raide et les lèvres serrées, debout au milieu de la pièce. Sa main demeura en l'air, son geste s'interrompit, mais il fit un signe amical, assez gauchement, il est vrai .

— Bonjour, petite Mère! dit l'aviateur Petsch. Déjà de retour? Mes félicitations aux chemins de fer...

— Qui êtes-vous?

Frau Schwabe lança un coup d'œil à Ursula qui s'était jetée sur son lit. Comme si elle venait de mourir, elle restait étendue, sans réaction. Il n'y avait pas besoin d'explications supplémentaires.

— Karlheinz Petsch, se présenta l'homme. Deux fois vacciné avec succès, deux fois blessé, célibataire, profession... si jamais il nous arrive de reprendre une vie normale... maçon, santé florissante et, depuis deux siècles, pur sang aryen. En outre...

— Partez, dit Frau Schwabe à voix haute.

— Mais... Il regarda Ursula. « Quelle misère, se dit-il. J'avais juste encore deux jours de perm! Qui aurait pu croire qu'elle serait rentrée si vite! Uschi m'a dit pourtant qu'elle ne reviendrait qu'après le nouvel an... »

— Si vous saviez comme c'est dur de récolter un sac de pommes de terre, ajouta-t-il en s'essuyant le front. C'est seulement grâce aux quatre paires de bas français qu'il me restait...

Frau Schwabe pensa aux bas qui étaient posés sur le lit d'Ursula. Son visage se durcit.

— Nous n'avons pas besoin de vos patates ! dit-elle très haut. Partez ! Et tout d'un coup, elle n'y put tenir davantage. Toute sa douleur maternelle, sa déception, son incapacité à comprendre une situation qui la dépassait, son désespoir et la peur qu'elle ressentait pour son fils, tout se donna libre cours dans un cri. « Traître... » Ce fut tout ce qu'elle trouva, mais elle le cria comme si elle avait hurlé : Assassin !

Les doigts tremblants, Karlheinz Petsch boutonna sa veste d'uniforme.

— Je peux vous expliquer, si vous voulez, commença-t-il.

— Sortez !

— Ursula n'y peut vraiment rien. Il y a eu une alerte et...

— Dehors ! cria Frau Schwabe, en se retenant à la table de nuit. La mosaïque d'Erich tomba sur le dos d'Ursula qui sursauta comme sous l'effet d'un coup brusque, mais ne tenta pas de se lever. Petsch la regarda de nouveau. Pendant un instant, il hésita et faillit déclarer qu'il aimait Uschi, que c'était une folie que d'enchaîner une fille aussi jeune et aussi belle à un homme qui n'avait plus de visage, parce qu'elle avait un droit à la vie et au bonheur, le droit de ceux qui ont survécu et qui sont en bonne santé... Il aurait voulu dire qu'Erich n'était rien d'autre qu'une victime de la guerre, — une victime parmi tant d'autres, les uns étaient morts, les autres infirmes ou sans visages... Il aurait voulu dire qu'il épouserait Ursula, si elle consentait à divorcer après la guerre. Parfaitement..., il était homme d'honneur et il n'aurait jamais voulu léser un camarade, car personne ne pouvait exiger que...

Mais il ne dit rien. Il regarda seulement les yeux de la vieille femme, et sut que, pour lui, il n'y urait jamais de pardon.

— Puissiez-vous toutes deux survivre à la guerre, dit-il.

Il se détourna et remonta lentement les marches de la cave. Frau Schwabe le suivit des yeux, et ne réagit qu'en voyant son dos.

— Vos patates ! cria-t-elle d'une voix aiguë. Nous n'en avons pas besoin !

Karlheinz Petsch se retourna encore une fois :

— Qu'est-ce que je pourrais en faire dans un avion ? Mangez-les, vous en aurez pour jusqu'à la fin de la guerre.

Puis son pas se perdit et il disparut parmi les ruines de l'immeuble détruit.

Frau Schwabe, les jambes raides, alla vers la porte, la referma, remit la chaîne, puis retourna vers le lit et posa la mosaïque d'Erich à sa place, près de la photo et des bougies. Ensuite, elle saisit les bas de soie, les déchira rageusement et les jeta dans le poêle. Les mains tremblantes, elle alla dénouer la ficelle du sac de pommes de terre, et en fit un tas dans un coin, pour que cela ne prenne pas trop de place. Tout en remuant ainsi, elle ne prononça pas une parole, pas plus qu'ensuite, lorsqu'enfin elle s'assit pour déballer son sac de voyage. On aurait dit qu'elle était seule dans la pièce.

— Maman..., dit Ursula à voix basse. Cela faisait l'effet du cri plaintif d'un petit chien à qui on a marché sur la patte.

— Oui.

— Maman...

— Je vais tout de suite aller faire les courses. Qu'est-ce qu'on touche aujourd'hui ?

Ursula s'était relevée et s'appuya contre les montants du lit, en serrant sa tête entre ses mains.

— Je fais tout de suite mes bagages, et je m'en vais. Je... je ne veux pas me défendre... Je ne peux pas. Dans dix minutes, je ne serai plus là.

Frau Schwabe leva la tête; elle tenait les cartes

d'alimentation en main et les examinait attentivement.

— B 6... pour le nouvel an, on distribue 50 grammes de beurre en supplément. Si à cela j'ajoute ta ration de tabac, je pourrai m'en procurer une demi-livre.

— Je n'ai pas pu tenir le coup toute seule! cria Ursula. Je n'ai rien vu d'autre que des têtes complètement ravagées. Je... je ne suis pas une putain, tu le sais bien, toi!

Frau Schwabe jeta les mains en avant. Elle saisit Ursula par son tablier, l'attira violemment tout contre elle, et sans résistance, Ursula se laissa faire. Elle va me battre, pensa la jeune femme. Me frapper au visage et cracher. Elle a raison, j'ai trahi Erich, je l'ai trompé. Et lui, il m'envoie une mosaïque... Ce n'est qu'avec toi qu'il existe pour moi un lendemain...

— Je n'ai rien vu et rien entendu, dit la vieille femme d'une voix dure. Je suis rentrée à la maison et tu étais justement occupée à nettoyer le plancher, et les pommes de terre se trouvaient déjà dans le coin... tu les as échangées contre ta montre en or, n'est-ce pas...

— Maman..., murmura Ursula.

— Et le cadeau d'Erich t'a fait tant de plaisir. C'était à peine si tu pouvais attendre; tu n'arrivais même pas à ouvrir le paquet. Puis tu l'as posé sur la table de nuit, et tu as dit : Oui, Erich, je t'attendrai, quoi qu'il arrive. Je t'aimerai et je te resterai fidèle, même si cela doit durer des années... C'est cela que tu vas lui écrire, n'est-ce pas?

Ursula s'effondra. Elle tomba en sanglotant contre les genoux de sa belle-mère.

— Ce n'est pas ma faute, Maman, je ne voulais pas, gémit-elle.

Frau Schwabe remua la tête plusieurs fois; ses yeux gris étaient pleins de reproches qu'elle se faisait à elle-même :

— J'ai été trop égoïste, avoua-t-elle. Oui, sans doute. J'aurais dû t'emmener quand même... Et brusquement elle saisit le corps d'Ursula entre ses bras et l'étreignit.

— Je voulais l'avoir pour moi toute seule. Pour Noël, je voulais mon pauvre petit pour moi toute seule. C'était odieux de ma part, Uschi, je le sais. Mais je suis sa mère. Nous devons nous pardonner mutuellement, Uschi, car nous sommes toutes les deux coupables.

Elle posa son visage contre les cheveux blonds de la jeune femme, et ainsi enlacées, elles sanglotèrent longtemps, muettes toutes deux, réunies dans la conscience de devoir commencer leur « avenir » par un mensonge.

— Mais Erich..., dit Ursula en levant la tête.

— Il ne doit jamais rien savoir.

— Et si... l'autre revient?

— Il ne reviendra jamais.

— Et... et es-tu vraiment certaine de pouvoir oublier, Maman?

Frau Schwabe fit un signe de tête affirmatif.

— Oui. Nous devons nous habituer à ne pas nous considérer comme des choses tellement importantes. Que sommes-nous, en comparaison d'Erich? C'est lui, et lui seul qui a un droit sur nous; c'est pour lui que nous devons vivre, et nous n'avons besoin de penser à rien d'autre. Il est ton mari, et il est mon fils — tout le reste n'est rien. Il n'a plus rien d'autre que nous en ce monde.

Frau Schwabe se dégagea; elle essuya les larmes qui inondaient le visage d'Uschi, et lui indiqua le tas de pommes de terre du doigt.

— Commence à en éplucher une casserole pleine, Uschi. Je vais aller chercher le beurre et la viande.

— Celles-là?

— Tu les as échangées. Maintenant, il faut les manger.

Trois jours après Noël, le professeur Rusch fit venir dans son bureau son assistante, la doctoresse Lisa Mainetti. Il tenait en main un billet sur lequel étaient écrits quelques mots.

— Un nouveau transport? demanda-t-elle.

— Le général-major, le professeur Gilgen, a téléphoné. Nous aurons demain la visite d'une commission du général von Unruh. On mobilise les toutes dernières réserves, et on veut passer au peigne fin tous les hôpitaux pour y chercher tous les hommes capables de combattre.

— C'est de la folie, ici, à Bernegg! dit Lisa en s'appuyant contre le bureau. Qu'est-ce que ce général von Unruh peut espérer trouver ici?

— Tous ceux qui peuvent encore tirer. (Le professeur Rusch compulsa de longues listes. Les noms s'ajoutaient aux noms, à côté, une date, et quelques annotations.) Le vieil Urban a probablement senti le vent; probablement aussi, n'est-il pas tout à fait étranger à cette visite. Il a préparé une liste de tous nos blessés, avec leur degré d'utilisation. Un gros travail... D'après la liste d'Urban, nous avons ici, rien que dans notre bloc B, soixante-sept hommes capables de servir au front, comme chauffeurs de camions, ou pour le ravitaillement ou le transport. Ils n'ont même pas besoin de tirer, il leur suffit d'avoir assez de forces pour pouvoir remplacer les autres en cas de besoin.

— Et être tuées à leur tour!

— Ce sera vraisemblablement leur destin, dit Rusch à voix basse.

— Cela ne suffit même plus qu'ils soient sans visages. Aurait-il mieux valu qu'ils se fassent arracher les bras et les jambes?

Lisa Mainetti retira des mains du professeur la liste composée par Urban et l'examina. — Le salaud! fit-elle en sentant monter en elle une dangereuse colère. Feininger, Fritz Adam, Walter Hertz... et Christian Oster... (Elle jeta rageusement les feuilles sur le bureau.) Pendant trois ans, nous avons opéré ce Oster. Nous lui avons refait son visage millimètre par millimètre) pour lui tout seul, trente-neuf grandes opérations, sans compter les petites interventions. Cela ne servira-t-il qu'à le faire tuer comme un lapin à la dernière heure ?

Le professeur Rusch déchira le papier portant l'annotation ; il le fit lentement, comme si cette simple action lui faisait mal, comme s'il détruisait en même temps tout ce qui pouvait rester de raison, et la possibilité de pouvoir encore venir en aide aux autres.

— Nous pouvons recommencer à en cacher une partie dans les abris, dit-il.

— De toute façon, c'est ce que je vais faire, s'écria Lisa.

— Et la liste d'Urban ne doit absolument pas parvenir jusqu'aux mains du commissaire. Celle-ci, bien sûr, il ne la verra pas, mais si Urban en a une copie, et c'est presque certain...

— Je vais lui parler, Walter...

— Mais il est presque impossible de cacher soixante-dix hommes ! Nous avons annoncé que toutes nos places étaient occupées, et brusquement, nous aurions soixante-dix lits vides !

— Dans le bloc A, ils sont étendus dans les couloirs, parce qu'il n'y a plus de place nulle part.

— Le bloc A est réservé à la chirurgie interne.

— Pourquoi ne pourrait-on pas faire un pansement à la tête de ceux qui souffrent de l'estomac ? Et celui qui a une colique néphrétique gémit exactement de la même façon que celui à qui il manque un nez !

— Impossible ! trancha Rusch en se levant brusquement. Et si cela venait à se savoir, Lisa...

— Qui pourrait trahir ? (Lisa Mainetti saisit le téléphone.) Est-ce que la vie de soixante-dix hommes ne vaut pas la peine qu'on prenne un risque ? — Elle composa un numéro intérieur et attendit jusqu'à ce qu'une voix répondît au bout du fil, puis elle reposa vivement l'écouteur.

— Il est dans sa chambre.

— Qui?

— Urban. Je vais le trouver. Quand vient la commission?

— Demain, vers dix heures du matin.

— Encore vingt petites heures. Ça ira.

— Cela peut nous coûter notre propre tête! s'écria Rusch. Certes, il savait qu'il était inutile d'essayer de retenir Lisa Mainetti. Mais il était tout aussi inutile de se livrer pieds et poings liés, de livrer Lisa — juste au moment où l'avenir s'ouvrait, un avenir qui approchait chaque jour.

— Cela nous coûtera beaucoup moins! s'exclama Lisa en allant vers la porte. Tout bien calculé, peut-être quarante marks! C'est-à-dire, pas même soixante pfennigs par tête que nous allons sauver. Est-ce trop cher?

Le professeur Rusch tint en l'air l'allumette avec laquelle il venait d'allumer une cigarette, et il ne remarqua même pas qu'il se laissait brûler le bout des doigts.

— Quels sont tes projets, Lisa? demanda-t-il, anxieux pour elle.

— Je fais un nouvel échange, rien de plus. Et je vais dire à Baumann qu'il peut commencer tout de suite à remplir les abris.

Avant que Rusch ait eu le temps de poser de nouvelles questions, elle parcourut presque en courant le long du couloir qui menait à la salle d'opération, fit un détour vers la pharmacie de l'hôpital, et ouvrit une armoire de métal blanc. Elle en retira deux paquets fermés, tout en longueur, les cacha dans la poche de sa blouse, referma l'armoire avec soin, et se dirigea à longues enjambées vers la chambre du Dr Urban. Après avoir frappé, elle entra directement, sans attendre la réponse de l'occupant.

Urban était étendu sur son lit et lisait le dernier

numéro de « Reich », dans lequel on avait transcrit le beau discours de nouvel an de Gœbbels.

— Collègue ! s'écria-t-il étonné. Vous voilà de nouveau chez moi ? Vous n'avez pourtant pas découvert mon type purement nordique ?

Lisa Mainetti fit du regard le tour de la chambre. C'était aussi sobre que n'importe quelle chambre de médecin à Bernegg. Il n'y avait ici que la photo du Führer qui la distinguait de la sienne propre. Et on y trouvait aussi un parfum délicat, une odeur féminine qui ne convenait pas à Urban.

— Vous avez eu une visite ? demanda Lisa. Urban se leva de son lit et elle put voir à quel point il paraissait fatigué. Sa peau était grise et ridée.

— Comment cela ? répliqua-t-il.

— On sent la femme ici.

— N'oubliez pas que vous êtes dans ma chambre, collègue.

— Ne dites pas de sottises ! Je connais ce parfum, et à l'époque, il m'a presque rendue malade. Ce fut surtout la personne qui s'en servait pour masquer son âme noire qui m'a écœurée. On ne peut s'y tromper; chez vous, cela sent Irène Adam.

— Vous n'êtes certainement pas venue me trouver pour faire chez moi une analyse de parfums, dit-il en avançant la lèvre inférieure, et en se passant la main dans les cheveux. A moins que vous n'ayez absolument besoin de vous entretenir de problèmes moraux avec moi ? Je pourrais vous répondre qu'une conversation devant une glace serait sans doute plus utile..., ajouta-t-il ironiquement.

Il fit une grimace. Elle a compris, pensa-t-il. Il n'y a aucune raison pour qu'on reproche à un médecin-chef ce qu'on trouve normal chez un patron.

— Cela n'a rien à voir, répondit Lisa Mainetti, en feignant d'ignorer l'insolence de Urban, et sans réagir avec la violence qu'il attendait d'elle, ce qui l'étonna profondément et lui fit lever les sourcils d'un air interrogateur.

— Vous excitez ma curiosité, collègue.

Lisa posa sur la table les deux paquets soigneusement ficelés, emballés dans du papier très ordinaire par elle-même avant de quitter la pharmacie.

— Savez-vous ce que c'est? demanda-t-elle.

— Non. Comment le saurais-je? Cela ressemble à des boîtes de confetti.

— Ce sont vingt ampoules de morphine...

Urban la regarda pétrifié, puis son regard glissa vers les deux paquets.

— Je ne comprends pas..., dit-il, d'une voix qui était brusquement devenue rauque. Les mots sortaient de sa gorge avec autant de difficultés que s'il avait grimpé en courant trois étages d'escalier.

— Nous avons déjà fait un échange une fois : votre silence contre de la morphine. Je vous offre un nouveau marché...

— Voyez-vous ça ! (Urban retourna vers son lit et s'assit.) Quelle est la nouvelle cochonnerie qui se prépare?

— Je vous offre dix ampoules si vous me remettez toutes les copies de votre liste de blessés susceptibles d'être envoyés au front, dit-elle durement, et dix ampoules supplémentaires si vous vous accordez une journée de vacances demain, du matin très tôt jusqu'au soir très tard, et si vous partez d'ici. A Würzburg, à Bamberg... cela n'a aucune importance. Seulement loin de Bernegg.

Le visage du Dr Urban exprima la satisfaction la plus béate. Il croisa les jambes et joua du piano sur ses genoux.

— Ah ! ce cher Unruh va faire une apparition, n'est-ce pas? Il fallait s'y attendre. Il faut tout mettre en œuvre pour la victoire finale ! Et vous et le patron, vous voulez jouer une partie de cache-cache, hein? Pour dix ampoules de morphine? Me prenez-vous pour un imbécile?

— Je sais qu'il ne vous en reste que pour deux jours, Urban.

— Exactement ! Mais alors, la commission sera partie, et vous me donnerez ces ampoules de plein gré, sans qu'il nous soit nécessaire de tromper le Führer et la patrie — selon notre accord mutuel.

Lisa Mainetti garda le silence; elle savait qu'Urban en cet instant tenait les ficelles en main. Aussi longtemps qu'il avait encore une réserve de morphine, il était impossible d'obtenir de lui quoi que ce soit.

— C'est dommage, dit-elle après un instant de réflexion. Vous m'avez convaincue. Elle reprit les paquets et les cacha dans sa poche, puis elle se détourna et, lentement, se dirigea vers la fenêtre, en passant devant Urban qui continuait à pianoter sur son genou d'un air joyeux.

Devant la fenêtre, elle demeura immobile et regarda au-dehors, dans la rue, car de la fenêtre de Urban, on pouvait voir par-dessus le mur d'enceinte et le poste de garde, jusqu'à l'entrée principale qui menait au bloc B.

— Qu'est-ce que cela veut dire? s'écria Lisa tout d'un coup en se retournant vers l'intérieur. Est-ce que vous perdez toute notion des convenances, docteur Urban? Là en bas, il y a Irène Adam qui regarde vers votre fenêtre en faisant de grands signes.

— C'est impossible ! Il bondit. C'est absolument impossible !

Il courut jusqu'à la fenêtre et tira le rideau. En bas, la route était vide; il n'y avait qu'un soldat qui montait la garde devant l'entrée du bloc.

— Où est-elle donc? demanda-t-il en ouvrant la fenêtre et en se penchant au-dehors. Je ne vois rien.

Lisa Mainetti avait profité de ces quelques secondes. Rapidement, elle s'était dirigée vers la table de nuit et avait ouvert le tiroir. Dieu fasse qu'il la garde ici, pensa-t-elle. C'est ma dernière chance de sauver soixante-dix hommes.

En soulevant un livre et une pile de mouchoirs,

elle découvrit ce qu'elle cherchait. Une petite boîte longue et chromée. Un étui à seringue avec une seringue, trois aiguilles et trois ampoules de morphine. Elle saisit la boîte et, du genou, elle referma le tiroir au moment même où Urban se retournait.

Son regard se pétrifia lorsqu'il comprit ce qu'il s'était passé. Il étendit les mains en avant, se campa dans l'attitude du boxeur, et rentra la tête dans les épaules.

Lisa recula vers la porte; elle posa la main sur la poignée et la poussa vers le bas, mais elle n'ouvrit pas encore la porte.

— Si vous me touchez, je crie, dit-elle à voix haute. Et vous savez bien que je sais crier !

— Maudite salope ! grogna Urban. Quel dommage qu'on ne vous ait pas laissée dans les camps de concentration !

— Donnez-moi les listes et vous aurez tout de suite dix ampoules ainsi que votre seringue.

— Et si je refuse ?

— Alors, au plus tard ce soir, vous serez à moitié fou. Vous n'avez qu'à vous regarder dans la glace. Sans injection, vous ne tiendrez pas le coup jusqu'à ce soir.

Les mains tremblantes, Urban referma la fenêtre. Sans prononcer une parole, il se dirigea vers son armoire, en tira deux classeurs et les lança sur la table, devant Lisa.

— Toutes les copies y sont ? demanda-t-elle.

— Me prenez-vous pour une crapule ?

— Exactement ! Elle alla elle-même vers l'armoire et Urban ne broncha pas lorsqu'elle commença à fouiller le linge. Elle finit par trouver sous les chemises un troisième classeur qu'elle envoya rejoindre les deux autres sur la table.

— Alors, vous n'êtes pas une crapule ? dit-elle en même temps. Et elle posa sur la table de nuit une des petites boîtes ainsi que l'étui contenant la seringue. Vous aurez les dix autres si vous quittez la maison demain très tôt !

— Et si je reviens ? Si je raconte tout au commissaire ? cria Urban.

Lisa Mainetti prit les trois classeurs et les serra sous son bras en hochant la tête.

— Il n'y a que les affamés qui ont du courage, dit-elle. Mais vous, vous êtes repu comme un cochon qu'on engraisse, quand vous vous êtes enfilé votre dose de morphine.

Pendant les heures qui suivirent, l'hôpital ressembla à une entreprise de déménagement.

Les malades du bloc A arrivèrent à la salle de pansement du bloc B accompagnés du médecin-chef et d'un assistant. Le professeur Rusch avait organisé tous les préparatifs, et Baumann et un stagiaire aidés de trois infirmières étaient assis devant des montagnes de bandages et de rouleaux de gaze. Les malades furent introduits par groupes de cinq et répartis suivant les tables.

— Allons, maintenant, on te fait un turban ! dit Baumann au premier qui se présenta. Qu'est-ce que tu as ?

— Un ulcère à l'estomac.

— A partir de maintenant, tu n'as plus de nez, et il te manque aussi la joue gauche, compris ?

— Tu me prends pour un idiot ? Si cela peut m'empêcher d'avoir à jouer les héros, tu peux aussi m'arracher tout le postérieur !

— Non, merci... ton visage me suffit ! répliqua Baumann. Il commença à appliquer d'épais matelas de gaze sur le visage lisse et à les maintenir avec de larges bandes de leucoplast. Puis il enveloppa toute la tête de bandages, et ne laissa que les yeux à l'air libre. Tu te rends compte, si tu as de la veine ! Imagine un peu que j'aie dit : fracture de la mâchoire...

— Comment cela ? interrogea le blessé.

— Tu n'aurais rien eu à bouffer, mais seulement deux fois par jour nourriture par injection.

— Même ça, je l'aurais fait de bon cœur!

Dans un coin de la salle d'opération, le professeur Rusch bavardait avec le patron des maladies internes. Lisa Mainetti était rentrée, et sans dire un mot, elle avait tendu les trois classeurs à Rusch en répondant par un signe d'assentiment à la question muette du professeur, qui poussa un soupir de soulagement.

— Vous avez mis les collègues des maladies internes au courant? demanda-t-il à son compagnon qui acquiesça immédiatement.

— Je puis avoir une confiance totale dans mes hommes, cher collègue. Je vous ai envoyé les hommes qui sont près de l'exeat. Mais une chose me cause du souci : est-ce qu'on ne trouvera pas bizarre que vous ayez tant de « cas graves »? Une foule de demi-cadavres? Croyez-vous qu'on l'admettra?

— On l'admettra. Je me contenterai de leur montrer un seul cas, un visage complètement détruit et ravagé, et on ne se risquera pas à exiger que nous enlevions les pansements des autres.

— Et pourquoi n'emmaillotez-vous pas vos propres hommes, comme vous l'avez fait pour les miens?

— Chacun d'entre eux vient d'être opéré. Si je leur fais maintenant un pansement et que je leur colle des bandes de leucoplast, que je serai obligé ensuite d'arracher, je peux détériorer les tissus fraîchement poussés, causer de nouvelles hémorragies et interrompre le processus de réparation...

— Mais ce sera la même chose, si on les renvoie dans les troupes de choc?

— C'est bien la raison pour laquelle je vais les cacher, collègue.

Pendant ce temps, on installait des lits dans les abris, et on aérait les locaux. Tandis que, dans la salle d'opération, la séance de pansement se poursuivait, Lisa Mainetti avait réuni dans la grande salle commune tous ceux dont les noms avaient été portés par Urban sur sa liste maudite, et qui étaient considérés comme bons pour le service. Elle avait divisé le groupe en deux parties : l'une devait s'installer dans les abris, tandis qu'un petit groupe, celui des visages présentables, attendait sur le côté. Mais ceux-là ignoraient encore ce qu'on allait faire d'eux. On se posait des questions, et Wastl Feininger qui se trouvait parmi eux eut une inspiration : Ce serait chouette, si on nous répartissait dans les chambres des infirmières !

Bientôt, il fut annoncé que ce petit groupe recevrait un billet de permission. L'officier chargé des écritures arriva dans la salle avec une pile de formulaires déjà signés et commença à les remplir au nom des futurs permissionnaires.

— Perm de nuit jusqu'à minuit ! annonça le Berlinois ! Avec ma gueule ! Qu'est-ce qu'on peut bien faire ? On ne peut pas soulever aussi vite une pépée !

Les mains de Walter Hertz tremblaient lorsqu'il tint le papier en main au point qu'il le lâcha.

— Qu'est-ce que t'as ? interrogea l'officier chargé des écritures. Tu n'en veux pas ?

— Oh ! que si ! bégaya Walter Hertz en se pliant en deux pour ramasser son papier qui avait glissé sous la table. Au contraire, c'est comme un cadeau, mon lieutenant. Nous voulions justement aller au cinéma, ce soir, Pétra et moi, et voilà que...

— Et voilà que tu as une nuit entière ! Allez, vieux, ne joue pas la comédie, on ne me la fait pas, à moi ! (Il se mit à rire.) Je ferai un contrôle après pour voir si tout est en ordre dans ton paquetage !

Ils eurent tous leur permission de nuit jusqu'au lendemain minuit, Wastl et Kaspar Bloch, le Berlinois et Fritz Adam, dont la femme habitait encore dans les environs de Bernegg, secrètement.

— Moi, je commence par m'envoyer un pot ! déclara le Berlinois lorsqu'il se retrouva avec les autres dans le couloir. Et je demanderai à Baumann qu'il me fasse un pansement qui ressemble à une trogne d'étudiant qui revient d'un duel. J'irai à Würzbourg, les enfants. Là au moins on soulèvera moins les regards et il y a plus de choix ! C'est la tactique ! Qui vient avec ?

Neuf d'entre eux adoptèrent la solution du Berlinois, parmi lesquels Wastl Feininger. Il lui semblait complètement inutile de partir seul à l'aventure avec son boudin sur la figure, même si on lui faisait un turban. Au moins, à neuf, on était sûr de rigoler.

Sans dire un mot, Fritz Adam regagna sa chambre; il n'avait pas encore surmonté le choc de Noël. Lorsque Dora Graff était entrée dans la chambre, il était occupé à détruire tout ce qui lui rappelait sa femme; les lettres gisaient sur le lit en mille miettes, les photos étaient déchirées; il tenait encore entre ses doigts une grande photo en buste d'Irène; et ce fut comme si, de ses doigts tremblants, il l'égorgeait et que la photo se chiffonnait en pleurant.

Cette fois encore, lorsque Fritz Adam rentra avec sa permission à la main, Dora Graff se trouvait dans la chambre; elle nettoyait les tables de nuit, arrangeait les vases et ramassait les journaux qui traînaient partout.

Fritz Adam s'assit sur son lit et posa le papier près de lui, sur la couverture soigneusement tirée.

— J'ai une perm, Mademoiselle, dit-il amèrement. La première.

— Je sais, répondit calmement Dora en mettant de l'eau dans les vases où il restait encore quelques fleurs, derniers vestiges des visites de Noël.

— Qu'est-ce que je vais en faire? C'est tout à fait inutile. Où puis-je bien aller?

— Vous devriez être heureux d'avoir enfin la permission de remettre le nez dehors.

— Heureux de ma solitude?

— Vous n'êtes pas tout seul. J'irai avec vous.

— Vous, Mademoiselle Dora?

— Moi aussi, j'ai obtenu une permission. Si vous voulez, nous pourrions la passer ensemble.

Fritz Adam regarda Dora Graff tandis qu'elle posait deux tasses vides sur un plateau et versait le contenu des cendriers dans un seau. Puis il reprit son papier, le plia soigneusement et l'enfouit dans la poche de sa veste.

— Ce soir ? Après le dîner ?

— Oui, répondit Dora Graff sans même se retourner.

— Je... je vous remercie d'avoir pitié de moi, Mademoiselle, ajouta Adam.

D'un coup brusque, Dora posa un cendrier sur la table, mais la porcelaine éclata sous le choc, et les morceaux roulèrent sous la table.

— Si vous parlez encore une fois de pitié, je ne viendrai pas ! s'écria-t-elle furieuse. Mais sa voix trahissait tout autre chose que de la colère.

Fritz Adam se leva de son lit, se pencha et ramassa les morceaux de porcelaine.

— Maintenant, il est cassé, dit-il.

— On va pouvoir le recoller, et personne ne s'en apercevra.

— C'est comme un visage, n'est-ce pas?

Lentement, Dora Graff se retourna et fit face à Fritz Adam. Elle vit ses beaux yeux bleus et ses boucles brunes, elle vit son visage mutilé, qui avait été brûlé dans les flammes d'un tank détruit, un visage fait de cicatrices, de chair rouge et de peau blanche et transparente comme du parchemin.

— Exactement comme un visage, dit-elle tout bas. Puis elle se pencha et déposa un baiser sur les lèvres dures et ratatinées.

— Pourquoi... pourquoi fais-tu cela ? demanda Adam d'une voix étranglée.

— Est-on obligé de tout expliquer ?

— Ce n'est pas possible qu'une femme puisse encore m'aimer ! cria-t-il brusquement. Ce n'est qu'un mensonge ! Tout n'est que mensonge !

— Ce soir après le dîner, répondit Dora Graff

en emportant le plateau. Nous aurons bien le temps d'en reparler.

Dans la chanbre B I était étendu Rudolf Fischer, l'homme dont le visage se composait uniquement d'un œil. Il continuait à vivre, et personne ne comprenait comment, pas même Lisa Mainetti.

Il gisait là, couché dans des matelas de pansements, raide et muet, et son œil fixait le vide, le regard errait, de la porte à la fenêtre, de la table au plafond, du plancher à la porte, comme s'il ne comprenait pas ce qui s'était passé. Il n'y avait que ses mains qui vivaient. Elles reposaient sur la couverture, les doigts se crispaient, il serrait les poings, les levait, et les frottait l'un contre l'autre. Plusieurs fois par jour, Lisa venait le voir et lui administrait une infusion de glucose mélangé à une solution salée. Elle voyait seulement au tremblement des mains l'excès de souffrance, et lui faisait une injection de morphine. Elle lui tenait alors les doigts jusqu'à ce qu'elle sentît la détente et le calme revenir, et qu'elle pût voir dans son œil un éclat artificiel remplacer l'affolement de la douleur.

Ses papiers personnels étaient arrivés. Il était marié, saxophoniste de profession, membre d'un orchestre célèbre. Sa femme vivait à Munich chez ses parents, et ignorait la blessure de son mari; Lisa Mainetti avait retrouvé dans les papiers une lettre de la jeune femme qu'elle avait ouverte et lue. C'était une lettre d'amour, un hymne à la fidélité et à la confiance en l'avenir. Et en plus, une petite phrase touchante de simplicité :

— Hier, je l'ai senti remuer pour la première fois... Je suis si heureuse, Rolf...

— Je ne peux pas lui écrire la vérité, dit Lisa Mainetti au professeur Rusch, après avoir lu la lettre. Je ne pourrai pas.

On eût dit que le lieutenant Rudolf Fischer l'avait senti. Après la distribution des billets de permission,

Lisa Mainetti pénétra dans la chambre 1 pour faire une nouvelle infusion et trouva son malade en proie à une agitation visible. Il la fixa de son œil unique qui se mit à trembler. Les mains pâles s'agitèrent sur la couverture, puis se levèrent légèrement et tracèrent des lettres dans le vide. Il voulait écrire.

Lisa Mainetti retourna le cadre qui supportait la feuille de température, le tint devant l'œil du blessé, et lui mit un crayon dans la main. Avec bien de la peine, Rudolf Fischer appuya le crayon contre le papier et traça quelques lettres maladroites. Puis le crayon retomba, et l'œil chercha le regard de la doctoresse.

Lisa prit le tableau et le retourna.

— Ne pas prévenir épouse. 5ᵉ mois.

Le « ne pas » était souligné trois fois. C'était comme un cri muet qui s'exprimait ainsi en traits durs.

Lisa Mainetti hocha la tête, et l'angoisse disparut de l'œil. Il se referma même, comme s'il voulait maintenant s'endormir, délivré de tout souci. Une paix profonde et heureuse sembla descendre sur la paupière gonflée et sanglante.

Pendant près d'une heure, Lisa Mainetti resta près du lit en tenant entre ses doigts les mains de Rudolf Fischer. Elle s'aperçut qu'il s'était réellement endormi.

« Pourquoi se réveille-t-il, pensa-t-elle, et elle n'eut même pas honte de ses pensées. Est-ce que c'est vraiment la volonté de Dieu de ne laisser vivre qu'un œil? Un œil et deux mains... est-ce suffisant pour être un homme? »

Elle se rendit compte bientôt que les mains du blessé se refroidissaient et devenaient humides. Elle dégagea alors ses doigts, ôta la couverture, posa le stéthoscope sur la poitrine nue. On n'entendait plus rien.

Le cœur s'était tu, et l'âme s'était vidée.

La doctoresse remit les couvertures à leur place

et regarda l'œil. Il était encore fermé, mais sous la paupière, il semblait avoir disparu, après avoir accompli son dernier devoir.

Avec précaution, comme s'il pouvait encore s'éveiller sous l'effet d'un contact léger, elle couvrit d'un linge la montagne informe de gaze, de bandes et de leucoplast, qui avait été autrefois une tête d'homme que deux mains douces de femme avaient caressée.

Sans bruit, la porte s'ouvrit et le professeur Rusch entra. Il attendit pour parler que Lisa ait posé soigneusement le linge blanc sur le visage du mort.

— Maintenant, il faut que tu préviennes sa femme.

— Oui, fit Lisa d'un signe de tête, et elle retourna la feuille de température. Encore une fois, elle relut les grosses lettres maladroites.

— Maintenant, ce sera plus facile. Je vais la faire venir ici. Munich, ce n'est pas bien loin. J'ai vu dans son regard que c'était cela qu'il attendait de moi. (Elle respira profondément et posa brusquement la tête sur l'épaule de Rusch, comme si elle se sentait envahie d'une grande faiblesse.) Elle a juste vingt ans, et elle est si heureuse d'attendre un enfant. Son enfant à lui...

Sans ajouter un mot, Rusch l'entoura de son bras et l'emmena hors de la chambre. Et il ne s'occupa même pas des regards curieux de tous les blessés qui se promenaient dans le couloir, des infirmières et des médecins. Il conduisait Lisa Mainetti, fermement serrée contre lui, et l'emmena lentement dans sa chambre.

A dix heures exactement, la commission prévue par le général von Unruh passa le portail du poste de garde. Le sous-officier de service se précipita sur le téléphone et appela le bureau central de l'hôpital.

— Ici poste de garde! Les héros arrivent!

Le Dr Mainetti et le professeur Rusch les regardèrent arriver de la fenêtre du bureau du patron.

Pour la première fois depuis très longtemps, Rusch avait revêtu son uniforme d'officier et passé par-dessus sa blouse blanche de médecin. On avait un peu l'impression qu'il n'était plus le même, avec ses hautes bottes noires et brillantes, la culotte de cheval gris-clair aux bordures de cuir et la veste d'uniforme au col raide, fermé haut et garni d'écussons d'argent. Il avait l'air d'être habillé pour une opérette, pour pouvoir emplir les coulisses d'une note bariolée. Lisa aussi eut cette impression et l'exprima dans cette réflexion : Suis-je obligée de vous appeler aujourd'hui : Monsieur le Major?

Devant le poste de garde, un officier vêtu d'un pantalon aux bandes rouges, et portant des écussons à fond rouge représentant des feuilles de chêne dorées sur le col de sa veste, se présenta. Il sortit d'une immense voiture et porta deux doigts à son calot. Des cheveux blancs sortaient de ce calot et descendaient jusqu'au col, dans un désordre très antimilitaire.

— Le général-major Gilgen, annonça Rusch en refermant la fenêtre. Il a été mon patron et mon soutien à Heidelberg, et près de lui se trouve le pétulant petit colonel Paul Mayrat, de l'état-major du général von Unruh. (Il boutonna sa blouse de chirurgien et tira sur les manchettes de sa chemise.)

— Allons-y, Lisa. Tout est bien clair, n'est-ce pas?

— Oui, tout est bien clair, Walter.

L'hôpital était préparé dans les moindres détails à cette visite. Dans les abris, les blessés étaient confortablement installés; dans le bloc B, les « nouvelles entrées » profondément emmitouflées dans leurs épais pansements avaient vraiment l'air très gravement atteints; les hommes nantis de leurs permissions étaient partis la veille au soir, dirigés par Wastl Feininger, pour qui le stagiaire Baumann avait construit un savant échafaudage de gaze et de bandes, afin de cacher le boudin disgracieux. Le Dr Urban aussi était parti très tôt le matin déjà, après avoir reçu des mains de Lisa la deuxième petite boîte soigneusement ficelée. Il n'avait plus prononcé une parole, et s'était contenté d'enfouir la boîte dans la poche, puis on entendit bondir le moteur de la voiture, et il disparut en trombe. Le seul qui était resté dans la chambrée B/14 n'avait pas besoin de se cacher; au contraire, on lui avait ôté tout ce qu'on avait pu retirer de son pansement. C'était Erich Schwabe. Il était assis sur son lit, et lisait, sous les regards curieux des autres prétendus blessés de la face qui, étendus sous leurs pansements, s'efforçaient de jouer leur rôle.

— Heil Hitler! s'écria le professeur Gilgen, en bas, dans l'entrée, en apercevant le professeur Rusch, et cordialement, il lui tendit la main. Et voilà notre courageuse Lisa Mainetti! (Il se tourna vers le colonel Mayrat qui examinait Lisa d'un air très attentif et très masculin.) Le docteur Mainetti est la seule femme qui travaille dans un hôpital de blessés de la face réservé à l'armée, en tant que chigien. On ne le croirait jamais, n'est-ce pas, rien qu'en la voyant?

C'était bien l'avis du colonel qui tendit la main à la jeune femme, puis sembla hésiter comme s'il cherchait à surmonter une sorte de timidité, et finalement s'inclina et lui baisa légèrement la main. Le général-major éclata de rire.

— Et cela, sans même être Autrichien! s'écria-t-il. Chère Lisa, vous venez de bouleverser la philosophie du colonel Mayrat, et ses idées sur le monde!

Le professeur Rusch ne participait pas à l'hilarité du major; il serra les lèvres, et enfonça profondément ses mains dans les poches de sa blouse blanche. Quel jeu macabre, se dit-il dégoûté. Un colonel arrive, il joue les chevaliers galants, et dix minutes plus tard, il se promène à travers l'hôpital en choisissant les hommes qu'il enverra à la mort. Il n'y peut rien, bien sûr, puisqu'il a reçu des ordres; mais comment peut-on rire quand on sait que chaque croix rouge, sur la liste, correspond à une condamnation à mort?

— Pourquoi si grave, cher Rusch? demanda le professeur Gilgen en le frappant légèrement sur le bras.

— J'estime que ce passage de mon hôpital au peigne fin est d'une sottise sans nom! répondit-il grossièrement.

Le colonel Paul Mayrat haussa les épaules

— Qu'y pouvons-nous, cher professeur? Même le général von Unruh ne fait qu'exécuter un ordre. En outre, le front a besoin de réserves. Si vous pouviez voir comme les Américains sont bien nourris et bien équipés! Nous pourrions même envoyer directement dans un musée les prisonniers que nous arrivons à prendre avec cette inscription : Voyez, c'est ainsi qu'on peut se représenter un soldat repu.

— Et cela ne vous donne pas à réfléchir?

— Nous réfléchissons tous, plus ou moins.

Le colonel Mayrat jeta un coup d'œil sur la porte vitrée qui fermait la salle d'opération. On amenait une civière, car même pendant la visite de la commission, le travail normal continuait. Dans les deux salles d'opération, les médecins s'occupaient des blessés, tiraient des fils, séparaient des bourrelets de transplantations et les repliaient sur les parties arrachées, pour les y fixer. On amenait justement un homme dont le nez et la moitié gauche de la figure étaient couverts d'une large bande de peau prête à être transplantée.

Le colonel Mayrat rentra la tête dans les épaules.

— Est-ce qu'ils sont tous comme ça? demanda-t-il un peu moins gai.

— C'est un des mieux lotis! intervint Lisa Mainetti. Vous en verrez d'autres, mon colonel, l'adjudant Schwabe par exemple. Il a été comme raboté.

— C'est vraiment tragique! reconnut le colonel Mayrat en se passant l'index entre le cou et le col de son uniforme. Comment réagissent les familles? Les mères, les épouses?

— Elles maudissent la guerre! s'écria fortement le professeur Rusch. Et elles entourent ces pauvres hommes de tout leur amour.

Le colonel Mayrat approuva d'un signe de tête énergique :

— La femme allemande! dit-il sur un ton presque enthousiaste. Elle s'est conduite de manière admirable! Ne serait-ce pas une honte, Messieurs, si nous perdions la guerre?

La visite commença. La mort, aimable et souriante, se promena à travers les chambres en serrant la main de ses futures victimes.

Dans la sombre salle du cinéma, Pétra Wolfach et Walter Hertz étaient assis, la main dans la main, comme deux enfants perdus, tandis que la voix de basse de Zarah Leander emplissait l'espace sans toucher ni leurs oreilles ni leur compréhension. Ils ne sentaient que la pression de leurs mains jointes, la proximité de l'autre, le contact de leurs genoux et la poussée du sang sous la peau.

Pendant un quart d'heure, Walter Hertz avait vécu les tortures de l'enfer. Il était arrivé trop tôt, et avait dû attendre dans le hall d'entrée du cinéma, caché dans une encoignure comme un animal blessé qui recherche l'ombre. Lisa Mainetti lui avait pourtant confectionné un pansement splendide, mais on ne pouvait pas ne pas voir au premier coup d'œil le visage de travers, les yeux en coin qui ne seraient arrangés que dans quelques mois, à l'aide d'une bande de plastique et d'une greffe d'une lamelle de peau prise aux tempes. Le premier essai de rectification, qui avait été tenté après son admission à Bernegg, par une simple greffe d'épiderme, et un tirage, n'avait donné aucun résultat. La greffe s'était desséchée et finalement s'était détachée.

— Où vas-tu aller passer la nuit? demands Pétra

en serrant la main de Walter. Il haussa les épaules.

— Je ne sais pas. C'est cela qui est idiot quand on a une perm de nuit. Celui qui n'a personne... Que faire sinon se saouler toute la nuit...

— Que vont faire les autres?

— Eux? Walter hésita à répondre. Il avait honte de parler de cela. Ils vont se trouver une fille, dit-il en bégayant. Ils veulent seulement vivre quelque chose d'exceptionnel. Beaucoup d'entre eux n'ont rien eu depuis un an... Il se tut car il ne savait vraiment pas comment expliquer cela.

Pétra Wolfach lui jet aun coup d'œil en coin. Il regardait droit devant lui, mais elle remarqua bien qu'il ne suivait pas le film, mais fixait un point quelconque du mur.

— Tu viens avec moi après, hein? demanda-t-elle à voix basse.

— Où cela?

— Chez mes parents. Nous avons quatre chambres vides chez nous; il y a assez de place.

— Est-ce que tu as dit à tes parents que...

— Ils savent que nous avons rendez-vous ce soir. Je leur ai raconté que j'étais avec un soldat blessé qui...

— As-tu dit comment j'étais blessé? coupa Walter.

— N... non. Mais cela n'a pas d'importance...

Walter Hertz secoua la tête.

— Cela a au contraire beaucoup d'importance, dit-il tout bas. Une jambe ou un bras en moins... on peut s'y habituer. Mais plus de visage...

— Mon père aussi a été soldat pendant la Première Guerre mondiale. Tu verras comme tu te sentiras bien chez nous.

— J'ai peur, avoua Walter plaintivement.

— Mais pourquoi? Je resterai avec toi.

— C'est cela justement. Il emprisonna les petites mains comme s'il craignait qu'on ne les lui enlevât. J'ai peur de te perdre... si... s'ils me voient...

Mais il l'accompagna tout de même.

La maison était située sur une petite colline, un peu en dehors de Bernegg. Une villa solide de style un peu passé, avec une entrée classique, décorée de colonnes. Elle faisait une impression curieuse, mais elle représentait bien cette époque où la richesse et le manque de goût devenaient un style.

— C'est là ! dit Pétra en montrant la maison du doigt, sur la colline. C'est mon grand-père qui l'a construite, et chaque génération y a ajouté quelque chose. Je préférerais la faire raser.

Ils coururent le long de la colline, trébuchèrent dans la neige et arrivèrent hors d'haleine près des colonnes. La porte d'entrée vitrée et ornée de grillages en fer forgé était ouverte, comme si quelqu'un les avait vus venir de loin. De l'intérieur de la maison, assourdi par les portes fermées, leur parvenait le son du piano.

— C'est Maman, expliqua Pétra, en entraînant Walter Hertz dans le grand hall d'entrée. Elle joue tous les soirs une demi-heure de Chopin ou de Liszt et Papa est obligé d'écouter.

— Moi aussi, je sais jouer du piano, dit Walter Hertz, et il sentit de nouveau cette peur douloureuse l'envahir, cette peur immonde de ne plus appartenir au commun des hommes.

CHAPITRE VIII

PETRA WOLFACH REferma la porte extérieure derrière elle et cria dans le lointain corridor : Hello ! Le piano continua à jouer, mais en sourdine; sous un large escalier une porte s'ouvrit et une jeune servante apparut.

— Monsieur votre père vous attend, dit la jeune fille en s'approchant pour aider à ôter les manteaux. Ce fut alors qu'elle découvrit Walter Hertz. Elle ouvrit ses yeux tout grands, un tremblement secoua son visage, son corps se tendit comme si elle allait s'enfuir en courant, fuir ce spectacle qui la remplissait d'horreur.

— Eh bien? interrogea Pétra à voix haute. Voulez-vous débarrasser Monsieur de son pardessus, je vous prie !

C'est ce qu'elle fit, du bout des doigts, mécaniquement, comme si elle devait toucher un objet qui lui soulevait le cœur. Walter Hertz la suivit des yeux, immobile, les bras ballants, la tête branlante.

— Je... je vais partir, c'est préférable, dit-il tout bas lorsque Pétra revint de la glace devant laquelle elle s'était rapidement donné un coup de peigne. C'est trop pour un seul jour. Il suffit d'une seconde pour que vous vous retrouviez sans visage; mais il faut des années pour que les autres, les gens normaux, puissent vous regarder sans s'enfuir. Je te l'avais dit, Pétra. C'est encore trop tôt pour moi. Je t'en prie, laisse-moi partir !

— Tu restes ! Erna n'est qu'une dinde. Papa et Maman sont tout différents, tu verras.

Ils traversèrent le hall, une salle à manger et un

salon, et à travers les portes vitrées, ils aperçurent bientôt le grand living-room, avec les portes-fenêtres donnant sur le parc. Dans une grande cheminée ouverte de marbre rouge, se consumaient deux grosses bûches de hêtre; deux lampadaires dispensaient une lumière atténuée sur les grands fauteuils recouverts de tapisseries des Gobelins et sur le piano à queue blanc, devant lequel une grande femme mince, aux cheveux noirs, était assise et jouait une étude de Chopin. Ses doigts minces et fragiles semblaient glisser sur les touches.

— Maman était pianiste, autrefois, avant d'épouser Papa, et nous avons souvent donné des concerts chez nous.

Pétra posa la main sur la poignée de la porte vitrée, tandis que Walter Hertz restait debout, immobile, caché dans l'obscurité protectrice d'une armoire sculptée.

— Laisse-moi partir, je t'en supplie, dit-il.

— As-tu honte d'avoir sacrifié ton visage?

— Non, mais les autres sont honteux de voir quelque chose d'aussi hideux se promener en liberté!

Pétra Wolfach appuya sur la poignée, elle ouvrit la porte toute grande et s'écria d'un ton enjoué : Nous voilà! Et voilà Walter Hertz!

Et elle tira Walter avec elle dans la pièce. La lueur du feu dansa et trembla au-dessus de sa tête, au-dessus du visage mutilé où l'œil penché donnait à la tête l'air d'avoir été posée sur un bûcher et de se ratatiner doucement dans les flammes.

Frau Wolfach leva le regard; ses yeux rencontrèrent Walter Hertz, et l'étude de Chopin sombra sur un dernier accord mourant, qui sonna faux.

De nouveau, Walter Hertz baissa la tête. On n'avait pas besoin d'ajouter quoi que ce soit. Le cri du clavier disait plus que mille mots. Il avait enlevé le dernier petit espoir.

— Bonsoir, dit-il presque tout bas, en se dominant pour ne pas hurler. Je ne voulais pas venir, excusez-moi, je vous en prie. Mais ce n'est pas facile de se dégager de Pétra. Permettez-moi de me retirer tout de suite.

Hubert Wolfach, chef d'entreprise, qui fabriquait des engins de guerre, et par ce fait même n'était pas mobilisable, se leva de son fauteuil profond. Il jeta à sa femme un rapide regard qui ressemblait surtout à un ordre et vint aimablement à la rencontre de Walter.

— Vous êtes l'hôte de ma fille, et par conséquent notre hôte, Monsieur Hertz, dit-il en serrant la main de la « gueule cassée ». Je vous prie de nous excuser si... mais la première impression, vous savez bien... Vous devez y être habitué ! C'est vraiment une destinée terrible. Mais nos médecins sont tellement capables, croyez-moi ! Ils vont certainement arranger tout cela.

Frau Wolfach aussi s'était approchée. Elle tendit à Walter une longue main fine, froide et lisse et qui, à peine l'eût-il touchée, glissa de ses doigts comme le corps d'un serpent.

— Voulez-vous boire un verre de vin avec nous ? demanda-t-elle.

Comme elle se domine bien ! admira Walter Hertz à part soi. Mais sa froideur est encore plus odieuse que l'épouvante que j'ai lue dans ses yeux à mon approche.

— Je ne voudrais vraiment pas vous déranger, dit Hertz, sans faire un pas en avant.

— Allons, n'ayez pas de complexe, jeune guerrier ! s'écria Hubert Wolfach. Il entraîna Hertz dans un fauteuil profond, et d'un coup de pied, enfonça une bûche dans les flammes. Si nous buvions un verre de vin rouge ? Le vin rouge attise le sang et donne des forces, et on peut toujours en avoir besoin, hein ?

— Walter va dormir ici cette nuit. Il a une permission jusqu'à demain à minuit, expliqua Pétra.

Frau Wolfach garda le silence. Elle restait assise

devant la cheminée, blême et immobile, comme si elle était changée en statue de glace.

— Je... non, je ne veux pas, bégaya Hertz.

— Erna va tout de suite préparer une des chambres d'amis, s'écria Hubert Wolfach tout en versant le vin rouge dans les verres. Puis il leva le sien dans la lueur vacillante des flammes, contempla avec un plaisir évident les reflets couleur de rubis que dispensait son vin, et ajouta : Du vin de France. Un Mouton-Rothschild d'origine. On m'en a apporté deux caisses. Les relations, vous savez... Allons, à votre santé, cher ami !

On parla peu. Hertz raconta sa blessure en bredouillant, ce jour d'été 1944, le trente juin exactement, où tout à coup, devant lui, un jet de fumée l'avait aveuglé, où le sol s'était déchaîné et où le ciel avait sombré. Un poing monstrueux et invisible l'avait frappé sur la partie gauche de la tête et il était tombé sur les genoux, non sans avoir eu encore le temps de contempler le spectacle dantesque de la cascade de terre et de feu retombant sur lui. Plus tard, lorsqu'il s'était réveillé dans une carriole à cheval qui s'enfuyait de Minsk vers l'ouest, il avait, avec son visage, perdu sa jeunesse, son avenir, et sa qualité d'homme. Et tout cela, il ne l'avait retrouvé que sous les doigts du Dr Lisa Mainetti.

— C'est épouvantable, murmura Hubert Wolfach en versant un autre verre de vin. Oui, oui, la guerre... Moi aussi, j'ai fait la Première Guerre mondiale. La bataille de la Marne, Ypres, Cambrai, deux attaques au gaz. Nous avons eu aussi de nombreuses pertes. Les copeaux tombent à l'endroit même où l'on rabote, n'est-ce pas? (Il donna à Hertz une petite tape mi-paternelle mi-nationale sur l'épaule.) Mais soyez tranquille, jeune guerrier, ne vous faites pas de souci et ne baissez pas la tête ! Nos médecins vont arranger cela. Et plus tard, on dira en vous regardant : il a fait cela pour la mère patrie.

Walter Hertz se tut; il avait envie de vomir de dégoût. Il regarda Pétra, et il lui sembla en cet instant que sur l'abîme béant qui séparait leurs deux mondes, il n'y avait plus de passerelle.

Peu après, Pétra le conduisit à sa chambre, et avant de le quitter, elle déposa un baiser sur le front blessé : Dors bien, Walter, dit-elle.

— Merci. Toi aussi, Pétra.

Il attendit qu'elle eût quitté la pièce, ferma la porte à clé de l'intérieur, et alla vers la glace qui était suspendue au-dessus du lavabo. Longtemps il contempla cette caricature de lui-même, atténuée par des bandes de leucoplast et des rembourrages d'ouate.

— Non, dit-il en se penchant vers la glace, non, tu ne peux plus être aimé.

Il éteignit la lumière, tira les rideaux, ouvrit la fenêtre toute grande, et s'assit sur une chaise, seul dans l'obscurité. En bas, on voyait Bernegg, sombre et minuscule, les maisons comme des cubes au milieu de la neige. De l'autre côté, le mur opaque de la forêt. Dans le lointain, on apercevait des éclairs qui striaient le ciel, un tir de D.C.A. vers le nord, un bombardement. De nouveau des morts, des ruines, des hommes qui hurlent, des infirmes, des blessés, des êtres sans visage.

Et plus tard, on dira : Il a fait cela pour la mère patrie.

En est-elle digne, la mère patrie?

Est-elle vraiment comme une mère pour nous?

Brusquement il se demanda ce qu'il faisait là, dans cette chambre obscure d'une villa seigneuriale. Le lendemain, une commission devait parcourir les chambres de l'hôpital de Bernegg et envoyer à la mort ceux qui étaient à moitié présentables. Des demi-morts envoyés au front!

La mère patrie!

Un monstre insatiable!

Voilà le remerciement!

Walter Hertz regarda de nouveau la nuit. Trois mètres sous sa fenêtre, et c'était le sol couvert de neige... Ce ne devait pas être difficile de sauter, et de s'enfuir n'importe où, où personne ne viendrait vous parler de mère patrie.

Dans le living-room, Frau Wolfach rangeait les verres sur un plateau, Hubert Wolfach bouchait le Mouton-Rothschild et l'enfermait dans le bar portatif, puis à l'aide de pinces énormes, il écarta les bûches à moitié consumées. L'air boudeur, les lèvres serrées, Pétra se tenait debout devant la cheminée, les poings nerveux.

— A quoi penses-tu? demanda Frau Wolfach. Bien sûr, c'est certainement un très brave homme...

Cette constatation en disait assez; on n'avait pas besoin d'ajouter d'explications supplémentaires. Hubert Wolfach toussota.

— Pétra ne fait que son devoir, mon amie. Il est très important d'entourer un peu les blessés. Cela relève le moral des troupes. On n'a pas besoin de penser immédiatement que...

— Maman est plus perspicace que toi! s'écria durement Pétra. J'ai beaucoup d'affection pour Walter.

Hubert Wolfach se tourna vers elle furieux.

— Qu'est-ce que je dois comprendre?

— Ce que Maman craint : je l'aime.

— Tu aimes un homme qui n'a plus de visage?

— Est-ce pour cela qu'il en vaut moins la peine que d'autres?

— Mais... Pétra, si on y réfléchit sérieusement... Hubert Wolfach se tourna vers sa femme, en quête d'appui. Tu es notre unique enfant... et... D'ailleurs, il ne s'agit que de la dernière de tes sottes idées...

— Non, père! Je l'aime! Tout le monde l'abandonne. Ce n'est pas un lépreux, il n'est tout de même pas responsable de ce qui lui est arrivé; il a donné son visage pour que nous, nous puissions continuer à vivre ici, dans notre villa, pour que tu puisses continuer à gagner de l'argent grâce à la guerre, pour que tu puisses encore boire du Mouton-Rothschild et que Maman puisse continuer à jouer du Chopin. C'est pour vous qu'il a sacrifié son visage. Et vous, vous le chassez comme un chien galeux !

Brusquement, elle s'était mise à crier, sans retenue, les poings serrés et jetés en avant, comme si elle allait frapper ses parents.

— Il a besoin de nous, vous ne comprenez pas cela ? Il a besoin de moi pour réapprendre à vivre, pour retrouver une place que la guerre lui a volée. Et vous, vous êtes aussi coupables de cela !

— Pétra ! (Hubert Wolfach boutonna sa veste.) Ce sont des paroles dignes d'un communiste fanatique ! Au lit ! Et tout de suite ! Nous en reparlerons plus tard. Et d'ailleurs, je vais aussi bavarder avec ce jeune homme. Très calmement, d'homme à homme. Il comprendra certainement.

— Il a fait cela pour la mère patrie. C'est toi-même qui le lui as dit, n'est-ce pas, Père, il n'y a pas si longtemps ?

— Oui...

— Est-ce que nous, nous sommes aussi sa mère patrie ?

Hubert Wolfach fit un geste de la main, et se pencha pour réduire le feu dans la cheminée.

— C'est une façon de parler, vois-tu, dit-il avec une indulgence paternelle dans le ton. Cela fait du bien aux malheureux.

Une heure plus tard, Walter Hertz trébuchait dans la neige, en descendant la colline. Il avait sauté par la fenêtre et escaladé la grille du parc. Maintenant, il peinait dans la neige qui lui arrivait jusqu'aux genoux ; il dépassa Bernegg endormi ; il longea les forêts ; il s'enfonça dans la grande solitude mystérieuse.

Ce qu'il allait faire, il l'ignorait lui-même. Où allait-il passer la nuit, il n'y avait pas songé. Il ne sentait que le besoin irrésistible de se confondre avec l'obscurité, la neige et la forêt, comme un loup qui fuit l'approche des hommes...

La visite de la commission était terminée. Les chambres avaient été examinées en détail; on n'avait rien soupçonné de l'affaire des abris, et le colonel, Mayrat n'avait posé aucune question. Les deux médecins de l'état-major, que Mayrat avait amenés comme spécialistes pour le contrôle, inscrivirent sur leur liste les noms de vingt-trois hommes qui, à leur avis, étaient en état d'être enrôlés et de servir à la relève des troupes du front.

Le professeur Rusch les laissa écrire sans protester, mais la doctoresse Mainetti ne résista pas à l'envie d'offrir au colonel Mayrat le spectacle du lieutenant Rudolf Fischer. Mayrat lança un bref coup d'œil au mort, et, profondément ému, se détourna vivement.

— C'est au moins une consolation de penser que nos ennemis souffrent des mêmes pertes ! dit-il ensuite !

— On devrait présenter cette « consolation » à l'épouse qui attend son mari, répliqua Lisa sur un ton venimeux. Le colonel Mayrat quitta la pièce en frappant du pied. Depuis le début de cette inspection, l'atmosphère avait bien changé. On sentait très distinctement l'hostilité qui opposait le personnel de l'hôpital aux membres de la commission de von Unruh. Le major, le professeur Gilgen, avait bien essayé de s'interposer avec de sages paroles, mais il s'était heurté à deux murs sur lesquels ses bons arguments s'écrasaient.

Dans la grande salle de réunion, les ordonnances avaient mis le couvert pour le repas. Il y avait du goulasch avec des nouilles, et un verre de bière blonde, qui venait de la brasserie du château, autrefois célèbre. Toute l'équipe des médecins de l'hôpital était au complet; tout le personnel actif et administratif de tous les blocs était réuni; et le service était fait par trois infirmiers sous la conduite du stagiaire Baumann.

— Messieurs ! commença le colonel Mayrat, et on eut l'impression qu'il était sur le point de lancer un toast. Je suis heureux de constater que cette journée a été marquée par un esprit de fraternité et que, tout en manifestant une large tolérance, nous ayons pu tout de même réunir un bon petit groupe d'hommes qui continueront l'œuvre commencée pour le bien de la nation et la sauvegarde de l'avenir...

Il n'alla pas plus loin. Le professeur Rusch frappa son verre de sa cuillère retournée. Les yeux de Lisa Mainetti s'emplirent d'une crainte visible. Elle donna sous la table un coup de pied à Rusch, mais n'obtint aucune réaction. Le colonel Mayrat lança un regard étonné et furieux au professeur.

— Plaît-il ? demanda-t-il d'une voix aiguë et malicieuse.

Le professeur Rusch se leva. Son visage sillonné de rides semblait pétrifié, et Lisa connaissait cette expression ; elle savait qu'il était inutile d'intervenir, il irait jusqu'au bout.

— J'aimerais vous faire part d'une erreur qui s'est glissée ici, prononça le professeur Rusch d'une voix claire. Le colonel Mayrat parle d'un groupe de blessés que sa commission a jugés capables de poursuivre le service du Führer ! (Chacun était profondément conscient de l'ironie des mots. Le professeur Gilgen lança à Lisa Mainetti un regard chargé d'angoisse, mais elle haussa les épaules dans un geste d'impuissance.) C'est juste. Depuis une heure, il existe une liste... Là où commence l'erreur, c'est que sur cette liste, des noms sont inscrits, mais il n'y a que moi qui décide ici qui sera renvoyé !

— Monsieur le professeur ! s'écria le colonel Mayrat, le visage congestionné.

— Moi, et moi seul, colonel ! répéta Rusch. Je suis médecin, et j'ai prononcé un serment, le serment à l'humanité !

— Un serment au Führer ! s'écria Mayrat.

— Tiens ! Le professeur Rusch sourit d'un air moqueur. Je vous suis reconnaissant, colonel, d'avouer vous-même une si grande différence entre l'humanité et le Führer ! Je n'y avais pas pensé !

— Incroyable ! s'écria Mayrat.

Le professeur Gilgen posa sa main devant sa bouche : Il est fou, dit-il tout bas, complètement fou.

— Comme chef de cet hôpital, je suis le seul qui ai le droit de décider qui sera proposé pour le renvoi. Je porte seul la responsabilité des blessés, et même le général von Unruh ne peut me l'enlever.

— Il le fera ! s'écria Mayrat au comble de la fureur. Ma commission a le droit...

— Elle a le droit de choisir. Elle me dégage peut-être de la responsabilité devant la loi, mais pas devant Dieu, colonel.

— Laissez donc ce vieil homme hors du jeu ! Il s'agit ici de l'être ou du néant d'un peuple !

— Qu'est-ce que cet « être » qui dépend de vingt-trois hommes sans visages !

Le colonel Mayrat se tut, comme si on l'avait étourdi d'un coup de massue. Il regarda autour de lui, et ne rencontra que froideur, hostilité, mépris, haine. Le major-général Gilgen détourna les yeux lorsque Mayrat l'examina.

— Ah ! C'est ainsi, dit Mayrat à voix basse. Voilà donc l'ambiance à l'intérieur du pays. Un nouveau coup de poignard...

Le professeur entoura de ses mains son verre de bière. Même si, dans cette salle, tout le monde pensait comme lui, il savait bien qu'il était seul et qu'il combattait pour une cause qui pouvait lui coûter sa propre tête.

— Je vais faire un rapport écrit et détaillé au général von Unruh sur l'état des vingt-trois blessés que vous avez choisis, dit-il froidement. Je vais devoir procéder à une contre-expertise et à des examens approfondis en prévision de nouvelles exigences. Faites savoir au général von Unruh de ma part, je vous prie, que tous ces renseignements lui parviendront dans quatre semaines environ. Nous devons faire honneur à la profondeur et à la minutie allemandes.

Le colonel Mayrat s'assit, mais il s'abstint de manger; il oublia même son verre de bière. La mine pincée, il prit congé des médecins immédiatement après le repas, et il ne baisa plus non plus la main de Lisa Mainetti. Le professeur Gilgen resta encore quelques instants auprès de Rusch avant de retourner à sa voiture.

— Vous avez manqué de prudence, Rusch, dit-il à voix basse. Si vos déclarations parviennent aux oreilles de la Gestapo... Soyez raisonnable; si peu de temps avant la fin, ce serait dommage. Nous avons encore besoin de quelques bonnes têtes pour après. Sinon, qui pourra rebâtir? Je vais m'arranger pour que Mayrat se taise.

Il tendit la main à Rusch et les deux hommes s'étreignirent avec une mutuelle estime. Un sourire paternel aux lèvres, le professeur Gilgen se pencha vers son collègue.

— Vous pouvez aller rechercher vos gamins et les sortir des abris, Rusch. Et tous ceux qui dorment douillettement emmaillotés comme des pachas peuvent aussi réintégrer le bloc A...

— Vous... vous êtes au courant, mon général? Rusch sourit faiblement, et le professeur Gilgen lui serra encore une fois la main. Les cheveux blancs qui dépassaient du calot s'agitèrent au vent.

— Je connais encore mes anciens élèves. Et je ne les laisserai pas dans l'embarras.

Lorsque les voitures démarrèrent, Rusch envoya de grands signes avec les deux bras; il se sentait soulagé et heureux.

Il n'eut plus l'occasion de revoir le professeur Gilgen, qui au cours d'une visite, quelques jours avant l'armistice, fut tué dans un bombardement.

Dans le courant de la soirée, ils rentrèrent tous au logis. Le Berlinois et Wastl Feininger, Fritz Adam et Dora Graff, Kaspar Bloch, le sourd. Et Walter Hertz.

Lisa Mainetti les vit tous arriver. Ils sont comme des enfants qui reviennent d'une fête, pensa-t-elle émue. Leur bonheur saute aux yeux. Surtout Fritz Adam... Il riait de nouveau, car il fut le premier auditeur des prouesses nocturnes de Wastl Feininger : Ce qu'on s'est marré ! Je me suis saoulé comme un cochon ! Et cette petite femelle qui m'empêchait de boire et retirait le verre en déclarant : Sois raisonnable, Wastl; sinon après, tu ne pourras plus rien faire...

Walter Hertz aussi revint et rendit son billet de permission au bureau. Il avait un air un peu sauvage; des fétus de paille étaient restés accrochés à son pansement et le foin collait encore aux bandes de leucoplast. Le sous-officier de service au bureau le regarda en fronçant les sourcils : — En voilà un qui traîne sa chambre dans la gueule ! s'écria-t-il. Mince alors ! Enlève tes bandes avant d'aller trouver Lisa. Des fois qu'elle trouverait des bretelles de soutien-gorge.

— Idiot ! dit Walter Hertz. Il jeta son papier sur le bureau et quitta la pièce en courant.

Puis il regagna sa chambre, s'étendit sur son lit et s'endormit immédiatement, à peine les yeux fermés.

Le Berlinois se gratta l'occiput.

— Eh ! les enfants ! Lui, il est foutu ! Il brossa sa veste et la souspendit à un cintre. Avec une gueule comme ça, on ne se sent plus un Samson, c'est toujours ce que je dis !...

Walter Hertz dormait. Il avait passé la nuit dans une hutte au milieu de la forêt et la journée à courir dans la neige comme un renard devenu fou, sans but, en rond autour de Bernegg, fuyant tout être humain, frigorifié et solitaire, désespéré et poursuivi par une idée fixe : Arrête ! Est-ce que ta vie a encore un sens ? Qu'est-ce que tu peux en attendre maintenant ? Il n'y a plus d'avenir pour toi !

Il ne savait pas que dès le matin, Pétra Wolfach avait couru jusqu'à l'hôpital pour demander si on avait entendu parler de lui. Elle était revenue quatre fois, et l'avait fait chercher.

— Il est parti avec une autre poupée, Petite ! avait dit le planton de service, qui ignorait tout. Cherche quelqu'un d'autre ! Crois-tu que je pourrais faire ton affaire ?

Ce ne fut que le soir, lorsque tout fut obscur autour de lui, que Walter Hertz se faufila jusqu'au château, à l'heure même où Pétra déclarait à ses parents avec fierté : Je vais épouser Walter. Tout de suite !

Erich Schwabe se désintéressait complètement de ses camarades et de leurs histoires. Il venait de recevoir une lettre d'Ursula, une longue lettre de remerciement pour le cadeau de Noël, et la promesse de l'attendre.

— Et même si cela doit durer dix ans, écrivait Ursula de son écriture enfantine, je te resterai fidèle et je t'attendrai. Et pour que tu ne l'oublies jamais, je te le répéterai sans cesse : Je suis ta femme, et rien, rien ne pourra jamais nous séparer. Rien que la mort.

Erich lut et relut cette phrase un nombre incalculable de fois. Il était même allé trouver Lisa Mainetti avec sa lettre et la lui avait montrée.

— Ça y est, s'écria-t-il, Uschi a surmonté le choc ! Lisez donc ce qu'elle écrit, docteur ! Ma mère lui a certainement tout raconté, sinon, elle n'aurait certainement pas parlé de dix ans. N'est-ce pas merveilleux d'avoir une épouse comme elle ? Quand pourra-t-elle venir, docteur ? Maintenant, il faut que je la revoie !

Lisa prit la lettre, mais elle n'en lut pas chaque mot, car elle connaissait ce genre de style. C'était le style de l'éloignement. La vie quotidienne en présence d'un être qui n'a plus de visage est beaucoup moins pathétique. Alors, on garde le silence, on serre les dents, on marche la tête en avant, comme un bélier, pour aller au devant de la pitié, de la sottise ou de l'indifférence.

— Nous allons faire signe à votre femme le plus vite possible, dit-elle en rendant la lettre. Mais nous allons commencer par vous refaire le nez. C'est le principal. Avec un nez, on a tout de suite une autre allure.

— Vous m'avez promis de commencer immédiatement après le nouvel an, docteur, implora Schwabe.

— Oui, et c'est ce que je vais faire. Votre maman m'a envoyé une photo de vous. Vous allez voir comme vous vous ressemblerez !

— Me ressembler? demanda Schwabe à voix basse.

— Si j'étais Dieu, Schwabe, je me contenterais de vous passer doucement la main sur la figure et de dire : Sois Erich Schwabe. Et vous redeviendriez comme avant. Mais je ne suis qu'un être humain comme vous. A nous, Dieu n'a donné que la possibilité de faire des ressemblances.

Le soir, le Dr Urban aussi revint à l'hôpital. Il était de mauvaise humeur et à peine arrivé, il râlait déjà contre les blessés qui ne le saluaient pas assez rapidement, à son gré.

— Aussi longtemps qu'il vous reste un bras, vous avez à vous en servir pour faire le salut vers le haut! hurla-t-il. Allez, en arrière, et recommencez à saluer convenablement !

Il joua à ce jeu trois ou quatre fois, puis s'enfuit dans sa chambre, où il revêtit sa blouse blanche pour passer immédiatement la visite de son service. Ceux qui avaient été cachés dans les abris avaient réintégré leurs chambres, et ils se mirent immédiatement au garde-à-vous dès qu'ils aperçurent la blouse blanche de Urban flottant à l'air.

— Ah ! voilà nos héros ! cria celui-ci. Ça veut être allemand et ça se cache sous la terre ! (Il se plaça au milieu de la chambre, les poings sur les hanches.) Mais ce n'est pas aussi simple, de se soustraire au service du Führer et de la mère patrie, Messieurs. Plusieurs d'entre vous vont bientôt perdre toute envie de ricaner ! Et si vous croyez que vous allez pouvoir vous saouler la gueule le soir du nouvel an, vous vous mettez le doigt dans l'œil ! Meier... Rumbold... Senkblei... Schmitz III...

— Présent ! Présent ! Présent ! Présent ! hurlèrent ceux qui étaient ainsi appelés, en avançant de deux pas au milieu de la chambre. Leurs yeux étaient remplis de crainte.

— Vous y passerez demain ! Vous voulez retrouver votre beauté le plus vite possible, n'est-ce pas ?

Le Dr Urban regarda les visages blêmes, et sourit largement. Puis, il disparut en piaffant de nouveau, pour aller prévenir le professeur Rusch de son retour, et lui présenter les prévisions de travail pour le lendemain.

C'était le dernier jour d'opération de l'année qui s'achevait. Pendant les jours de fêtes et la semaine entre Noël et le nouvel an, on n'avait établi qu'un service d'urgence pour les arrivées du front et les complications. Ce fut le Dr Urban qui proposa le plus grand nombre d'urgences, Lisa Mainetti n'en avait aucune et il en vint deux autres des autres services.

— Pourquoi tant que cela ? interrogea Rusch en lisant les rapports de maladie.

— Pour qu'ils soient obligés de rester au lit le jour du nouvel an. La vengeance du médecin compatissant, dit Lisa Mainetti.

Le Dr Urban leva les sourcils.

— Je prétends que ces opérations sont nécessaires et urgentes. La remise en état des fonctions vitales est indépendante des jours de fête ou du changement d'année, il me semble.

— Bien ! (Le professeur Rusch fit une croix devant chaque nom.) Je vais pratiquer moi-même toutes ces opérations. Vous et le docteur Mainetti m'assisterez, ainsi que Messieurs Plugge et Vohrer.

Le Dr Urban reprit ses fiches, les serra sous son bras et quitta la pièce. Tout en hochant la tête, Rusch s'assit.

— Comme il est calme ! On croirait qu'il a perdu toute envie de lutter. Est-il malade ?

— Non, il se trouve dans une impasse. (Lisa Mainetti alluma une cigarette, ce qui lui arrivait assez rarement.) Cette petite saleté d'Irène Adam a téléphoné vers midi, pour dire que son mari acceptait de divorcer. Apparemment, elle veut forcer Urban à l'épouser. (Lisa suivit des yeux les volutes de fumée bleue qui s'évanouissaient progressivement dans la chambre.) Quand j'y pense, c'est tout juste si je n'ai pas pitié de lui. Il l'a à peine mérité !

— Tu ne sembles pas me croire capable de faire un très bon mari non plus, intervint Rusch presque à voix basse.

Elle éteignit sa cigarette à peine commencée.

— Souvent, tu me donnes l'impression d'être un enfant qui réclame son ours en peluche, en poussant des hurlements.

— Il hurle, parce qu'il veut avoir quelque chose dans les bras.

— Ou bien, pour se consoler. Elle caressa légèrement les cheveux grisonnants de Rusch. Nous avons pourtant bien d'autres soucis, Walter. Et ce n'est pas fini !

La journée d'opération commença comme toutes ses semblables : les infirmières râlaient et se plaignaient parce qu'on n'avait pas prévu suffisamment de matériel. Trop peu de bandages, de gaze, trop peu de médicaments. Dans la buanderie de l'hôpital, on lavait les bandes jusqu'à ce qu'elles tombent en charpie; quant aux bandages en papier qu'on leur avait envoyés faute de matériel convenable, ils ne servaient qu'à provoquer les hurlements de fureur du professeur Rusch.

— Faut-il que je fasse les pansements de mes blessés avec du papier hygiénique? cria-t-il à l'adresse du malheureux préposé à la pharmacie. Alors, écoutez, autant simplifier encore les choses, et utiliser les derniers numéros de « Reich ». Peut-être que les paroles de Gœbbels guériront encore plus rapidement les visages mutilés.

Ce jour-là aussi, chaque parcelle de bande fut minutieusement comptée, car l'intendant du service administratif de l'hôpital avait donné les consignes de la plus stricte économie. Le stagiaire Baumann apporta les caisses de scopolamine, d'eukodal et d'ephédrine, et il devait tenir un compte exact de chaque ampoule utilisée.

Le Dr Urban et le Dr Mainetti se brossaient les mains, chacun devant leur lavabo. Ils avaient déjà revêtu leurs bonnets et enfilé leurs sandales blanches de caoutchouc. Bien qu'ils se touchassent presque du coude, ils ne se parlaient pas; ils savonnaient bras et avant-bras en silence et passaient la brosse, comme s'ils n'avaient pas conscience de leur présence mutuelle. Le professeur Rusch n'était pas encore arrivé. Il était en pleine conversation téléphonique avec le colonel Mayrat. Les services du général von Unruh avaient averti qu'ils renonçaient à exiger un rapport sur l'hôpital de Bernegg, car il était devenu sans objet. L'action « appel aux héros » ne concernait pas les blessés du visage. Cela avait été une erreur, une fausse interprétation de l'ordre, et on le regrettait vivement. Rusch savait très bien que son ancien patron, le professeur Gilgen, n'était pas étranger à ce revirement. Le colonel Mayrat s'excusa avec raideur et sur un ton très officiel, et il était évident que cela lui coûtait un gros effort.

Dans la salle d'opération 1, on amena le premier patient. C'était le caporal-chef Rumbold, âgé de trente-deux ans, père de deux enfants, mineur à Gelsenkirchen, blessé en Russie en août 1944. Fracassement des mâchoires avec arrachement des parties molles. Après douze opérations, on l'avait tellement bien réparé, qu'il ne lui manquait encore qu'une petite greffe osseuse pour lui rendre son aspect tout à fait normal.

Lisa Mainetti jeta un coup d'œil sur Rumbold lorsqu'il entra dans la salle d'opération, tout en continuant de se frotter les bras et les mains. Il arriva en tremblant, anxieux; l'infirmier fut obligé de le pousser dans la salle comme un agneau qui sent l'odeur de l'abattoir et recule. Il contemplait le dos du Dr Urban et resta à deux pas de la porte. Son visage semblait écrasé, le nez ressortait d'autant plus, pincé et blême; la sueur froide lui coulait le long du front et tombait dans ses yeux qui donnaient l'impression d'avoir été enfoncés à l'intérieur du crâne par un poing brutal.

Le Dr Mainetti laissa le robinet couler sur ses bras et ses mains pleines de savon, puis les secoua.

— Qui est-ce? demanda-t-elle. Urban tourna la tête sur le côté.

— Numéro un, collègue! Greffe osseuse.

Lisa s'éloigna du lavabo, tandis que Rumbold la suivait avec ses yeux de chien battu et suppliant. Son visage ressemblait à celui d'un mort.

— Qu'est-ce qu'il a? interrogea Lisa. Pourquoi doit-il être opéré aujourd'hui? Elle se tourna vers Urban et lui dit tout bas, pour que Rumbold ne l'entende pas :

— Cela ne va pas, Urban. Cet homme a un faciès hippocratica.

Le Dr Urban tourna de nouveau la tête et regarda Rumbold furieux.

— Ridicule! dit-il tout haut. Il a toujours eu cet air-là. En outre, il crève de peur. C'est tout.

— Savez-vous, au fond, ce que c'est qu'un « faciès hippocratica » ? demanda durement Lisa.

— Non. Le Dr Urban se rinça les mains. Je m'en fous d'ailleurs. Cet homme a toujours été comme vous le voyez là. Chacun ne peut pas être une beauté comme le patron...

Lisa ignora la pointe. Elle ôta son bonnet et le jeta sur la table : Je vais trouver le chef, Monsieur Urban ! dit-elle. Je veux que cette opération soit reportée !

Urban la retint fermement par la manche de sa blouse.

— Quelle sottise ! dit-il à voix basse. Chère Lisa, vous pouvez me mépriser comme homme, et tenter de me réduire à néant, je m'en fiche. Mais pas comme médecin ! C'est la limite ! Est-ce que cela vous suffit, si je vous garantis que le patient a toujours été comme ça ? Parce que vos sentiments vous portent à tout voir en noir, vous voulez jeter tout le programme de la journée en l'air ? Et vous voulez me faire passer pour un imbécile aux yeux du patron ? Attention, Lisa, c'est un avertissement, et je vous conseille d'en tenir compte.

Lisa jeta encore un coup d'œil sur le pauvre Rumbold que Baumann était en train de préparer pour l'opération. On l'avait déshabillé et couché nu sur la table, car on devait lui enlever une lamelle osseuse du fémur pour la greffer sur la mâchoire.

— Bien ! dit Lisa à contrecœur. Je peux me tromper ! Croyez en tous cas, Urban, que je ferais tout ce qui est en mon pouvoir pour empêcher cette opération, si j'étais sûre de mon diagnostic. Je me fous éperdument de votre réputation de médecin, vous le savez bien !

Le Dr Urban toussota, car Baumann et le Dr Vohrer les regardaient.

— Je ne vous donnerai pas l'occasion de me tenir entièrement à votre merci. Il lâcha la manche de Lisa.

L'opération commença, et le professeur Rusch les rejoignit lorsque Lisa avait déjà entaillé la hanche. Il fit un signe de tête à chacun, et commença immédiatement à prélever la lamelle osseuse.

Il ne se passa rien. Comme des centaines de fois précédentes, l'opération se déroula suivant ce qui avait été prévu. Rusch travaillait avec rapidité et sûreté, comme toujours, avec une facilité qui touchait à l'art. Quant au Dr Urban, il s'efforçait de ralentir le rythme. Il lui manquait, il est vrai, la faculté de deviner à l'avance les gestes à faire, ce qui était la spécialité de Lisa Mainetti.

La greffe était mise en place, la mâchoire recousue; le professeur Rusch examina encore une fois le travail, et se retira. Il alla se laver rapidement les mains et quitta la salle d'opération. Urban vint à la rencontre de Lisa qui s'occupait de la blessure de la hanche.

— Alors, prophète de malheur? dit-il de bonne humeur. Et votre « faciès »?

Lisa lui montra la hanche béante. La blessure saignait encore, mais d'un sang bleuâtre, dont la couleur accentuée n'était pas normale.

— Ne remarquez-vous rien de bizarre? demanda-t-elle.

— Non. Tout s'est passé pour le mieux!

— Eh bien, vous allez voir! Ce n'est pas la faute du patron, il n'en avait pas la moindre idée.

— Qu'est-ce qui vous prend de nouveau?

Lisa arrêta l'hémorragie, et réclama une piqûre de réveil. Puis elle ferma la blessure, introduisit une sonde et ôta tout l'appareil anesthésique mis en place par le Dr Vohrer. Les deux autres médecins travaillaient à l'autre table d'opération; ils enlevaient une parcelle de peau à la poitrine gauche d'un autre blessé, pour préparer aussi une transplantation.

Après avoir donné la piqûre de réveil, Lisa tâta le pouls de Rumbold. A petits coups irréguliers, le sang se précipitait ou s'immobilisait, et le visage de l'opéré prenait peu à peu la teinte de la mort.

— La voilà, votre saloperie, Urban, s'écria grossièrement Lisa. Il ne se réveillera pas !

— C'est la faute de Vohrer, qui l'a mal surveillé !

— Toujours les autres, n'est-ce pas, mais vous, jamais ! Elle posa le stéthoscope sur la poitrine de Rumbold. Venez, écoutez-moi ça ! Et tandis que Urban écoutait battre le cœur, Lisa appela Baumann à l'aide.

— Sympatol ! s'écria-t-elle. Et camphre ! Merde alors !

Lorsque Lisa Mainetti commençait à jurer, il fallait filer droit. Le professeur Rusch l'entendit de dehors, du couloir, et il passa la tête par la porte. En voyant ses deux assistants occupés autour de son malade, il ouvrit la porte toute grande.

— Que se passe-t-il donc ? s'écria-t-il. Déjà, Lisa faisait l'injection de sympatol et de camphre. Urban surveillait le pouls, le visage blême et les traits tirés, immobile à côté du corps étendu. Lorsque Rusch arriva près de la table d'opération il n'osa pas le regarder.

— Que se passe-t-il ? demanda encore une fois le chef.

— Il ne se réveille pas, et le pouls fout le camp !

— Bon sang de bon sang ! s'écria le professeur Rusch. D'un coup de coude, il poussa Urban sur le côté et se pencha sur Rumbold, dont le corps se couvrait d'une sueur froide et collante. Une tache blanche apparut aux narines et elle s'étendit de plus en plus au point de recouvrir bientôt tout le visage défait.

— Adrénaline ! hurla Rusch, et une très longue aiguille !

C'était trop tard. Avant que Baumann lui ait passé la seringue et que Rusch, en désespoir de cause, ait eu le temps de faire une piqûre dans le cœur même, la respiration avait cessé.

Le caporal-chef Rumbold, de Gelsenkirchen, était mort.

Le professeur Rusch jeta la seringue sur le sol où elle se brisa en mille miettes qui s'éparpillèrent dans toute la salle.

— Comment cela a-t-il bien pu se passer? hurla-t-il en regardant tour à tour Urban et Lisa Mainetti. Quel est le salaud...

Lisa baissa les paupières du mort : Ce n'est rien d'autre que l'ignorance de ce qu'est un faciès hippocratica, dit-elle calmement. Je vais faire l'autopsie et je vous prouverai qu'il est mort d'une syncope blanche. Ce thrombus s'est installé quelque part, je ne sais pas où, et le choc opératoire, ou peut-être la peur qu'en avait le malade, l'a dégagé, que sais-je, moi?

Le professeur Rusch se tourna vers Urban qui passait sa nervosité sur le tuyau du stéthoscope, en le torturant entre ses doigts.

— Est-ce que vous avez radiographié le patient hier, comme il est de règle chez nous, la veille d'une opération? demanda Rusch.

Les lèvres du Dr Urban blêmirent.

— Non... la semaine dernière.

Puis il se tourna d'une pièce, et comme un pantin automatique, il quitta la salle d'opération. Le professeur Rusch se tourna alors vers Lisa.

— Et pourquoi n'as-tu pas essayé d'empêcher l'opération? s'écria-t-il. Dans son énervement, il la tutoyait devant les autres médecins et le personnel; cela lui était égal, et d'ailleurs, il ne s'en rendit même pas compte.

— Je n'en ai eu qu'un vague soupçon, une sorte de prémonition, mais il ne m'a pas été possible d'établir un diagnostic exact. Peut-être vous seriez-vous aussi moqué de moi, si j'avais exigé, juste avant de commencer l'opération, qu'on la reportât!

Lisa Mainetti fit un signe à Baumann.

— Faites emmener le cadavre, et amenez le suivant. Le docteur Urban nous a préparé un programme très chargé.

Le professeur Rusch se précipita en courant hors de la salle, et dans le couloir, il se heurta au Dr Urban qui l'attendait.

— Monsieur le professeur..., commença Urban, mais Rusch lui coupa la parole en levant les deux mains dans un geste de défense.

— Ne m'adressez pas la parole, vous... espèce de..., cria-t-il.

— Allez-vous faire un rapport?

— Vous attendez-vous à autre chose de ma part?

— Est-ce qu'un malade ne vous a encore jamais claqué entre les doigts?

— Pas de cette manière!

— Je... je vous en prie, Monsieur le professeur, ne faites pas de rapport, dit le Dr Urban d'une voix faible et tremblante. Il était complètement ravagé.

— Espèce de nullard! s'écria Rusch (Il ne pouvait plus se dominer, et il constata avec honte que tous ses scrupules pouvaient aussi s'envoler très facilement.) Vaurien! Bizuth! Je ne veux plus vous voir aujourd'hui dans mon hôpital. Je ne veux plus de vous jusqu'après le nouvel an!

Le Dr Urban s'enfuit en courant jusqu'à sa chambre, comme s'il avait peur de rencontrer le cadavre que deux infirmiers attachés à la salle d'opération étaient justement en train de transporter. Epuisé, le professeur Rusch s'appuya contre le mur du couloir.

En grinçant, la civière passa devant lui, et les deux infirmiers qui la poussaient firent un léger détour, puis s'immobilisèrent, et levèrent le bras pour saluer.

Au château de Bernegg, le passage de l'année 1944 à l'année 1945 se fit dans le plus grand calme. Les hommes qui n'ont plus de visage sont plus pensifs que joyeux, en commençant une nouvelle année. On regarde en arrière, et on pense à l'avenir; on se souhaite la réalisation des désirs les plus secrets, et on boit lentement le verre de vin qu'un grossiste de Würzburg a distribué à chaque occupant de l'hôpital, pour fêter le nouvel an.

Le Dr Urban était effectivement parti, et personne ne savait où il était allé; il n'avait plus paru devant le professeur Rusch qui l'avait pratiquement jeté dehors.

Fritz Adam fêta le nouvel an à Bernegg, dans un hôtel, en compagnie de Dora Graff. La veille, il avait écrit à sa femme pour la prévenir qu'il comprenait fort bien qu'il ne pouvait détruire toute sa jeunesse en lui imposant la vue de son visage mutilé. Il lui rendit sa liberté, en la priant d'introduire avec son accord une demande en divorce. Pour que les formalités aillent plus vite, il prenait tous les torts à son compte, en précisant qu'il était tombé amoureux d'une infirmière et qu'il reconnaissait l'adultère.

Il montra sa lettre à Lisa Mainetti avant même que celle-ci lui ait parlé du coup de téléphone d'Irène.

— Est-ce que je n'avais pas raison? demanda-t-elle. La vie continue... Et si Fritz Adam avait été condamné à passer toute son existence tout seul, cela aurait jeté par terre toutes les lois humaines.

— Vous êtes une femme sensationnelle, docteur, affirma Fritz Adam, et sous sa peau parcheminée, on voyait bien que le sang coulait plus vite.

— Je vous en prie, ne me faites pas de compliments, mais réservez-les plutôt à votre petite Dora, Adam. Je trouve seulement ridicule de votre part de parler d'adultère.

— C'est pour que ça aille plus vite.

— Mon Dieu ! Vous voulez encore prendre tous les torts pour vous, en plus ?

— Oui... si c'est nécessaire.

— Ce n'est pas nécessaire. Attendez, je vais m'en occuper.

— Vous? Vous pourriez faire cela aussi?

— Mais mon cher! s'exclama Lisa Mainetti en rendant la lettre à son propriétaire. N'a-t-on pas dit un peu partout qu'en plus du reste, j'avais une baguette magique?

Le joyeux groupe de la chambrée B/14 déménagea de nouveau. Le Berlinois, Wastl Feininger et trois autres. Ils s'étaient déjà réservé des chambres d'hôtel, lors de leur permission de nuit au moment de la visite de la commission, à Würzburg, et avaient dû lutter héroïquement jusqu'à la veille du nouvel an avec le service administratif chargé de distribuer les permissions.

— Rien! avait aboyé l'adjudant de service. Je ne fais aucune proposition au patron! Après cela, c'est nous qui devrons payer les pensions alimentaires!

— Tu n'es qu'un cochon! s'écria Wastl Feininger. Je suis capable de supporter tout seul ma paternité!

Et de nouveau, ce fut Lisa Mainetti qui signa les billets de permission. Elle n'en avait pas le droit, mais en cas de contrôle, il suffisait qu'on puisse voir une signature à côté du tampon.

Et le grand silence s'installa au château de Bernegg. Dans les chambres, on écoutait à la radio les émissions diffusant les vœux des hommes d'Etat, puis on entendit un beau concert. On but de la bière légère, et on se réserva une goutte de vin pour trinquer lors des douze coups de minuit. On lut ou on écrivit, on joua aux échecs ou aux cartes; et en fait, il n'y eut pas grande différence avec les soirées ordinaires; ce fut seulement un peu plus silencieux, un peu plus pénible, un peu plus grave.

Une nouvelle année. La dernière de la guerre?

Et après, qu'est-ce qui allait suivre?

Et nous, qu'allons-nous devenir, les hommes sans visages?

Peut-être bien que cette année verrait mourir tout bonnement l'Allemagne. Mais d'une façon ou d'une autre, il faudrait vivre; on ne pouvait pas tout simplement exterminer soixante millions d'hommes.

Le professeur Rusch et Lisa Mainetti étaient assis ensemble dans la chambre du patron, et buvaient en silence une bouteille de vin. Ils avaient éteint la lumière et restaient l'un en face de l'autre, dans l'obscurité, des ombres enfoncées dans des fauteuils rembourrés que Rusch avait fait venir de son appartement.

— Quand allons-nous nous marier, Lisa? demanda-t-il tout d'un coup en rompant le silence.

— Quelle question! Tu commences par m'insulter devant les collègues et le personnel et...

— Est-ce que ma question n'est pas à elle seule une imploration à ta générosité et à ton pardon?

— Attends la paix, Walter. Nous ne savons pas ce qui nous attend. Peut-être sera-t-il préférable de rester seul, pour supporter sa propre souffrance, sans avoir encore à se charger de celle des autres.

— Tu es la femme la plus curieuse que j'aie jamais connue, dit-il en se levant et en se penchant vers elle pour l'embrasser. Elle passa ses bras autour de son cou et attira la tête blanchissante contre elle.

Ainsi demeurèrent-ils l'un contre l'autre jusqu'à ce que la pendule sonnât les douze coups; alors ils prirent leurs verres, trinquèrent en silence, et les vidèrent d'un trait.

— Que Dieu nous assiste! dit Lisa tout bas.

Et brusquement, elle se mit à pleurer.

Partout, dans toutes les chambres, les verres s'entrechoquèrent, dans le poste de garde, dans la salle des assistants. En bas, à Bernegg, dans une chambre d'hôtel où Fritz Adam et Dora Graff, penchés à la fenêtre, contemplaient ensemble la nuit du 31 décembre.

A Cologne, dans la cave qui sentait le moisi où Frau Hedwige Schwabe avait fait une provision de petits gâteaux et où Ursula allongeait une espèce de grog fait d'un mauvais rhum distribué spécialement pour ce jour de fête avec une boisson brûlante, de couleur rouge et de goût amer.

A Würzburg, dans une maison close, où Wastl Feininger, à minuit juste, présenta une sorte de danse de « Schuh-plattler » de son pays. Et dans la villa Wolfach, sur la colline qui dominait Bernegg, devant l'immense feu de cheminée, où manquait Walter Hertz, car l'industriel Hubert Wolfach avait strictement interdit à sa fille de l'inviter.

1945.

De Bernegg, on entendit tinter l'unique cloche qui avait échappé à la destruction, et les petites églises des villages environnants y joignirent bientôt leurs voix grêles; la petite cloche de la chapelle du château s'agita elle aussi, car à la tribune, un homme s'était suspendu à la vieille corde et tirait, tirait... Il n'avait plus qu'un demi-visage, tout le côté droit avait été arraché, et de larges bandes de peau recouvraient l'horrible blessure.

Le sonneur du château de Bernegg présentait à tous ses vœux de bonne et heureuse nouvelle année.

Cinq jours plus tard, arriva à Bernegg Frau Irma Fischer, car Lisa Mainetti lui avait envoyé un télégramme.

« Votre mari gravement blessé. Venez. »

Elle avait pris le premier train en partance pour Würzburg, après avoir subi dans les faubourgs de Munich un gros bombardement, et son voyage avait duré deux jours. Transbordements, détours, parce que les voies étaient détruites, attentes interminables parce que les alertes interdisaient de rouler. Finalement, à Würzburg, elle eut de la chance, car une voiture de l'armée l'emmena jusqu'à Bernegg. Elle avait passé quatre heures à essayer de faire de l'auto-stop dans le froid glacial, mais il ne passait que très peu de voitures, et la plupart allaient dans une autre direction.

Dès que Frau Fischer apparut au portail d'entrée, on téléphona à Lisa Mainetti. La jeune femme attendit patiemment, sur une chaise dure, devant la vieille table.

Elle ne posa qu'une seule question au sous-officier de garde, sur un ton timide et plaintif.

— Est-ce que vous connaissez un certain lieutenant Rudolf Fischer?

Le soldat fit non de la tête : Votre mari?

— Oui. Il paraît qu'il est très gravement blessé.

— Nous en avons ici plus de cent cinquante. On ne peut pas les connaître tous.

— Non, bien sûr, dit la jeune femme, et elle se recroquevilla sur sa chaise.

Dans le bloc B, Lisa Mainetti avait lancé un ordre : Tous les hommes dans leurs chambres ! Les chefs de chambrée devaient veiller à ce que personne ne quittât les chambres. Et lorsque tous les corridors furent vides et silencieux, Lisa Mainetti se dirigea vers le poste de garde et amena Frau Fischer au château. Elle l'entraîna jusqu'à sa propre chambre, sans rencontrer qui que ce soit, sauf Baumann, le stagiaire qui se préparait à faire une piqûre de morphine à un nouvel opéré.

— Comment va mon mari, docteur? demanda la jeune femme. Est-ce qu'il est vraiment si gravement blessé? A-t-il... a-t-il perdu une jambe? Ou un bras?

— Il faut que vous soyez très courageuse, Frau Fischer, répondit Lisa, en entraînant la jeune femme vers une chaise. Vous n'êtes pas toute seule, vous subissez le même sort que des milliers d'autres épouses et d'autres mères. Je sais que ce ne sont que des mots bêtes et vides, d'une banalité écœurante. Mais je ne connais pas de mots qui puissent vous aider.

La jeune femme ouvrit de grands yeux fixes; elle posa ses deux mains sur son ventre et respira deux ou trois fois très profondément, bruyamment.

— Rudolf... Rudi... Il est mort?

— Oui.

— Est-ce que je pourrais le voir? (Ce n'était qu'un souffle.)

— Il est déjà enterré. Je vais tout vous raconter.

— Est-ce que je peux voir sa tombe?

— Nous allons y aller ensemble, répondit Lisa en l'entourant de son bras. Il n'a pas souffert, mentit-elle, et elle sentit que c'était presque une consolation.

CHAPITRE IX

LENTEMENT, LISA MAInetti traversa le parc du château, complètement enneigé, en compagnie de la jeune Frau Fischer; elles contournèrent la petite chapelle en direction de l'étang dans lequel pour la première fois Erich Schwabe avait pris tragiquement conscience de son visage détruit. Entre l'étang et la petite chapelle se trouvait le paisible cimetière de l'hôpital de Bernegg, entouré de hêtres élevés et de haies de noisetiers.

Au-dessus de la neige s'élevait une rangée de croix en bois de bouleau, et un graveur avait inscrit sur des plaques de tôles noires les noms des morts, puis avait coulé de la couleur dorée dans les rainures. Au pied des croix on voyait encore quelques couronnes et quelques branches de sapins, humbles restes de Noël. Et derrière, un gros rocher dominait le paysage. Plus tard, une fois la guerre finie, on graverait sur cette pierre une inscription destinée à rafraîchir la mémoire des vivants, dont la plupart passeraient d'ailleurs devant le rocher et le château sans y prêter la moindre attention et la moindre pensée, et, tout comme leurs ancêtres, ne tireraient jamais de leçons des souffrances des autres.

Lisa Mainetti avait entouré Frau Fischer de son bras, et elle la traînait presque à travers la neige. « Ce n'est encore qu'une enfant, se dit-elle. Veuve à vingt ans — je me demande si elle se rend même compte à quel point tout cela est odieux? Les belles paroles mensongères : la belle mort du héros? Le noble deuil de la veuve? L'offrande faite à la mère patrie? Et si maintenant, comme toutes les mères et les épouses qui sont venues jusqu'à ce cimetière, elle me pose la question fatale : Pourquoi? il me faudra comme toujours répondre : Je ne sais pas. Peut-être qu'au fond la guerre est une fièvre maligne qui possède les hommes de chaque génération! »

Elles arrivèrent à la tombe du lieutenant Rudolf Fischer. Une simple croix de hêtre, où l'inscription n'était pas encore posée. Une couronne faite de branches de sapin. Un petit mamelon de terre fraîchement retournée, recouvert de neige fraîche immaculée.

— C'est ici, dit Lisa à voix basse, et elle resta derrière la jeune femme.

Frau Fischer baissa la tête, et de nouveau, ses mains aux doigts joints se posèrent sur son ventre arrondi. Elle sentait l'enfant bouger en elle, une nouvelle existence, une partie du mort qui reposait sous la croix de bois.

— Rudolf, appela-t-elle tout bas. Rudi... Mon Rudi.

Elle tenait la tête baissée et pleurait tout bas, sans bruit. De sa main droite, elle tâtonna vers l'arrière, chercha Lisa Mainetti, et lorsqu'elle eut trouvé les mains de la doctoresse, elle s'y agrippa comme quelqu'un qui cherche secours et appui.

Elle demeura ainsi longtemps, pleurant doucement, comme une femme courageuse, habituée à souffrir. Lisa aussi se taisait. Elles étaient debout dans la neige, la main dans la main, comme deux sœurs réunies dans le malheur, et elles ne sentaient ni le froid, ni les minutes qui s'écoulaient.

— Qu'est-ce qu'il a eu, docteur? demanda Frau Fischer au bout d'un certain temps. Dites-le moi, je vous en prie.

Lisa Mainetti revit en pensée le visage complètement arraché, l'œil unique et vivant qui suivait chacun de ses pas, les doigts presque morts déjà qui avaient tracé les lettres maladroites: Ne pas prévenir épouse..., et elle pensa à la mort bienheureuse qui avait plongé l'œil terrible dans le néant.

— Il a reçu une balle dans la tête, dit Lisa. Mais il n'a pas souffert longtemps.

Frau Fischer se pencha en avant et caressa la croix de hêtre rude. Il y avait tant d'amour, tant de don de soi et d'acceptation dans ce geste, que Lisa sentit sa gorge se nouer sous une émotion insoutenable.

— Il était si heureux en pensant à son enfant, continua Frau Fischer. J'ai reçu sa dernière lettre il y a dix jours, et il devait avoir une permission pour le nouvel an. Deux jours seulement. Savez-vous comme cela peut être merveilleux, deux jours, docteur? (Puis de nouveau, son regard se porta sur la croix de bois.) Est-ce que je pourrai le faire transporter?

— Je m'en occuperai pour vous.

Puis, elles restèrent encore un moment devant la tombe, muettes toutes deux, et elles lui dirent adieu. Frau Fischer ne pleurait plus, une espèce de rigidité curieuse la possédait. Elle se cabrait contre la souffrance, et surtout elle sentait l'enfant remuer en elle et était consciente de l'obligation de rester stoïque, pour lui.

Un peu plus tard, elles retournèrent à l'hôpital et Lisa Mainetti fit apporter deux tasses de bon café dans sa chambre, pour elle et pour sa compagne. Mais ni l'une ni l'autre ne touchèrent au morceau de gâteau qu'on y avait joint. La certitude pour Frau Fischer de ne plus jamais revoir son mari se faisait d'heure en heure plus réelle, et il lui semblait qu'elle allait étouffer de douleur.

— Je vais vous conduire chez des amis, à Bernegg, dit Lisa. Vous pourrez y dormir aussi longtemps que vous voudrez. Avez-vous l'intention de retourner demain à Munich?

— Oui. Brusquement, le regard de Frau Fischer s'anima, et elle posa une question tellement inattendue et curieuse, qu'il fallut à la doctoresse quelques secondes de répit pour surmonter son ahurissement :

— Est-ce que nous allons gagner la guerre, docteur ?

— Non ! répondit fermement Lisa.

— Alors, tout aura été inutile...

— Dans tout ce que nous faisons, nous, les Allemands, il y a toujours beaucoup de choses inutiles. Mais nous ne nous en apercevons que trop tard.

Baumann emmena Frau Fischer à Bernegg, avec la vieille carriole de l'hôpital, et Lisa Mainetti les suivit longtemps des yeux, jusqu'à ce qu'ils eussent disparu dans la neige.

Et la vie, au bloc B, continua comme avant. Le Dr Urban arriva dans la pièce en claquant du talon.

— Encore une fois des provocations au défaitisme ? demanda-t il d'un air haineux. L'incident de la salle d'opération faisait partie pour lui du domaine du passé et de l'oubli. A son avis d'ailleurs, il tenait encore davantage le patron dans ses filets, depuis que ce dernier avait renoncé à faire un rapport.

— Ce sont toujours les faux numéros qui meurent, assura Lisa sans ménagement. Vouliez-vous me demander de vous prêter un manuel élémentaire de petite chirurgie ?

— Pas d'insolences, collègue ! Je voulais seulement vous prévenir qu'on vient d'annoncer dans une émission toute spéciale des nouvelles qui vont vous faire plaisir : Les troupes allemandes sont passées à l'offensive sur un large front situé au nord de Strasbourg, et ont enfoncé les lignes américaines ! Ça continue maintenant !

Lisa Mainetti saisit un gros livre de son étagère et le lança à Urban, sur la table.

— Ce que vous avez de mieux à faire, c'est de revoir tous les principes premiers de la médecine ! Connaissez-vous ce phénomène : chez les mourants, le pouls bat une dernière fois et puis...

— On devrait vous tordre le cou ! s'écria Urban en quittant la pièce.

Tandis que l'armée rouge enfonçait le front allemand de l'Est et, après avoir passé la Warthe, entrait dans Francfort-sur-l'Oder et Kustrin ; tandis que la dernière offensive allemande se heurtait à l'écrasant matériel américain en Alsace ; tandis que de nouveaux blessés étaient sans arrêt amenés par le chemin le plus rapide à Bernegg qui devenait ainsi véritablement un hôpital du front, commença la première grande opération d'Erich Schwabe. Lisa Mainetti tenait ses promesses.

A partir du mois de février, il devint inutile de prévoir des programmes de travail. Nuit et jour, les convois arrivaient, et on ne s'apercevait qu'au tremblement des jambes ou à la lourdeur des paupières qu'une nuit venait de passer et que le corps réclamait un peu de repos. Alors, les médecins avalaient un cachet de pervitine, buvaient une tasse de fort café, se lavaient le visage dans de l'eau glacée, et retournaient dans la salle d'opération, auprès des civières sur lesquelles gémissaient des corps ensanglantés. Ils s'activaient auprès des hommes sans visages, dont les blessures béantes et hideuses étaient couvertes de terre, d'éclats osseux et de lambeaux de chair déchirée, car ils arrivaient maintenant à Bernegg tels qu'on les avait relevés du champ de bataille ; le temps et les moyens manquaient pour leur donner les soins les plus élémentaires sur place.

Dans les chambrées du bloc B régnait une certaine perplexité. La période relativement paisible était passée pendant laquelle les fonctions d'un visage se remettaient au travail, au moyen de grandes ou petites interventions chirurgicales. Les temps étaient révolus, où l'on essayait de préserver les droits de la plastique, en refaisant aux nez leurs fondations cartilagineuses, en utilisant du tissu adipeux greffé comme coussin de fondement, en transplantant des lamelles osseuses prises dans les côtes et en remplaçant le bord des paupières par des lambeaux de peau enlevés au crâne, d'un millimètre de large environ; le temps pressait, il n'était plus possible d'attendre le travail patient que nécessitait le remodelage d'un visage.

Les nouveaux arrivaient sans interruption, et il fallait que les « anciens », comme les appelait le Dr Urban, cèdent leur tour. On ne pensait plus maintenant qu'à sauver la vie humaine, à taire les souffrances, à permettre les respirations, et à rendre aux visages démolis leurs fonctions essentielles.

— Il n'est plus question pour vous de jouer les jeunes premiers, disait Urban aux malheureux « anciens », qui attendaient avec anxiété. Mais quand on pense à la pension que vous allez toucher ! Au fond, c'est une bonne affaire, hein? Pendant que les autres travaillent comme des bossus, vous, vous n'avez qu'à vous balader avec les deux mains dans les poches!

Il ne cessait de gratifier les blessés de ces grands discours à sa manière, qui leur pénétraient dans le cœur comme des coups de couteau.

— Si on pouvait le noyer dans la merde, ce salaud! s'écria Wastl Feininger à la suite d'une de ces tirades chères à Urban.

— Comment pourrait-on? répliqua le Berlinois en haussant les épaules. Il n'y a pas de réserve, puisqu'on utilise tout pour les jardins!

Personne ne rit. L'heure de l'humour était passée elle aussi.

Walter Hertz n'échappait pas non plus à la loi commune. Il avait des soucis, non pas avec son visage, mais avec son cœur. Depuis cette fameuse soirée passée dans la villa seigneuriale, il n'avait plus revu Pétra; il s'était cantonné dans sa chambre en compagnie d'Erich Schwabe, lorsque les autres obtenaient une permission de cinéma, ou se payaient quelques heures de répit à l'auberge de l'Ours, où,

Wastl Feininger en tête, ils buvaient des litres d'une bière tellement claire qu'elle avait été baptisée « urinol ».

Pétra avait écrit une fois, quelques lignes seulement, en hâte, comme si elle avait appuyé son papier contre un mur, et avait dû se cacher pour griffonner quelques mots.

« *Pourquoi ne viens-tu pas me voir? Je ne suis tout de même pas responsable de l'attitude de Papa. Tu sais bien pourtant que je t'aime. Donne-moi des nouvelles, je t'en prie, et dis-moi quand nous pourrons nous revoir. Ecris-moi poste restante.*

Pétra. »

— Tu ne devrais pas te montrer aussi entêté, dit tout d'un coup Fritz Adam. Tu ne sais pas ce que c'est qu'un vrai amour !

Mais Walter Hertz se contentait de hocher la tête sans répondre.

Avec un tel visage, on n'a plus aucun droit à l'amour, pensait-il, et on doit s'y habituer.

Le seul qui fût vraiment heureux dans la chambrée était Erich Schwabe, car il allait être opéré. On allait lui greffer une lamelle osseuse qui servirait de base pour le nez, autour de laquelle, un peu plus tard, on insérerait un morceau de peau enlevé au bras. Un nouveau nez... la seule protubérance sur ce visage raboté !

Lisa Mainetti avait préparé l'opération dans ses moindres détails avec le professeur Rusch, d'après une photo d'Erich envoyée par sa mère et agrandie, par les services de presse de l'armée à Würzburg, aux dimensions naturelles, ce qui avait permis de mesurer exactement les dimensions et la forme du nez pour dessiner à l'avance, au millimètre près, la forme de la lamelle osseuse qui devait être greffée. On ne pouvait pas savoir cependant comment allait réagir la parcelle greffée, si elle allait se racornir ou s'hypertrophier, et il était difficile de prévoir d'avance le nombre d'opérations qui seraient nécessaires pour aboutir au résultat escompté. Lisa Mainetti dessina le nouveau nez dans tous ses détails, et après de multiples radiographies, on amena Erich Schwabe pour le préparer à l'opération.

Ce furent le Dr Vohrer et le stagiaire Baumann qui se chargèrent cette fois de l'anesthésie; c'était d'ailleurs une méthode antique et pénible pour le patient qui devait avoir l'impression de se trouver dans une salle de torture des temps modernes.

Erich Schwabe voulut en connaître d'avance tous les détails et tous les stades. Et il savait ainsi à quoi il devait s'attendre, lorsque Baumann lui indiqua une chaise, dans la salle d'opération.

— Assieds-toi, vieux, dit-il. Et maintenant ouvre la gueule, aussi grande que possible et tire-moi ta langue. Tu n'as qu'à penser à Urban, et tu réussiras tout de suite !

Schwabe s'assit et ouvrit la bouche, ou plutôt le gouffre sans lèvre ni formes qui lui en tenait lieu. La langue apparut comme celle d'un chien hurlant. Baumann fit un signe de satisfaction.

— Bravo ! Fais attention maintenant, car ça va être beau !

Avec un morceau de gaze, il retint fermement la langue à l'extérieur. Puis Vohrer se pencha sur lui et lui badigeonna la gorge avec un pinceau et de la cocaïne. Schwabe se cramponna désespérément pour ne pas vomir.

— Ne t'inquiète pas, dit Baumann. Tu n'as rien à dégueuler. Ton estomac est vide, et tu n'es pas enceinte, que je sache !

Dans le fond, Lisa Mainetti et le professeur Rusch se lavaient les mains, tandis que les infirmières préparaient les instruments. Le Dr Urban n'était pas dans la maison, il avait préféré aller au-devant d'un nouveau convoi de blessés qu'on avait annoncé, parmi lesquels se trouvaient deux cas très graves dont il fallait s'occuper dans le train. On avait quatre heures devant soi avant que ce convoi n'arrive au château, quatre heures après lesquelles Schwabe serait enrichi d'un nez. On avait bu du café fort, pris un peu de repos, et même pu dormir pendant une heure. De nouveau, la prochaine nuit serait sacrifiée, il n'y aurait vraisemblablement place pour aucune minute de répit; rien qu'une chaîne de visages détruits, et toujours la même phrase qui essayait de consoler, bien qu'elle manquât de conviction : N'aie pas peur, mon petit, ce n'est pas aussi grave que ça en a l'air !

Le Dr Vohrer introduisit le laryngoscope et examina l'intérieur; puis Baumann lui passa le tuyau qui servirait à entretenir l'anesthésie, que Vohrer laissa glisser très doucement jusqu'à ce qu'il sentît les bronches.

— Nous y voilà ! s'écria Baumann avec enthousiasme en frappant amicalement l'épaule de Schwabe. Le machin est bien en place ! Et maintenant, étends-toi sur la table, et quand tu t'éveilleras, tu pourras concourir pour le prix de beauté avec Willy Fritsch !

Schwabe se leva avec précaution. Le tuyau dans la bouche, et la langue pendante et soutenue par le morceau de gaze, il se dirigea lentement vers la table d'opération et se laissa installer par deux infirmiers.

« N'aie pas peur, Erich, se disait-il en même temps. Ne sois pas une poule mouillée. Tu vas avoir un nouveau nez, et fragment par fragment, on va tout te refaire, comme c'était avant. Ursula n'aura plus besoin de s'effrayer. Je vais redevenir un être humain comme les autres. Mon Dieu... ! »

— Couché ! ordonna Baumann au patient que les projecteurs éblouirent et qui ferma les yeux. Les bruits des préparatifs lui parvinrent déjà assourdis.

— Allons, mon vieux, entendit-il — c'était la voix de Baumann — maintenant, donne-moi ton bras, bien... étendu... plus que cela encore... bien droit...

Quelqu'un serra une bande de caoutchouc autour de son bras.

— Faut serrer fort, puis on fait un joli petit nœud pour que le machin tienne bien tout en haut, expliqua Baumann. Bon, parfait. Et maintenant, Erich, tu pompes avec ton poing, ouvre, ferme... encore, plus serré... ouvre, ferme... Bien, comme ça, ça va. Ben, mon vieux, on croirait que t'as tout appris par cœur. Un tampon et de l'éther ! hurla-t-il à l'adresse de l'infirmier, puis il nettoya le pli du coude et tapota l'avant-bras du patient.

— SEE ! (1) Injection ! Lisa Mainetti se tenait prête, elle n'attendait que ce signal. Elle enfonça l'aiguille dans la grosse veine bleue ; le sang coula à flot dans la seringue.

— Lâchez tout ! L'infirmier détacha prudemment la bande de caoutchouc, et Lisa injecta le mélange narcotique, lentement, et d'une main calme et sûre.

— C'est le Nirvana maintenant, déclara Baumann gaiement. Dans quelques secondes, tu pars au pays des rêves, Erich.

Schwabe sentit qu'on travaillait autour de sa bouche. Le Dr Vohrer raccorda le tuyau d'intubation. C'était un procédé des plus primitifs : on plaça un entonnoir à l'extrémité extérieure du tuyau, puis on y introduisit un tampon d'ouate sur lequel plus tard, on verserait goutte à goutte l'éther qui entretiendrait l'anesthésie. La cavité buccale de Schwabe fut capitonnée avec du coton comme le corps d'un ours en peluche avec des copeaux. Schwabe restait sous le contrôle constant et minutieux de Vohrer et de Baumann qui continuaient à lui rembourrer la bouche avec du coton, jusqu'à ce qu'ils fussent absolument certains que l'air ne parvenait plus jusqu'à la trachée-artère que par l'intermédiaire de l'entonnoir. Schwabe respirait maintenant avec difficulté, à petits coups rapides et courts. Baumann se pencha

(1) Mélange anesthésique de Strophantine-Eukodal-Ephédrine, désigné par les initiales SEE.

vers lui, et Erich ouvrit les yeux, dans lesquels on pouvait lire une torture sans nom.

— N'aie pas peur, mon vieux, dit Baumann avec douceur. Il ne peut rien t'arriver. Tu vas seulement t'embellir.

Vohrer, assis à côté de la table d'opération, était chargé de surveiller le pouls et la respiration durant toute l'opération, de contrôler l'écoulement de l'éther, et surtout de s'arranger, comme c'était toujours le cas pour ce genre d'opérations et d'anesthésie, pour que rien ne vienne entraver les mouvements du chirurgien.

— Tout est prêt ! s'écria-t-il en regardant les lavabos. Lisa Mainetti revint vers la table et lança un clin d'œil à Schwabe; ce seul petit geste fit plus d'effet sur le malade que toutes les paroles de Baumann. Il se calma et se détendit. La confiance sans borne qu'il avait en Lisa Mainetti chassait la peur.

Le mélange anesthésique commençait à faire son effet. Vohrer régla l'arrivage d'éther dans l'entonnoir, contrôla les réflexes du ventre, le pouls et la cadence de la respiration. Le champ opératoire était badigeonné d'iode. Un lambeau de peau enlevé au front devait d'abord couvrir la partie extérieure et, si tout allait bien, il devait recevoir et soutenir une armature osseuse en transplantation extérieure. Et seulement ensuite, il serait possible de procéder aux rembourrages des parties molles, de reconstituer les contours de la joue et de reformer les narines. Si aucune complication ne survenait, il fallait compter encore, au moins quatre grandes opérations pour en arriver là. Lisa Mainetti s'attaqua au pansement.

— Commencez l'anesthésie ! déclara le professeur Rusch qui se tenait de l'autre côté de la table d'opération, en face de Lisa. Respire à fond, petit ! dit-il à Schwabe.

La poitrine nue se souleva et s'abaissa plusieurs

fois, puis la respiration se fit plus faible, les paupières s'abaissèrent en tremblotant, les pupilles se perdirent dans le haut de l'œil. Vohrer compta le pouls et vérifia la cadence respiratoire.

— Tout va bien, déclara-t-il.

Deux mains, celles de l'infirmière en chef et de Baumann tendirent les premiers instruments au professeur Rusch et à la doctoresse. L'opération commença à deux endroits différents du corps en même temps : au visage, à la place du nez arraché, Lisa Mainetti préparait un lit pour y placer le fragment osseux, tandis que le professeur Rusch avait mis une côte à nu et commençait à découper une lamelle d'os de la grosseur prévue.

On parlait à peine. Les mouvements étaient synchronisés, on avait déjà eu l'occasion de les répéter des centaines de fois; on aurait dit un numéro de prestidigitation présenté au public. Les indications données par le Dr Vohrer sur l'état du pouls, de la respiration et de l'activité cardiaque étaient normales, l'anesthésie semblait donc parfaitement réalisée.

Rusch avait découpé une lamelle d'os et la plaça dans le logement préparé par Lisa Mainetti. Elle avait arrêté un commencement d'hémorragie, et la mise en place de la lamelle greffée se déroula comme s'il s'agissait d'un travail de couture. Puis on fit un solide pansement sur la champ opératoire. Et ce fut le professeur Rusch lui-même qui fit le pansement du visage, pour éviter tout glissement de la parcelle osseuse transplantée, tandis que Lisa refermait à grands points la poitrine béante.

— Injection de réveil ! dit Rusch après avoir une dernière fois contrôlé le maintien du pansement. Baumann fit la piqûre, et avant même qu'elle ne commençât à agir, on emmena Schwabe sur une civière et on le reconduisit dans la chambre B/14.

Le professeur Rusch se fit débarrasser du masque

qui lui couvrait la bouche et de son calot blanc. Il regarda la pendule de la salle d'opération.

— Encore trois heures jusqu'à l'arrivée en masse, dit-il. Va t'étendre, Lisa, et tâche de dormir un peu pour prendre de l'avance.

Sans répondre, elle acquiesça de la tête. Elle se sentait épuisée. Ce n'était pas l'opération qui l'avait fatiguée, elle en avait déjà fait des centaines; mais son corps se révoltait à la pensée des nuits sans sommeil qui l'attendaient dès que le nouveau convoi serait arrivé.

« Il m'arrive parfois d'envier Urban et sa morphine » se dit-elle, en s'effrayant aussitôt qu'une telle pensée ait pu germer en elle.

— Laisse Dora Graff dans les parages jusqu'à ce que Schwabe se réveille, dit-elle. Puis elle regagna sa chambre, se jeta sur son lit et s'endormit immédiatement.

Erich Schwabe s'éveilla très rapidement. La douleur causée par la greffe de son nouveau nez était atténuée par le SEE, mais pas complètement endormie. C'était une douleur sourde qui tenaillait, qui semblait glisser à travers les circonvolutions du cerveau, puis remonter par les cheveux pour aboutir à l'extérieur.

Lorsqu'il ouvrit les yeux, il trouva Fritz Adam et le Berlinois assis sur son lit.

— Bonjour, Erich, dit Fritz Adam, en se levant pour maintenir Schwabe par les épaules et l'empêcher de se redresser sur son lit.

— Reste étendu sans faire un mouvement ! Et surtout ne bouge pas la tête, si tu ne tiens pas à avoir un pif de travers.

Schwabe s'allongea tranquillement et respira profondément. Sa bouche déchirée et couverte d'énormes cicatrices, sans lèvres, se mit à trembler, ses yeux se posèrent sur l'un et l'autre, à tour de rôle, d'un air interrogateur.

— Allez, vas-y, Erich, pose des questions ! dit

le Berlinois. Je sais ce que c'est, je suis passé par là, moi aussi.

— Est-ce que... est-ce que l'opération a réussi, camarades? bégaya-t-il.

— On le saura bientôt. Touche un peu ton nouveau nez, doucement, avec tendresse!

La main de Schwabe glissa en tremblant de bas en haut, le long du visage couturé, par-dessus l'énorme pansement.

— Alors, tu sens quelque chose? demanda Fritz Adam.

— Oui... on dirait que... qu'on sent quelque chose de dur là-dessous...

— Eh bien, c'est lui! s'esclaffa le Berlinois. Ton nouveau nez, Erich! Et maintenant, tiens-toi tranquille! Je me souviens, j'ai pleurniché comme une vierge enceinte quand j'ai senti ma première saucisse!

Ils le laissèrent seul, et c'était préférable. Il demeura étendu sur le dos sans bouger et contempla le plafond, tandis que des larmes s'échappèrent de ses yeux et se perdirent dans les bandages frais. « J'ai un nouveau nez, pensa-t-il. Maman... Ursula... J'ai retrouvé un nez. » Et brusquement lui vinrent à l'esprit des pensées stupides : « Je peux porter des lunettes de soleil maintenant. Je pourrai de nouveau renifler depuis l'escalier pour savoir si Maman a fait des crêpes. Je pourrai... je peux... Mon Dieu, tout ce qu'on peut faire avec un nez ! On ne peut s'en rendre compte que lorsqu'on en a été privé. »

Plus tard, il écrivit une lettre à Cologne. Il était tellement énervé et heureux qu'il pouvait à peine tenir le crayon entre ses doigts, et toutes ses lettres se chevauchèrent et se disputèrent, comme les premiers essais d'écriture d'un enfant de trois ans :

— Maman! Ursula! Petite Uschi chérie! J'ai été opéré. On m'a refait un beau nez tout neuf! Un nez ! Si vous venez à Pâques, vous allez cette fois me reconnaître !

Ma petite femme chérie... je suis si heureux. Tu vas voir, tu vas bientôt pouvoir m'aimer comme avant, sans difficulté...

La nuit qui suivit le quatrième jour après l'opération, Schwabe s'éveilla brusquement sous l'effet d'une douleur épouvantable. Sa tête brûlait comme si on l'avait posée sur le foyer d'un forgeron. Des coups de boutoir lui traversaient tout le corps, c'était intolérable, cela lui déchirait même les entrailles.

Il s'assis sur son lit et, de ses deux mains, entoura sa tête avant qu'elle n'éclatât; puis il se mit à pousser des cris stridents, inhumains, battant l'air de ses pieds, parce que chacun des cris qu'il poussait lui arrachait une partie du cerveau, semblait-il.

Dora Graff accourut dans la chambre, et elle trouva Schwabe solidement maintenu par Fritz Adam, Feininger et le Berlinois, car il voulait arracher les pansements de son nez et se précipiter tête la première contre le mur.

— Je brûle ! criait-il sans arrêt. Je brûle ! Au secours ! Au secours ! Ma tête brûle !

Lisa Mainetti arriva aussi en courant. Elle avait passé sa blouse blanche au-dessus de son pyjama, et ses longs cheveux noirs pendaient jusqu'aux hanches. Wastl Feininger la contempla en ouvrant de grands yeux et murmura :

— Mince, une beauté ! Ah ! bon sang !

Lisa regarda les yeux exorbités de Schwabe et la rougeur qui apparaissait sous les bandages et montait jusqu'au front. « Nous n'y avions pas songé, se dit-elle. Infection ! Nous n'avions pas compté sur cette complication. Cent fois déjà, cela avait réussi, et voilà qu'ici tout va de travers. Justement avec Schwabe ! Nous avions trop de confiance en nous. » Elle se retourna vers Dora Graff.

— Eukodal, dose maximum. (Dora apporta la seringue, et Lisa fit immédiatement la piqûre.)

— Tout de suite dans la salle d'opération ! s'écria-t-elle.

Puis elle fit une deuxième piqûre de scopolamine, pour calmer les douleurs, jeta précipitamment la seringue vide sur le lit de Schwabe et se précipita en courant dans la chambre du professeur Rusch.

On étendit de nouveau Erich Schwabe, complètement apathique maintenant, sur le billard. Rusch était déjà là, en pyjama et commença immédiatement à dérouler les bandages, tandis que Baumann liait bras et jambes avec des courroies de cuir.

— Quelle saloperie ! s'écria le professeur Rusch lorsque toutes les bandes furent ôtées .

Le lit qui devait soutenir la transplantation osseuse était gonflé et rouge; et même la partie osseuse s'était enflammée et était en train de se détacher. L'enflure causée par l'infection avait gagné jusqu'aux yeux. Sans avoir besoin de se le dire, Rusch et Lisa savaient tous deux qu'Erich Schwabe venait d'échapper de justesse à la cécité.

— Quelle saloperie ! s'écria de nouveau le professeur Rusch, en faisant un signe à Baumann. Prontosil ! Quarante cc ! Baumann apporta seringue et ampoules et la doctoresse effectua immédiatement l'injection dans la fesse.

— Cela va suffire au début, dit Rusch. Une chance que nous ayons du sulfonamide, ajouta-t-il sans articuler le mot d'érysipèle. Car si un érysipèle se déclare, il s'étend à la vitesse du vent. Chaque blessure, si petite soit-elle, en devient la proie; et on ne peut s'en rendre maître qu'à l'aide du sulfonamide prontosil.

On posa sur la partie enflammée un pansement couvert de pommade, puis on reconduisit le malade dans sa chambre, et Baumann resta auprès de lui. Sans dire un mot, il demeura assis à côté du lit, et Fritz Adam aussi regardait en silence. Il n'y avait que l'incorrigible Wastl Feininger qui ne pouvait garder le silence :

— On croirait qu'il a une tache de vin sur le visage. Ma grande-mère aussi avait ça...

— Ta gueule, dit Baumann tout bas mais énergiquement. Et arrange-toi pour regagner ton pieu au plus vite, espèce d'andouille ! Wastl se tut, se coula vers son lit, et, vexé, tourna le dos au petit groupe qui entourait Schwabe.

Rusch reconduisit Lisa dans sa chambre. Là, elle s'assit sur le lit et réprima à grand-peine un soupir.

— C'est ma faute, dit-elle. C'est moi qui ai fait le pansement, c'est moi qui lui ai apporté l'infection.

— Ne dis pas de sottises, répliqua Rusch en s'inclinant vers elle. Il faut toujours s'attendre à un accident de ce genre. Il y a partout des streptocoques... L'essentiel, c'est que nous en soyons maîtres, et c'est le cas. Tu n'as pas besoin de te faire de reproches, Lisa. Dans quelques jours, l'infection sera enrayée, et nous saurons alors ce qui restera de notre travail.

Lisa ne répondit pas, car elle s'était endormie assise. C'en était trop pour elle.

Rusch la prit dans ses bras comme un enfant, la posa sur le lit de camp et la couvrit, sans même qu'elle s'éveillât; puis, sur la pointe des pieds, il quitta la chambre.

Au bout de trois jours, Schwabe fut guéri; la fièvre était tombée et l'infection disparue. On s'aperçut alors que les dégâts étaient moindres qu'on ne l'avait craint. Mais Rusch, par prudence, interdit au malade de quitter son lit.

Fritz Adam avait reçu des nouvelles de sa femme Irène. Sans parler de quoi que ce soit, touchant à la raison du divorce, elle se contentait de mentionner en quelques mots que le tribunal avait reporté sa décision jusqu'à une période normale.

— C'est pourquoi, nous pouvons nous considérer dès maintenant comme divorcés, écrivait-elle. La confirmation que donnera le tribunal ne sera qu'une formalité. Et elle avait ajouté une phrase qui fit sur Fritz Adam l'effet d'une douche froide et qui tua en lui les derniers restes de sentiments qu'il pouvait encore nourrir pour la petite poupée nommée Irène :

— Je renonce à la pension alimentaire. Tu sais que je reçois suffisamment d'argent de la maison pour moi toute seule. Et d'ailleurs, avec le visage que tu as, il se passera encore du temps avant que tu puisses songer à retrouver une situation.

Fritz Adam donna la lettre à l'infirmière Dora Graff, sans prononcer un mot d'explication. Et elle, elle la lut d'un bout à l'autre, puis déchira les feuillets et en jeta les morceaux dans le poêle.

— Nous ne voulons plus rien savoir ni rien entendre d'elle, dit-elle fermement. Elle n'a jamais existé. tout simplement, Fritz.

— Oui, mais son ombre demeure. Nous ne pouvons pas nous marier.

— On retrouvera bientôt des temps normaux, et alors, tout ira très vite.

— Mais quand, Dora ? Je suis encore enchaîné à Irène, et cela peut durer des années.

— Qu'est-ce que cela change à notre amour ? Nous sommes encore jeunes, nous avons le temps. Si nous survivons à la guerre, tous les espoirs nous seront permis.

Fritz Adam secoua la tête. Durant les dernières semaines, il avait beaucoup pensé à sa situation et à celle de Dora Graff. Leur amour s'était développé d'une façon tellement rapide qu'il avait d'abord cru à de la pitié et à un sacrifice de la part de Dora. Ce fut seulement dans la nuit du 31 décembre qu'il s'était rendu compte qu'un lien invisible l'avait attaché à la jeune infirmière depuis qu'il était au château de Bernegg, et cela dès le premier jour où elle était arrivée dans le service de Lisa Mainetti; mais ils n'en avaient jamais parlé. Brusquement, un jour, tout s'était trouvé clarifié, mais des problèmes commencèrent alors à se poser, dont Irène Adam n'était encore qu'un des moindres.

— Qu'est-ce que je suis donc? dit Fritz Adam. Un étudiant en médecine qui a juste appris le nom des ouvertures sur l'extérieur que possède le corps humain. Un rien sans visage. Bien sûr, mes parents ont de l'argent... mais comment peut-on savoir quelle sera la valeur d'un pfennig lorsque nous aurons perdu la guerre? Nous serons sans doute réduits à mendier.

— Tout cela va s'arranger, Fritz. Dora Graff l'embrassa sur les yeux. Il me reste tout de même deux bras solides; cela devrait suffire.

Le temps, qui n'avait jusqu'alors semblé marqué que par les seuls faits saillants de la vie de l'hôpital, le temps, brusquement, accéléra sa cadence, et les jours et les semaines commencèrent à défiler comme un ouragan.

Les fronts de l'Est et de l'Ouest s'étaient effectivement mis en marche, mais non pas en avant; ils reculaient tous deux à l'intérieur de l'Allemagne. Les troupes anglaises avaient occupé Clèves et atteint la partie nord du Rhin, au-dessus de Kalkar. Les divisions américaines avaient conquis Prüm et préparaient la grande attaque de la Ruhr. Venlo, Neuss et München-Gladbach tombèrent. Les tanks de pointe arrivèrent de directions différentes en vue de Cologne. L'opération « Lumberjack » avait commencé. A l'Est, les divisions de l'Armée rouge avaient dépassé Tilsit, Allenstein et Memel, se précipitaient dans la vallée du Weichsel et isolaient la Prusse Orientale. Toute la quatrième armée allemande se trouvait prise au piège comme un troupeau de souris; la percée qui lui aurait permis de se retirer vers l'Ouest avec des milliers de femmes, d'enfants et de vieillards à sa suite sombra dans le feu des tanks et de l'artillerie russes. Dresde fut bombardée au point qu'il devint impossible de reconnaître la ville, Posen et Graudenz capitulèrent. Et sans cesse, la vague rouge déferlait plus avant, à l'intérieur de l'Allemagne, au-dessus de la Basse-Silésie où Breslau fut bientôt réduite à l'état d'île solitaire, au-dessus de la Haute et de la Moyenne-Silésie, au-dessus de Dantzig et de la Poméranie. Il semblait que les prédictions de l'Apocalypse se réalisaient : Quand vous verrez l'abomination de la désolation... le ciel et la terre s'obscurciront, et le sang et le feu envahiront les villes, et la troisième partie des arbres brûlera, et il ne restera plus une herbe verte qui ne soit brûlée... Et la mer prendra la couleur du sang... Malheur à ceux qui habitent la terre... malheur à tous...

Soir après soir, les blessés de Bernegg se réunissaient autour d'un poste de radio pour écouter les nouvelles. D'abord, les communiqués de l'Armée allemande. Puis, un peu plus bas, Radio-Luxembourg et une émission américaine pour les soldats, en langue allemande. L'écoute de cette dernière était punie de mort, mais le Dr Urban lui-même la recevait, pointait sur une carte les déplacements des troupes et comparait les renseignements donnés par l'armée allemande à ceux que diffusaient les Américains ou Radio-Luxembourg.

— Merde ! lança Wastl Feininger, lorsqu'il entendit la nouvelle de la prise de Cologne par les Américains. La visite de ta petite Ursula est à l'eau, mon vieux Schwabe.

Le Berlinois lui-même, devenu silencieux, contemplait sur la carte l'avance impressionnante de l'Armée rouge sur Berlin, à travers la Poméranie, les Marches, et par-dessus l'Oder. Sa mère se trouvait encore à Berlin. Elle travaillait dans une usine d'armement chez Borsig. A moins qu'elle ne se fût déjà enfuie chez Tante Anna, sa sœur, qui habitait Husum ?

Erich Schwabe avait écouté attentivement les paroles diffusées par une voix dure, qui donnait maintenant les informations allemandes. L'émission américaine destinée aux soldats.

« Nous sommes déjà en vue des tours de la cathédrale de Cologne. Nos chars sont prêts pour l'attaque. Nous saluons la population allemande, car nous venons en amis. »

Schwabe jeta un coup d'œil sur le calendrier qui était suspendu sur le mur, à la tête de son lit.

5 mars 1945.

« En ce moment, elles sont recroquevillées dans un coin de la cave, et elles tremblent de peur, se dit-il. Les Américains tirent en direction de la ville, les ponts sur le Rhin ont sautés. Il n'y a plus de chemin qui mène à Bernegg. Maintenant, il peut se passer des mois avant que je ne la revoie. Est-ce que, au moins je la reverrai un jour ? »

Le Berlinois ferma la radio.

— Et nous, on est là assis en rond, et on ne peut rien faire pour aider, grommela-t-il furieux.

— Avec la gueule que tu as ?

Wastl Feininger chercha son village natal sur la carte. Berchtesgaden. Encore un peu de temps, se disait-il, et ma grosse Resi va devoir servir des nègres, des Indiens et des cow-boys du Texas. Est-ce que tu veux les épouvanter ? Hou... Hou... Le fantôme de la guerre.

— Je veux aller chercher ma mère, hurla le Berlinois. Crois-tu que les Ivans vont l'épargner ? Que ce soit des enfants ou des vieilles femmes... pour eux c'est la même chose !

— Va remercier le Führer ! Wastl Feininger plongea sa tête garnie de deux puissantes saucisses dans ses deux mains. Merde alors, qu'est-ce que je ferai, moi, si ma Resi met au monde un négrillon ?

Lorsque les Américains avancèrent sur Cologne

et que l'Armée rouge gagna Dantzig, le Dr Urban prépara une petite valise avec l'essentiel de ses affaires, et la cacha dans son armoire. On n'aurait pas besoin de grand-chose pour traverser la période de transition. Quelques chemises, du savon, un rasoir, un costume civil convenable, de bonnes chaussures, un manteau chaud. Une somme d'argent suffisante et... de la morphine. Avec tout cela, il était possible de survivre au premier éclat. Le choc de la défaite ferait oublier bien des choses.

Le 7 mars, les chars américains se tenaient devant le port fluvial de Cologne et tiraient sur Mülheim et Deutz. Deux cent mille personnes, des réfugiés et ce qui restait de la population, croupissaient dans les caves, sans électricité, sans eau, sans rien à manger.

Le 7 mars, les premières troupes de reconnaissance arrivèrent, étonnées et prudentes, croyant à un piège, devant le pont sur le Rhin, aux environs de Remagen, et le contemplèrent comme un miracle de la guerre; il n'était même pas détruit. La porte qui menait au cœur de l'Allemagne avait été tout simplement ouverte à l'envahisseur. Et il devenait possible de traverser le Rhin, cet espoir de toute la population, l'obstacle auquel devaient se heurter les armées anglaises et américaines, comme par une promenade de printemps.

Erich Schwabe fit un cercle rouge autour de Remagen, sur sa carte, lorsqu'il entendit la radio annoncer que le commandant qui devait donner l'ordre de faire sauter le pont avait été condamné à mort.

— La guerre est perdue ! dit-il. Allons-nous être renvoyés, ou va-t-on nous garder comme prisonniers ?

— Pourquoi, prisonniers, si la guerre est finie ? répondit le Berlinois en mélangeant les cartes pour faire une partie de skat. Il était le seul qui cherchait une distraction au souci qu'il se faisait pour sa ville de Berlin et pour sa mère. Que pourrions-nous faire, avec des gueules pareilles ?

— Peut-être pourrons-nous rester ici, dit Schwabe. Peut-être que tout restera comme maintenant.

— Je ne jouerai pas les héros quand on sera en paix ! Je ne suis pas encore tout à fait idiot !

— Qu'est-ce que nous pouvons faire dehors ? (Schwabe exprimait maintenant tout haut ce qui, depuis plusieurs semaines, lui obsédait l'esprit.) Qui va nous opérer ? Avez-vous l'intention de vous balader tels que vous êtes là ? Qui est-ce qui va nous aider ? Vous allez voir, on va nous rejeter à coups de pieds. Non, vieux, ajouta-t-il en hochant la tête, c'est ici qu'est notre patrie, ici, auprès de Lisa et du patron. Ce sont eux qui vont nous aider à redevenir des êtres humains.

— Et pendant ce temps, ma Resi avec un nègre... dit Wastl.

Plus l'Allemagne se rétrécissait, plus ils se posaient de questions sur leur destin futur, et aucune solution ne pouvait les satisfaire.

Dans les salles d'opération, les médecins travaillaient maintenant en deux équipes, une de jour et une de nuit. Peu à peu le château de Bernegg perdit son caractère de clinique spécialisée pour les blessures de la face. A mesure que les deux fronts se rapprochaient, on envoyait tous les convois de blessés au centre de l'étau. On emplit de paille des sacs de toile pour en faire des matelas de secours; on alla chercher des couvertures à Würzburg — les dernières; chaque lit dut donner une couverture aussi, et dans tous les blocs, les couloirs étaient pleins de blessés qui reposaient sur des sacs de paille; dans les abris, on se tenait au coude à coude, comme des sardines dans une immense boîte en béton; et finalement, on conduisit dans la chapelle du château les derniers convois; on jeta un peu de paille sur le sol, et on y coucha les blessés comme du bétail, tout simplement parce que la réserve de sacs était épuisée.

Fin mars, Dora Graff fut chargée par Lisa Mainetti d'une mission à Würzburg. Il s'agissait d'aller chercher un nouveau contingent d'ampoules de morphine à la pharmacie centrale de l'armée. « Je ne peux pas vous envoyer de voiture, avait précisé au téléphone l'officier chargé de la pharmacie. Avant-hier, on est venu réquisitionner tous les véhicules et on les a emmenés. Ça doit aller rudement mal. Pourriez-vous m'envoyer quelqu'un ? »

Dora Graff emmena Fritz Adam avec elle à Würzburg. Il conduisit la vieille carriole bringuebalante qu'on avait capturée en Belgique, et qui se rouillait tout doucement dans l'ancienne écurie du château. On n'avait jamais pu l'utiliser pour le transport des blessés, car elle n'avait plus d'amortisseurs, ce qui aurait pu causer de grands ravages, justement parmi les blessés de la face. Et comme personne ne voulait se charger de la voiture, on l'avait purement et simplement mise à la retraite dans l'écurie.

Mais tout d'un coup, on se souvint de la carriole. Fritz Adam nettoya les bougies, mit de l'huile dans le moteur, graissa la boîte de vitesses, emplit le radiateur d'un mélange d'eau et d'antigel, et le réservoir, d'essence. Il fit tourner le moteur dans l'écurie, puis fit ensuite trois tours de rodage devant le portail gardé.

— Les armes secrètes de Bernegg, dit-on à l'intérieur de l'hôpital. Elle se révéla en tous cas fort utile pour aller jusqu'à Würzburg chercher la provision de morphine.

Par un beau jour ensoleillé de février, Dora Graff et Fritz Adam prirent la route, enveloppés de couvertures, la tête couverte d'écharpes de laine, car la carriole n'avait plus de pare-brise. Wastl Feininger s'en était emparé, avant Noël, dans le plus grand secret, puis il l'avait brisé et en avait apporté les morceaux dans la chambrée B/14. Ce fut avec ce butin que Erich Schwabe avait confectionné la mosaïque pour Ursula.

Tous les occupants de la chambre B/14 étaient suspendus aux fenêtres lorsque Fritz Adam démarra, et ils lui firent de grands signes.

— Au fond, elle est à nous, cette guimbarde, dit le Berlinois pensivement. Eh ! les enfants ! J'ai une idée. Si nous l'empruntions pour aller faire une virée un de ces dimanches !

— Elle va nous claquer dans les doigts !

— Pas du tout, Fritz l'a parfaitement retapée. C'est notre taxi. Je vais arranger cela avec la petite Mainetti.

Erich Schwabe s'était tenu à l'écart de ses camarades. Plus d'un mois s'était déjà écoulé depuis la première opération pratiquée sur son nez, et le professeur Rusch venait, quelques jours auparavant, de se décider à poursuivre l'œuvre du bistouri. La nouvelle opération avait duré plus de deux heures, pendant lesquelles Rusch avait enlevé un morceau d'os au tibia pour en faire l'assise du nez. Avec une précision qui laissa Lisa Mainetti muette d'admiration, il avait enlevé cette parcelle d'os tellement prudemment, qu'il réussit à préserver le périoste sur toutes ses faces, afin de conserver à la parcelle osseuse toutes ses facultés de régénération. Il poussa un grand soupir lorsque l'intervention fut terminée.

— Je crois que cette fois, ça ira, dit-il à Lisa. Il faut quand même faire attention de ne pas se laisser aller trop vite à la facilité.

A la suite de quoi, Schwabe se vit ordonner huit jours de repos complet au lit, sans faire le moindre mouvement; il restait donc parfaitement étendu, et dévorait romans policiers et contes historiques qu'on lui apportait de la bibliothèque de l'hôpital. Il n'avait parlé dans aucune de ses lettres à Cologne de la première opération manquée, ni comment il avait échappé de justesse à la cécité. La doctoresse lui avait tout raconté sans le moindre ménagement, et il eut la force de sourire légèrement en disant : « Alors, on recommence, Docteur ! Il faut absolument que le nez reprenne sa place ! »

— Les voilà partis, s'écria le Berlinois à ses camarades de la B/14. On referma les fenêtres, et on reprit le jeu de skat interrompu. Eh ! les gars, avec le taxi, on fera une descente dans la campagne et on organisera une bombance du tonnerre ! Je serais curieux de savoir s'il y en aura un seul qui ne fera pas dans ses culottes, à la vue des cinq compères sans visage...

— Tu es un type, toi ! s'exclama Wastl avec respect. Dommage que tu sois Prussien...

Le voyage avec la carriole dura deux heures de plus qu'à l'habitude; mais finalement Fritz Adam et Dora Graff réussirent à passer le pont du Main. Dans la vieille ville, ils rencontrèrent de nombreuses ruines fumantes, résultat du bombardement géant que la ville avait subi quelques jours auparavant. Un parfum lourd de fumée, de bois brûlé, de tissus qui se consumaient et de détritus qui refroidissaient couvrait la jolie ville épiscopale et l'empuantissait.

— Urban est aussi à Würzburg aujourd'hui, dit Dora Graff, pendant une courte halte sur le pont qui leur permit d'admirer le fleuve et les restes des collines autrefois couvertes de vignobles, de l'autre côté de la forteresse. Un homme en uniforme qui montait la garde sur le pont leur fit des signes.

— Avancez ! hurla-t-il.

— Mon Dieu, pourvu que nous ne le rencontrions pas ! Il serait capable de nous faire nettoyer la bagnole au milieu de la rue ou de nous faire faire des exercices de conduite.

Ils franchirent plus de vingt postes de garde, entre le pont et la pharmacie de l'armée, et là, ils découvrirent une longue queue de voitures sanitaires, venues chercher des bandages, des médicaments, des civières, des éclisses. Lorsqu'ils longèrent la queue avec leur voiture cahotante, ils entendirent derrière eux des jurons, des ordres et des expressions de caserne truculantes.

— On va devoir attendre longtemps sans doute, dit Dora Graff. Mets la voiture sur le côté, Fritz; je vais aller chez le type de la pharmacie et j'essaierai de me faufiler.

Elle descendit de voiture, noua son foulard et remit de l'ordre dans ses cheveux, sous le bonnet blanc d'infirmière; puis elle traversa les rangs serrés de ceux qui attendaient en bouchant toutes les ouvertures.

— Place pour le dernier spécimen sorti du bocal de phénol! cria quelqu'un. Des rires fusèrent.

Un autre grommela : Voilà le dessert du patron!

Ils se mirent à rire avec enthousiasme, mais Dora Graff ne manifesta pas la moindre réaction à toutes ces plaisanteries. Elle jouait du coude pour parvenir jusqu'à l'entrée, et après avoir subi quelques quolibets plus ou moins agréables, elle y fut autorisée.

Pendant ce temps-là, Fritz Adam alla se promener. Au milieu des ruines laissées par le dernier bombardement, les habitants fouillaient pour essayer de récupérer ce qui pouvait encore être utilisé. Un matelas, une casserole cabossée, un manteau, une chaise à trois pieds; il y avait suffisamment de petit bois pour remplacer le quatrième; un album de photos avec des images des temps heureux, qui semblaient maintenant si lointains; quelques livres...

Adam s'arrêta et demeura immobile. Personne ne faisait attention à lui, ni à l'affreux spectacle qu'offrait son visage. Celui qui avait eu l'occasion de voir son voisin courir dans la rue, transformé en torche vivante, ou qui avait extrait des cadavres, réduits à la taille d'un enfant, d'un amoncellement de décombres, ne s'apercevait même plus du côté hideux de la guerre. Pour tous ces gens qui ne possédaient que des ruines, Adam paraissait presque normal. Il vivait, et c'était le principal.

Ce fut alors qu'il la vit.

Elle tournait justement le coin, deux rues plus loin, et portait un manteau de fourrure grise et une petite cape par-dessus; elle était suspendue au bras d'un homme et trottinait à ses côtés, perchée sur ses hauts talons, bavardant, amoureuse, et se collant à lui sans éprouver la moindre gêne.

Fritz Adam fit un bond en arrière, et se cacha dans l'entrée d'une maison détruite. Il les vit s'arrêter au milieu du trottoir; elle parla en fixant son compagnon dans les yeux, en riant et en se dandinant sur les hanches; puis elle se haussa sur la pointe des pieds, et donna à l'homme un baiser sur la joue. Il regarda autour de lui d'un air ennuyé et sembla lui dire que ce n'était ni le lieu, ni le décor. Embrasser un officier en pleine rue!... Chère enfant, on perd toute dignité, si on est vu par un subalterne!

Fritz Adam attendit qu'ils se soient remis en marche et rapprochés de son porche. Alors, il fit un grand pas en avant, et leur barra le chemin.

— Bonjour, docteur! dit-il très calmement, en levant même le bras pour faire le salut hitlérien. Et toi, putain, bonjour aussi!

Urban baissa la tête et blêmit. Irène Adam poussa un petit cri aigu, comme une souris qui se sent poursuivie, et, reculant de quelques pas, elle alla s'adosser au mur de la maison en ruine, en ouvrant de grands yeux pleins d'effroi.

— Adam! s'écria Urban d'une voix rauque. Ne faites pas de scandale ici, compris? D'ailleurs, vous avez oublié : Heil Hitler!

— Heil Hitler, putain! s'écria Adam.

Le visage du docteur se couvrit de rouge. Cette situation tournait à la catastrophe, il s'en rendait compte sans la moindre illusion. Il était possible qu'Adam le frappât, ici, en plein rue. Il serait bien sûr sévèrement puni, mais lui aussi serait immédiatement envoyé au front, qui ne devait plus être bien loin d'ailleurs. Un officier qui subtilise la femme d'un camarade blessé, et qui se bat avec lui en pleine rue, devant tout le monde... aux yeux de l'armée, c'est impardonnable.

— Je vous préviens, Adam, faites attention, prononça Urban d'une voix basse et dangereuse. Vous n'obtiendrez rien en faisant du tapage ici. Soyez raisonnable !

— Je ne voulais que vous féliciter, docteur. Du coin de l'œil Fritz Adam regarda Irène qui n'avait pas bougé de son mur, blême de peur, et son visage ravagé par l'huile bouillante d'un char en feu se mit à trembler farouchement. Si vous êtes assez idiot pour épouser cette petite saleté...

— Il est fou, Fred ! hurla Irène Adam. Il est fou ! Au secours ! Au secours !

Urban bondit sur elle et lui colla la main sur la bouche :

— Espèce d'idiote ! Qu'elles aillent toutes au diable, ces femelles ! Puis tournant la tête vers Adam, il ajouta : Je vais régler cette affaire avec le camarade Adam, en toute tranquillité, d'homme à homme. Les hommes peuvent toujours arriver à s'entendre, n'est-ce pas, Adam ?

Fritz Adam sentit monter en lui une nausée et un dégoût sans nom, un mépris inexprimable pour cette crapule. « Quelle comédie honteuse, se dit-il. Pour un peu je vomirais... »

— Repoussons cette explication jusqu'à ce soir, hein ? Nous allons rentrer ensemble à Bernegg, et je vous invite à venir déguster avec moi une bonne bouteille de vin... Urban essaya un sourire amical. Et maintenant, libérez le passage, Adam, ne faites pas de difficultés. Prenez exemple sur Irène ; elle est tellement polie qu'elle ne vous fait aucun reproche sur vos relations avec la petite Dora Graff.

Ce fut l'instant où le mur de patience que Fritz Adam avait patiemment édifié s'écroula. Il n'y eut pas de cri, pas d'éclat, pas d'explosion sauvage. Cela se passa le plus tranquillement du monde, et même presque lentement. Adam fit un pas vers Urban, le regarda droit dans les yeux sans dire un mot, puis le frappa du plat de la main, en plein visage. Le calot d'officier s'envola, décrivit un grand arc de cercle en l'air et vint s'écraser au milieu des ruines de la maison bombardée. Irène poussa de nouveau de petits cris de souris martyrisée, mais elle s'abstint cette fois de crier au secours. Et sur le visage de Urban commencèrent à se dessiner, avec une légère enflure, les cinq doigts de Fritz Adam.

— Heil Hitler, docteur ! dit calmement le blessé. Je vous donne carte blanche pour entreprendre n'importe quelle action contre moi !

Puis, il tourna les talons, et redescendit la rue en direction de la queue de voitures, qui s'était notablement allongée. Dora Graff se tenait debout, près de la carriole de Bernegg, et regardait de tous côtés, d'un air inquiet. Lorsqu'elle vit venir Adam de loin, elle courut à sa rencontre.

— Fritz ! s'écria-t-elle. Fritz ! Que fais-tu donc ? J'ai les cartons. Il faut que nous allions à l'entrée qui se trouve derrière pour charger. Où donc t'es-tu caché ?

Fritz Adam se passa la main sur son visage déformé et couturé.

— J'ai fait un tour dans Würzburg, répondit-il avec le plus grand calme. Une région intéressante. Viens, nous allons faire le chargement.

Il mit son bras sur les épaules de Dora Graff et retourna avec elle vers la vieille bagnole rouillée.

Premier Avril... Pâques.

Mannheim, Wiesbaden, Francfort-sur-le-Main étaient tombées. En longues colonnes, les armées américaines se dirigeaient vers Würzburg. Dans les caves et au milieu des décombres fumants, les fonctionnaires du Parti faisaient brûler leurs uniformes jaunes et bruns; le chef du district fit encore une apparition à Bernegg, alla chercher dans une ferme trois grandes valises, et, dans sa voiture de service, disparut vers le Nord. En cours de route, au milieu d'une forêt, il s'arrêta, ôta son uniforme, le jeta dans un fourré, revêtit un costume civil bleu et continua son voyage en traversant la forêt de Thuringe, en direction du Harz.

Erich Schwabe avait décoré la photo d'Ursula qui reposait sur sa table de nuit de fleurs printanières toutes fraîches, qu'il était allé cueillir autour de l'étang. « Ainsi, pour Pâques, elle sera quand même auprès de moi », se dit-il.

La carriole de Bernegg dormait dans un coin du parc. Pour éviter tout danger de réquisition, Fritz Adam avait démonté le carburateur. « Cette voiture vaudra de l'or, plus tard ! » dit-il à Dora Graff, en lui confiant l'objet qu'elle alla cacher dans son armoire, au milieu de ses vêtements. Il n'y avait pas de place plus sûre.

Le 9 avril, les premiers chars américains grincèrent sur la route qui menait de Wertheim à Würzburg. A toutes les fenêtres des villes et villages, le long du Main, on avait suspendu des drapeaux blancs, des draps de lit, de grands mouchoirs, des serviettes de toilette. Au lointain, on entendit même tinter une cloche échappée à la guerre.

Le matin du 10 avril, dans la salle d'opération de Bernegg, il manquait quelqu'un à l'appel. Le docteur Urban. Le professeur Rusch fit un signe au stagiaire Baumann, qui assistait maintenant aux opérations, malgré ses connaissances médicales insuffisantes. Il faisait des pansements, il nettoyait des blessures, il enlevait des éclats et aidait aux amputations. Les médecins qui restaient là trébuchaient de fatigue près des tables d'opération.

— Allez chercher Urban, s'écria Rusch durement. Le visage non rasé, il était debout devant un corps jaune et blanc, parsemé d'éclats, comme un hérisson. Le salaud s'est encore envoyé une trop grande dose de morphine sans doute !

Baumann revint immédiatement. Arrivé à la porte, il haussa les épaules.

— Il n'est pas là, Monsieur le professeur.

— Comment cela, pas là ? aboya Rusch.

— Le docteur Urban est parti ! La chambre est vide, le lit n'a pas été défait et...

— Mais ce n'est pas possible ! cria Rusch. Il jeta les pincettes qui lui servaient à extraire les éclats. Docteur Vohrer, allez faire une inspection minutieuse des lieux, je vous prie !

Vohrer revint lui aussi quelques minutes plus tard, la figure pincée.

— Evanoui, le médecin-chef ! dit-il si haut que tous l'entendirent. Dans la salle d'opération, il se fit brusquement un grand silence; les instruments s'immobilisèrent, les têtes se dressèrent. J'ai regardé partout. Il a tout abandonné, sauf une petite valise qu'il a vraisemblablement emportée. J'ai téléphoné aussi au portail, c'est exact. Le docteur Urban a quitté la maison hier soir vers vingt-trois heures, sans donner d'explications. A pied.

Le professeur Rusch fit un signe vers l'arrière; on lui tendit une nouvelle pincette.

— Allons, mes enfants, on continue ! dit-il en respirant profondément. Cela... cela ne nous regarde pas !

Lisa Mainetti hésita. Puis elle s'éloigna de la table où se trouvait le patient, enleva ses gants de caoutchouc et les jeta dans un seau. Prise d'un soupçon, elle courut hors de la salle d'opération.

Dans la pharmacie de l'hôpital, elle se rendit compte que ses soupçons étaient fondés. Les portes de l'armoire aux poisons avaient été arrachées, les cartons gisaient sur les planches, déchirés et vides.

Lentement, elle revint sur ses pas. Son visage était devenu blafard. Elle se lava les mains, passa ses gants de caoutchouc et s'approcha de la table. Rusch lui lança un rapide regard.

— Que se passe-t-il ?

— Rien de spécial. Lisa pinça une artère pour arrêter une hémorragie. Nous n'avons plus de morphine, il a tout emporté.

Le 11 avril, les Américains débarquèrent au château de Bernegg, quelques jours après la prise de Würzburg. Deux chars légers et quatre jeeps grondèrent sur le chemin qui montait à l'hôpital, et s'arrêtèrent devant le portail d'entrée. Le Dr Vohrer et le stagiaire Baumann passèrent le porche, en blouse blanche de travail, les mains vides. La garde s'avança jusqu'au milieu de la route, en casque, harnachée de ceinturons et portant tous ses insignes, mais sans armes. Celles-ci avaient été entreposées dans la salle de garde, à côté des munitions.

Une petite silhouette mince sortit de la première jeep, portant aussi le casque et l'uniforme verdâtre de campagne. Le visage semblait maquillé de sueur et de poussière. Le Dr Vohrer se porta à la rencontre de l'Américain et lui fit un léger signe de tête.

— Vous vous trouvez ici dans l'hôpital spécialisé pour les blessés de la face, le château de Bernegg, dit-il dans un anglais parfait. Le médecin-chef, le professeur Rusch, vous attend, Sir.

Le petit homme rendit le salut.

— Je sais, répondit-il dans un allemand tout aussi parfait. Je suis heureux de pouvoir saluer le professeur Rusch. Je suis le major James Braddock.

Dans le hall, le professeur Rusch et la doctoresse Mainetti vinrent à leur rencontre. Braddock ouvrit de grands yeux en découvrant Lisa.

— Une lady ici? demanda-t-il à Vohrer, sidéré. Puis il s'immobilisa, fit un salut très raide, et s'inclina galamment. Major Braddock. J'ai reçu l'ordre d'occuper l'hôpital et de le prendre en charge. Je vous prie de bien vouloir poursuivre vos activités chirurgicales jusqu'à nouvel ordre.

Lisa Mainetti tendit la main à Braddock.

— Major ! dit-elle. Maintenant, c'est vous qui êtes le chef. J'ai besoin immédiatement de cent ampoules de morphine.

CHAPITRE X

Le major Braddock éclata de rire et, avec l'index de sa main droite, il repoussa vers la nuque son casque rond. Il continua à rire très fort, comme s'il avait entendu la meilleure plaisanterie du monde, et son regard erra sur la rangée de visages fermés et muets qui lui faisaient face, les visages des médecins allemands.

— La bonne blague! dit-il quand il se fut un peu calmé. Morphine! Je peux vous procurer quatre mille tracts donnant l'ordre de jeter les armes et de venir à la rencontre des armées américaines, les bras levés... mais de la morphine?

Le Dr Lisa Mainetti haussa les épaules.

— Il nous reste vingt-quatre ampoules pour 236 blessés, major. Je suppose que vous aimeriez faire une visite à travers l'hôpital. Cette petite promenade vous convaincra rapidement que la situation n'a absolument rien de risible!

Le major James Braddock ôta son casque; ses cheveux grisonnaient déjà. Sans son casque, il paraissait beaucoup plus âgé; il ressemblait à un marchand de légumes qui se serait fait prêter un uniforme pour assister à un bal masqué. Derrière lui, dans le hall d'entrée et du poste de garde parvenaient toutes sortes de bruits, des ordres lancés en américain, le fracas de chaises et d'armoires remuées : les troupes d'occupation fouillaient les lieux à la recherche d'armes ou de munitions cachées. Le visage tourné vers le mur et les mains à la nuque, les soldats allemands se tenaient debout dans les cabinets de toilette.

— Je ne suis pas médecin, Mademoiselle! dit Braddock. J'ai seulement la mission d'occuper l'hôpital militairement, de livrer les soldats allemands qui sont en bonne santé aux services des prisonniers de guerre, d'inspecter les immeubles à la recherche de toutes armes cachées, et de vous signaler que vous aussi, vous avez à vous considérer à partir de maintenant comme prisonnière de l'armée américaine. On vous abattra aussitôt, s'il vous prenait l'envie de quitter l'hôpital!

Le professeur Rusch approuva d'un signe de tête. Il mit la main à la poche et en tira son petit revolver d'officier qu'il présenta à Braddock sur la paume de la main.

— Voici en quoi consiste tout mon armement, major, dit-il en même temps. Qu'il y ait ou non la guerre, que nous soyons sous le règne de Hitler ou de Roosevelt... je suis avant tout médecin, et j'appartiens à mes malades. Je donne ma parole que personne ici ne cherchera à quitter l'hôpital en secret. Nos blessés ne sont pas exactement ce qu'on appelle couramment des blessés que n'importe quel docteur peut soigner. Nous soignons ici deux cents hommes qui n'ont plus de visage!

Le major Braddock serra fortement son casque sous son bras gauche. Il était devenu très grave.

— Je suis au courant, professeur. On m'avait déjà parlé de votre travail et de votre clinique spécialisée à Francfort, et plus tard, à Aschaffenburg. Il regarda sa montre-bracelet protégée d'une gaine de cuir. Dans trois heures, ils seront ici...

— Qui donc? demanda Lisa Mainetti.

— Trois soldats américains, qui ont perdu leur visage à Darmstadt, Hanau et Miltenberg. C'est le vœu de notre général que ces trois blessés soient soignés dans votre clinique aussi longtemps qu'il sera nécessaire, jusqu'à ce qu'on puisse envisager de les faire transporter en Amérique.

— Sans morphine, major? dit Lisa durement.

— Pour nos trois blessés, les médicaments nécessaires seront fournis. En outre, le Dr Red Stenton les accompagnera pour exercer la surveillance. Braddock reprit son ton de service. Faites préparer trois bonnes chambres ! Et s'adressant au professeur Rusch, il ajouta : Voudriez-vous me faire les honneurs de votre maison, je vous prie, Sir?

Lentement, avec beaucoup de curiosité, le major Braddock fit le tour des chambres. Il examina à fond les lits réservés aux trois blessés américains, regarda de près les visages de quelques nouveaux arrivés qui, pour la plupart, se trouvaient encore sous le choc de leur blessure et gisaient sur leur paillasse, amorphes sous leurs pansements, nantis en partie d'éclisses ou d'une trachéotomie.

Pendant une grande heure, il se promena à travers le bloc B; il s'attarda longtemps dans les abris, auprès de ceux qui criaient et qui mouraient, sans pouvoir être secourus par la morphine.

— Je resterai en bas, à Bernegg, avec mon état-major, dit-il au professeur Rusch en remontant dans sa jeep. Les deux tanks légers étaient en position devant l'entrée, et le poste de garde fut pris en charge par une section de l'infanterie américaine. Un camion militaire qui venait d'arriver était déjà chargé de soldats allemands qui se tenaient serrés les uns contre les autres sur la plate-forme ou s'appuyaient sur les montants.

— Le lieutenant Potkins restera à l'hôpital.

Le professeur Rusch considéra avec étonnement la main que lui tendait le major Braddock, et celui-ci remarqua l'étonnement du professeur Rusch.

— Je serre la main au médecin qui va soigner mes trois camarades blessés, dit-il durement, et non à l'Allemand !

Rusch répondit au serrement de main de l'Américain :

— Est-ce que mes blessés sont considérés aussi comme des prisonniers de guerre? demanda-t-il.

— Qu'en pensez-vous? (Braddock fit un signe du bras, et le moteur de la jeep hurla.) Avec ou sans visage... jusqu'à nouvel ordre, ils restent des soldats allemands.

Trois heures plus tard, une ambulance américaine arriva à toute allure à Bernegg et passa sous le porche, devant la réception. Un jeune officier, qui portait une blouse blanche sur son uniforme, sauta de la cabine du chauffeur, à peine la voiture arrêtée. Du poste de garde, arrivèrent six hommes qui saisirent les brancards dès que la porte arrière de l'ambulance fut ouverte. Lisa Mainetti et le Dr Vohrer étaient déjà prêts dans la salle d'opération lorsqu'on amena les trois blessés américains. On leur avait recouvert la tête d'une toile, comme s'ils ne pouvaient même pas supporter la lumière du soleil.

— Docteur Stenton, se présenta le jeune officier. Lui aussi, il contempla Lisa avec stupéfaction, lorsqu'il la vit devant la table d'opération, les gants de caoutchouc aux mains, avec à ses côtés le stagiaire Baumann et l'infirmière-chef.

Ils étaient très gravement blessés tous trois, mais avaient été jusqu'alors soignés merveilleusement bien. Bien que fixées provisoirement, les éclisses avaient été placées avec beaucoup de soin sous les mâchoires fracturées, pour éviter tout glissement, les pansements étaient de la meilleure qualité, les blessés dormaient sous l'effet de drogues qui les calmaient et apaisaient leurs souffrances. Le plus étonnant, c'était une sorte de poudre d'un blanc grisâtre, qu'on mettait sur quelques blessures nues. Le Dr Mainetti regarda son collègue, le Dr Stenton qui, de l'autre côté de la table d'opération, sans prononcer un mot, aidait les infirmières à défaire les pansements.

— Qu'est-ce que c'est? demanda-t-elle en montrant la poudre blanche du doigt.

— Pénicilline!

— Cette drogue miraculeuse dont on parle tant? La poudre mystérieuse...

— Pas mystérieuse du tout. Le Dr Stenton sourit. Peut-être pour vous, les Allemands. Mais vous êtes en retard de cinquante ans ! Là où l'on met de la pénicilline, il n'y a plus de danger d'infection !

Lisa Mainetti se tut. « Nous ne sommes pas en retard de cinquante ans, mais de mille ans, se dit-elle avec amertume. Ces pinces modernes avec lesquelles ils fixent et maintiennent les mâchoires défoncées, ne sont-elles pas fantastiques? Et tout ce matériel de pansement ! N'est-ce pas merveilleux de voir à quel point il est neuf, propre, absorbant, élastique ! Dire que nous, nous faisons des bandages depuis des années avec du matériel qui est lavé et usé jusqu'à la corde, avec des bandes qui s'effilochent de partout. Et eux, ils ont de la pénicilline. Comme il était fier de pouvoir dire : avec cela, plus de danger d'infection...

Ce fut seulement beaucoup plus tard qu'on s'aperçut que pour la chirurgie plastique, les lois ordinaires n'étaient pas valables, et qu'une des règles d'or pour le soin des blessés de la face, devint de repousser le plus possible les antibiotiques, en traitement local. Ils arrêtent la croissance des bacilles, certes, mais en même temps, ils retardent la guérison des plaies et favorisent les excroissances et les cicatrices apparentes.

Le professeur Rusch se précipita dans la salle d'opération. Il était particulièrement excité; pour la première fois, on le voyait les cheveux en bataille, et il faisait des mouvements désordonnés. Il courut vers Lisa Mainetti, et lui posant les deux mains sur les épaules, il la força à se tourner vers lui.

— Lisa, dit-il à bout de souffle tellement il avait couru vite. Lisa, il vient d'arriver un camion américain. Avec du matériel à pansements, avec des instruments chirurgicaux, avec de la morphine et de la pénicilline, avec tout ce qui nous manque !

— Ils prennent drôlement bien soin de leurs trois hommes ! Ils veulent nous prouver à quel point nous sommes cinglés de vouloir essayer de gagner une guerre contre eux !

— Non, Lisa, non. Tu ne comprends donc pas? Rusch se passa la main sur les yeux, comme s'il lui fallait s'éveiller d'un rêve profond. C'est pour nous, Lisa... Pour nous !

Le Dr Mainetti reposa les ciseaux avec lesquels elle était justement en train de couper des vieilles toiles pour en faire des bandes.

— Pour nous? Elle regarda le Dr Stenton. Pour nous?

— Yes ! sourit Stenton. Depuis Abraham Lincoln, nous savons ce que signifie le mot « humanité ».

— Boum ! (Lisa se pencha sur le visage rasé du soldat américain.) Le Dr Stenton est un génie dans l'art de distribuer des gifles ! Tout en examinant avec beaucoup de précautions la mâchoire à l'aide d'une sonde, pour rechercher les moindres petits éclats, elle loucha en direction du Dr Stenton.

— Et maintenant, vous attendez vraisemblablement un magistral « Thank You », n'est-ce pas?

— Oui, dit Stenton en ricanant.

— C'est dommage ! L'humanité ne veut pas de remerciement. Elle a de la dignité !

Le professeur Rusch se détourna et repartit en courant. Et le Dr Stenton se mit à rire tout bas. Il menaça Lisa de la pointe de ses ciseaux courbes.

— Vous avez le diable au corps ! dit-il.

Sans faire de bruit, avec leurs semelles de caoutchouc, les soldats américains transportaient les caisses contenant le matériel de pansement et les médicaments à l'intérieur de l'hôpital. Parmi eux se trouvaient deux noirs, des gars solides, puissants, noirs comme de l'ébène, dotés de dents d'un blanc éblouissant et de cheveux crépus. C'étaient les premiers nègres que Wastl Feininger avait l'occasion de contempler, et il se jeta littéralement sur eux en sortant des toilettes. Bien qu'il ne fût pas petit, à côté d'eux, il n'existait pas.

— Misère de misère ! s'écria-t-il en se précipitant dans la chambre B/14 et en s'asseyant sur son lit, complètement anéanti. Ça, c'est des hommes ! Si jamais ma Rési voit ça... je n'ai même plus besoin de rentrer à la maison ! J'ai l'impression d'être un nain à côté d'eux !

Un officier américain accompagnait aussi la voiture de matériel, un officier chargé de l'administration, qui s'installa immédiatement dans le bureau de l'intendant de l'état-major, dans le bloc A.

— Voilà qui est rassurant ! lança Lisa sarcastique. Baumann, du camphre, et vite ! On voit bien que tout reste comme avant; il n'y a que la livrée qui a changé !

Tout ne demeura pas comme avant...

On continuait à combattre dans la trouée de la Ruhr; Magdebourg et Leipzig furent conquises; de Küstrin et Francfort-sur-l'Oder, les Soviets encerclèrent Berlin dans une tenaille de plus en plus serrée, de plus en plus mortelle. Alors, le major Braddock refit une apparition au château de Bernegg. Il venait d'étudier la liste des occupants de l'hôpital, et il avait découvert une erreur.

— Je voudrais parler au Dr Urban, dit-il au professeur Rusch et à Lisa Mainetti, après s'être installé confortablement dans le bureau directorial.

— Moi aussi ! lança Lisa.

— Quoi ? Le major Braddock devint grossier. Vous m'aviez donné votre parole, professeur, que personne...

— Le Dr Urban a disparu avant que les troupes américaines n'arrivent, major. Le professeur Rusch écrasa la cigarette que Braddock lui avait offerte; le parfum inhabituel du tabac de Virginie lui soulevait légèrement le cœur.

— Pourquoi s'est-il enfui ? C'était le seul, n'est-ce pas ?

Rusch haussa les épaules.

— Il doit avoir eu une sorte de panique. Nous ne savons pas. Et en même temps, il lança à Lisa un regard éloquent, la suppliant de garder le silence. Mais elle ne comprit pas ce scrupule d'honnêteté, et détourna les yeux. Braddock remarqua ce petit jeu, sans comprendre. Il tira de la poche de sa veste d'uniforme une petite bouteille plate, contenant du whisky, et la posa sur la table.

— Avez-vous trois verres, Madame?

— Tout de suite.

Tandis que Lisa allait chercher trois verres sur l'étagère de Rusch et qu'elle les rinçait sous le robinet, Braddock feuilletait les radios des blessés, et les fiches chirurgicales. Rusch attendait la question suivante; il sentait que Braddock cherchait un biais.

— La guerre est perdue pour l'Allemagne, dit le major lentement. Ce n'est plus qu'une question de jours, jusqu'à ce qu'on en arrive à la capitulation générale. Votre pays, professeur, est complètement ruiné, et le sera encore davantage après la capitulation. Votre peuple a perdu une guerre comme aucun peuple de l'histoire n'en a perdu jusqu'à présent.

Il remplit les verres que Lisa lui tendait. Le professeur Rusch posa sa main sur le whisky, comme s'il avait peur que le liquide ne s'évaporât.

— Pourquoi me racontez-vous cela, major? Nous le savons, et nous savons aussi que nous n'avons rien mérité d'autre. C'est l'histoire des moutons de Panurge qui se précipitent, les yeux fermés, dans le gouffre, parce que le premier s'y est jeté. C'est un phénomène de la nature.

— Il est un peu tôt, je me rends compte, pour vous parler de tout cela. Braddock but son whisky à petits coups précipités, et tendit de nouveau son verre à Lisa, pour qu'elle le remplît. Mais il me semble qu'il y aurait pour vous des endroits qui vous conviendraient mieux qu'un tas de cendres.

Le professeur Rusch suçota pensivement son verre. Le whisky pur auquel il n'était pas habitué lui brûlait la gorge. Il toussa et reposa son verre sur la table.

— Je suis Allemand, major.

— Mais votre science chirurgicale, dans votre spécialité, est de réputation mondiale.

— Vous m'en voyez surpris, major. (Malgré l'étrangeté des cigarettes américaines, Rusch en prit une nouvelle dans le paquet que lui tendait Braddock.) Votre général Eisenhower a parlé, il me semble de « non-fraternisation », et voilà que vous vous installez ici et bavardez avec nous comme un vieil ami.

— Cela regarde ma vie privée. (James Braddock continua à boire.) Le côté déplaisant de mon service n'a rien à voir avec mon attitude actuelle. Je suis obligé de vous signaler par exemple, que, à partir d'aujourd'hui, il ne sera plus alloué que 700 calories par personne et par jour. Les stocks allemands sont épuisés, et nous devons prélever ces 700 calories sur les rations de nos propres troupes. Il faut donc que cela suffise !

— Est-ce qu'il ne serait pas préférable de nous livrer quelques centaines d'ampoules de morphine. Nous pourrions ainsi en finir plus vite avec nos blessés, qu'en les laissant lentement mourir de faim ! lança Lisa Mainetti, tout en posant son verre de whisky sur la table, d'un geste brusque, et en écrasant sa cigarette dans le cendrier.

Braddock comprit la démonstration; il se leva d'un bond.

— Portez-en la responsabilité sur votre Monsieur Hitler, je vous en prie. Nous avons la charge de conquérir l'Allemagne, et non de la nourrir !

Il saisit de nouveau son verre de whisky, et le vida d'un trait. A la porte, il se retourna encore une fois.

— J'ai fait rechercher les papiers personnels de

ce Dr Urban. Je suis au courant. Il secoua la tête, comme s'il se trouvait devant une énigme. Il faut du temps pour arriver à vous comprendre, vous autres, Allemands. Vous nettoyez même les cochons qui salissent vos étables !

On fit bien vite l'expérience des 700 calories.

De la soupe claire, quelques noix de margarine, quelques biscuits américains, une boîte de jambon aux œufs, un cube de thé, un sachet de nescafé, une rame de fruits séchés, et de temps en temps, une louche de crème aux raisins secs, fait avec du lait en poudre — c'était la nouvelle nourriture servie aux blessés allemands.

Il n'y avait plus de courrier. Walter Hertz, en particulier attendait un signe de vie de Pétra. L'industriel Wolfach avait dû sombrer lui aussi dans l'écroulement de l'Allemagne, et avec lui, Pétra. Durant les longues semaines précédentes, Walter Hertz avait eu le temps de réfléchir et de comprendre qu'il s'y était mal pris avec la jeune fille. En fait, elle souffrait de la même solitude que lui, placée dans un monde qui lui était odieux et qu'elle devait pourtant supporter, car le centre de ce monde était son propre père. Mais maintenant, tout s'était effondré, et elle devait traîner quelque part, rejetée et sans espérance.

Personne au château de Bernegg ne s'occupa du suicide de Hitler, ni de la capitulation des dernières villes allemandes. Seul, lorsque l'Armée rouge envahit Berlin, le Berlinois s'assit sur son lit et se mit à pleurer. On comprit cette souffrance, et personne ne lui adressa la parole ou n'essaya de le consoler, parce que c'était inutile. Tout seul, dans son coin, il avait tourné la tête vers le mur et sanglotait. Même le sergent américain Rondey semblait comprendre ce que cette heure signifiait dans la vie de cet homme. Il fit un signe à Fritz Adam, fouilla dans son sac et en retira une boîte de confiture de fraise. Il donna la boîte à Fritz tout en indiquant le Berlinois du doigt. Sans faire de bruit, comme s'il avait peur de déranger, Adam déposa la boîte sur le lit, près du Berlinois. Mais celui-ci ne vit rien. Les yeux fermés, il hoquetait de douleur sur le bord de son lit, un pauvre petit bonhomme à qui on avait tout pris : sa patrie, sa mère... et son visage.

Qu'est-ce qu'un homme avait encore à perdre? Il n'y eut plus qu'un seul jour qui ensuite marqua le château de Bernegg. Tout ce qui se passa plus tard ne souleva plus le moindre intérêt. Mais ce jour-là, celui où les armées allemandes capitulèrent sans condition, le 9 mai 1945, à zéro heure une minute, marqua la fin de la guerre. Les dernières clochettes échappées au désastre se mirent à carillonner; dans la chapelle du château de Bernegg, le sonneur, qui n'avait plus qu'un demi-visage, se suspendit de nouveau à la corde, et le son grêle de la cloche se répandit dans tout le parc déjà envahi par le printemps.

Un peuple exsangue tombait à genoux.

Trois millions deux cent cinquante mille soldats morts. Un million six cent mille soldats disparus. Plus de cinq cent mille victimes civiles. Plus de deux millions de blessés de guerre. Un million deux cent mille veuves de guerre. Un million quatre cent mille orphelins de père. Soixante mille enfants sans père ni mère.

C'était la leçon la plus sanglante de son histoire.

Le Dr Lisa Mainetti était assise dans la chambre obscure du professeur Rusch, dans un des fauteuils profonds, et écoutait à la radio le récit de la fin de l'Allemagne brune. Du poste de garde, leur parvenait le son de rugissements et de chansons. En bas, à Bernegg, on tirait le canon, pour célébrer la fin des hostilités, et les soldats américains de la garde du château de Bernegg répondaient, en tirant des coups de pistolet vers le ciel jusqu'à ce que le magasin soit vide. Puis les deux tanks commencèrent aussi à tirer, en direction de la forêt, et à chaque explosion, à chaque écroulement d'un arbre ou d'un arbuste, on entendait des cris : « Happy victory ! »

Le professeur Rusch se leva et se dirigea à travers l'obscurité vers sa bibliothèque. Sur la planche du bas, il fit le vide; il envoya à terre tous les livres, les gros et les minces, les ouvrages traitant de médecine qui depuis des années dormaient et s'empoussiéraient là; et derrière la rangée de livres, il y avait encore de la place, jusqu'au fond de l'armoire. Là, bien cachée, dormait, enveloppée dans un vulgaire papier d'emballage, une bouteille de vin. Le professeur Rusch enleva le papier et revint vers Lisa Mainetti.

— Un Braunberger Juffer de 1938, appellation contrôlée, dit-il. C'est la dernière bouteille de ma cave. Je l'ai mise de côté pour ce jour-ci, car je savais bien qu'il arriverait.

Il l'ouvrit à l'aide du tire-bouchon de son canif de poche, et versa le vin dans les verres dans lesquels, quelque temps auparavant, ils avaient bu du whisky.

— Maintenant, la guerre est finie, Lisa, dit-il solennellement. Nous avons survécu. Décide-toi à envisager la suite avec moi.

— Une nouvelle demande en mariage, Walter? Lisa entoura son verre de ses deux mains.

— Oui. Peut-être la dernière.

Le verre se mit à trembler brusquement entre les doigts de Lisa Mainetti.

— Pourquoi la dernière? demanda-t-elle le cœur serré.

— Si tu réponds non, rien ne me retient plus en Allemagne. C'est le major Braddock qui me l'a dit. Ils vont me faire une offre. Bientôt. Il y a des exceptions, vois-tu, à la haine générale qui est vouée à l'Allemagne. Et j'en suis une, paraît-il. J'accepterai, si tu dis non.

— C'est du chantage, Walter?

— On ne peut pas faire du chantage avec l'amour. (Le professeur Rusch se renversa sur le dossier de son fauteuil.) Je saurai, quand j'entendrai ta réponse, si j'ai vécu dans une illusion; si tout cela n'était vraiment qu'un amour mis au monde par la guerre et étouffé par la paix. Nous nous connaissons depuis plus de deux ans... nous ne devrions plus avoir besoin de nous donner de telles explications.

Lisa Mainetti leva son verre et but.

— C'est bien, Walter, dit-elle ensuite. Nous ne pouvons rien y changer.

— Quoi? La voix de Rusch se fit toute petite. Oui... ou non?

— Oui.

— Lisa! Rusch bondit; il jeta son verre plein de ce vin précieux contre le mur et arracha le Dr Mainetti de son fauteuil. Lisa! Je crois que je suis le seul qui aie gagné la guerre!

Aux deux fenêtres de la chambrée B/14, étaient penchés Adam, Schwabe, le Berlinois et Feininger, Kaspar Bloch et Walter Hertz. Ils soutenaient tous le sergent Rondey, qui, en fait, était encore condamné au lit; mais il fallait bien qu'il participât à la fête de la victoire de son pays. Kaspar Bloch aussi avait retrouvé l'usage de son oreille, mais seulement dans le cadre de sa chambrée et en présence du Dr Lisa Mainetti. Ailleurs, il continuait à jouer son rôle de sourd, car il y avait eu un précédent dans le bloc C, et il se méfiait. Là, les Américains avaient emmené comme prisonnier de guerre tous ceux qui étaient capables de mettre un pied devant l'autre. Ils ne laissèrent que ceux qui devaient garder le lit, ou ceux qui se trouvaient au pavillon des isolés.

— Reste sourd, Kaspar! avait conseillé Fritz

Adam, qui, par l'intermédiaire de Dora Graff, était mis au courant immédiatement de chaque mesure prise par les Américains.

— Est-ce que cela aura jamais une fin ! s'écria Bloch. Mon Dieu, après deux ans de ce manège, j'aimerais pouvoir enfin redevenir un homme raisonnable !

Mais il continua à simuler, et ni le Dr Stenton, ni le major Braddock ne s'en aperçurent.

On tirait toujours à Bernegg. Mais les tanks s'étaient tus. Des nuages de fumée se promenaient à travers les bosquets et le parc, et Wastl reniflait comme un jeune chien.

— Voilà une odeur que nous ne sentirons plus jamais, dit-il. Quel bonheur ! Nous autres, Allemands, nous ne tirerons plus jamais !

Et de toutes les vallées, les clochettes s'unirent au cri de triomphe du Bavarois.

Avec la fin de la guerre, d'un jour à l'autre, commença la reconstruction. Comme une armée de fourmis qui s'activent, amenant tout le matériel sur le lieu de construction., qui une paille, qui une brindille de bois, qui une aiguille de pin, ainsi partout, les villes dévastées commencèrent à grouiller d'activité.

A Cologne, les femmes et les vieillards aussi se mirent à l'ouvrage; ils nettoyèrent les rues, amoncelèrent les décombres des maisons, rétablirent les lignes électriques, raccordèrent les conduites d'eau et sortirent les derniers cadavres des caves, qu'on désinfecta ensuite.

Ursula et Frau Schwabe participèrent aussi à l'activité générale. Elles s'étaient fait prêter, par une de leurs voisines, une brouette moyennant un kilo de pommes de terre et la ration complète de beurre d'une semaine, et elles partirent de rue en rue, d'une maison détruite à l'autre; elles s'aventurèrent dans des caves abandonnées, et fouillèrent des cours intérieures chaotiques.

Elles cherchaient une porte.

Au cours d'un des derniers bombardements sur Cologne, un obus avait éclaté au milieu des ruines qui se trouvaient en face de leur maison, ce qui avait littéralement « soufflé » la porte de leur cave, et avait précipité les deux femmes affolées contre le mur.

Mais enfin, la guerre était finie, et il leur fallait absolument une porte. Trois fois déjà, des pilleurs s'étaient présentés à l'entrée de la cave, et elles n'en avaient eu raison qu'en poussant des cris, ce qui avait chassé les visiteurs importuns.

Le soir, elles avaient eu leur porte. Une belle porte solide, qu'elles avaient trouvée dans une maison dont il ne restait plus que le rez-de-chaussée. La porte servait à séparer l'entrée de la cage de l'escalier, et tenait encore sur ses gonds. Même la clé se trouvait encore dans la serrure. Elle était bien un peu gondolée et abîmée, mais c'était une bonne porte en chêne épais et solide.

Ursula et Frau Schwabe la démontèrent elles-mêmes; avec un marteau, elles écartèrent les gonds, puis elles la chargèrent sur leur brouette, et, suant et soufflant, elles emmenèrent leur trésor jusqu'à la Horst-Wesselstrasse, leur rue, qui n'avait pas encore été débaptisée, bien qu'on eût jeté à bas toutes les pancartes dès la chute des nazis; mais pour elle, on n'avait pas encore trouvé de remplaçant.

Lorsqu'elles arrivèrent en face du numéro 4, en portant leur lourde porte, elles virent un homme assis sur la première marche de l'escalier de la cave. Il portait un costume bleu-gris très chiffonné, une casquette à carreaux, et un vieux pantalon informe. Dès qu'il aperçut les deux femmes, il bondit sur ses pieds, et quitta son refuge, en les voyant tirer la porte avec peine au milieu de la rue.

— Le cher petit est revenu ! s'écria l'homme en arrachant sa casquette et en la jetant en l'air.

La porte glissa des mains de Ursula Schwabe,

— Karlheinz..., bégaya-t-elle. Karlheinz Petsch.

Frau Hedwige Schwabe serra les dents. Elle s'appuya à la porte, pour que la brouette ne se renversât pas.

— Attrapez-là ! s'écria-t-elle. Puisque de toutes façons vous êtes là !

Et Karlheinz Petsch, l'ancien sergent-aviateur, cracha dans ses mains, lança un retentissant « Ho Hisse ! » s'inclina légèrement, fit glisser la porte sur son épaule et la porta jusqu'à l'escalier de la cave.

— Il est revenu, murmura Ursula, en s'adossant à ce qui restait du mur de la maison. Il faut qu'il s'en aille, Maman. Tout de suite. Dis-lui qu'Erich peut revenir d'un instant à l'autre. Il faut que tu le chasses. Tout de suite, tu entends, Maman, tout de suite !

— Elle va comme un gant ! cria Petsch de l'entrée de la cave. Il n'y a que la serrure, mais on peut en trouver une autre facilement.

— Chasse-le, Maman, bredouillait Ursula, les yeux grands ouvertts par l'épouvante. Je t'en prie.

Frau Schwabe approuva de la tête et se dirigea vers la cave.

Elle trouva Karlheinz Petsch assis sur une chaise en train de s'allumer une cigarette. Du tabac américain légèrement sucré. Pour cinq cigarettes de cette espèce, les Américains obtenaient n'importe quelle jeune fille allemande. Frau Schwabe fit de grands gestes du bras pour chasser la fumée qui obscurcissait la pièce, tandis que Karlheinz s'épongeait le front du revers de la main.

— Alors, Petite Mère, me voilà revenu... Je ne savais pas où aller, Petite Mère. Les Russes occupent mon pays, je n'ai plus de famille, en fait en dehors de moi-même, je n'ai plus personne sur terre. Que moi, et le souvenir d'Ursula. Eh oui, c'est cela qui m'a conduit à Cologne. Retournes-y, et demande poliment si tu peux rester, que je me suis dit. Tu peux rendre service, que j'ai aussi pensé.

Un homme peut faire davantage que deux femmes, et on a tout de même appris quelque chose durant toutes ces années, Petite Mère !

— Cessez donc de m'appeler toujours Petite Mère ! dit durement Frau Schwabe. Elle ne trouva plus aucun argument à opposer à Karlheinz Petsch ; elle avait tout oublié. Il n'avait plus rien, plus de maison, plus de parents, plus de famille, rien ni personne. Il était comme une épave rejetée sur la plage par la dernière vague de la guerre.

— Et quelles sont vos intentions ? interrogea-t-elle.

— Difficile à préciser. Je vais m'arranger une cave à côté de la vôtre, et vous ou bien Ursula, vous me ferez ma popote. Tout le reste je m'en charge. Je chercherai du ravitaillement, et je ferai pour vous tout ce que je pourrai. Je reconstruirai la maison.

— La maison ?

— Mais oui ! Je suis maçon, non ? Nous allons choisir de belles pierres, les tailler; il y a de l'eau tant qu'on en veut, et je chercherai du sable et du ciment. Et vous verrez comme nous aurons vite fait de reconstruire le rez-de-chaussée ! Et comme maçon, Petite Mère, on m'embauchera partout, et je trouverai tout ce que je veux. C'est moi l'homme le plus utile, maintenant.

— Et si... si mon fils revient ? Il va certainement revenir bientôt maintenant !

— Eh bien, je lui donnerai la main, et je lui dirai : « Bonjour, vieux ! Je me suis un peu occupé de tes deux femmes. A toi de jouer maintenant. Relève tes manches ! Tu prépares le mortier, et moi, je fais le mur. »

— Et Ursula ?

— Hum... Karlheinz haussa les épaules. C'est elle qui doit savoir ce qu'elle veut. Je l'attendrai toujours.

— Elle le sait déjà, ce qu'elle veut. Elle attend son mari !

— Je n'en suis pas si sûr. Est-ce qu'elle a déjà vu un homme qui était blessé au visage au moins?

— Oui. Par hasard.

— En voir un par hasard est très différent de devoir vivre avec l'un d'entre eux pendant toute sa vie. On peut supporter le spectacle une ou deux fois. Mais toujours? Nuit et jour? Et on se dit toujours : Est-ce que cela changera un jour? ou bien restera-t-il toujours ainsi? Et on ne peut y répondre.

Frau Schwabe fit un pas en avant. Son visage pâle et amaigri par la faim tremblait.

— Vous parlez de mon fils! dit-elle froidement. Partez!

— Ça alors, c'est le comble! Karlheinz Petsch prit sa casquette à carreaux et la planta sur ses cheveux en désordre. A l'heure qu'il est, on ne doit pas faire le difficile! Et vous, vous retardez de dix années! Il faut aller de l'avant, il faut faire tourner le moteur, sinon, il va rouiller! Ce que vous faites toutes les deux, c'est de la folie! Se recroqueviller dans une cave en disant; cela s'arrangera bien un jour.

— Je vous en prie, partez, reprit Frau Schwabe, glaciale. Nous n'avons pas besoin de leçons de philosophie pratique. Nous savons ce que nous ferons, quand Erich sera de retour.

— Vous allez hurler! Vous vous mettrez la ceinture, à trois, en chœur, et vous attendrez un miracle. Mais il n'y a plus de miracle pour l'Allemagne. Le dernier en date, c'est que nous soyons encore en vie.

Il grimpa les escaliers quatre à quatre, les mains dans les poches, les épaules courbées vers le sol. En haut, Ursula était restée adossée au mur de l'entrée, et elle attendait. Lorsqu'elle vit Petsch déboucher de la cave, elle courut quelques mètres en arrière, dans les décombres de la maison. Karlheinz Petsch s'immobilisa.

— Suis-je donc un loup? s'écria-t-il en direction de la jeune femme tremblante. Je me faufile à travers les Russes, les Anglais et les Américains, je leur échappe, je cours comme un fou pour vous apporter un peu de joie et de réconfort, et vous, vous me traitez comme un chien puant! Il respira profondément, puis de sa poche qui servait de cachette à son butin, il tira une petite boîte plate contenant du chocolat, de celui que les aviateurs touchaient comme ration exceptionnelle. Il posa la boîte sur une pierre qui se tenait près de lui toute droite, comme un tabouret, et fit un signe de tête à Ursula. Prends-la. Depuis trois mois, je la traîne partout avec moi. Tu l'apporteras à Uschi, me suis-je dit. Quand donc a-t-elle vu pour la dernière fois du chocolat?

Il hésita, attendit une réponse, mais rien ne vint. Ursula s'enferma dans son mutisme, et il haussa de nouveau les épaules.

— Bien, fillette. Je m'installe tout près d'ici, trois caves plus loin. J'ai déjà inspecté les lieux, c'est sec et grand. Et si tu as besoin de moi, je serai là. Non seulement maintenant, mais même quand Erich sera revenu!

Ursula attendit qu'il ait disparu dans les décombres; puis elle rejoignit en courant sa cave, en passant devant la boîte de chocolat, et dégringola les escaliers.

Elle trouva Frau Schwabe assise sur le lit, le visage figé, et tenant en main la photo d'Erich, d'un Erich souriant, et heureux de vivre.

— Je pars demain pour Bernegg, sanglota Ursula. Je partirai dès demain pour Bernegg, Maman. Je... je ne veux plus rester ici.

— C'est bien, dit Frau Schwabe en jetant de nouveau un long regard sur la photo. Pars. Cela ne peut que te faire du bien. Et à Erich aussi!

Pendant la nuit, Ursula se glissa sans bruit hors de la cave, et alla chercher le chocolat.

Deux semaines après la capitulation, on vint chercher Bill Rondey pour le renvoyer en Amérique par la voie des airs, et, ensuite, le diriger sur un hôpital spécialisé à San Diego.

— Bonne chance, vieux ! dit le Berlinois à l'Américain étendu sur la civière. Ils lui serrèrent tous la main et lui remirent un cadeau d'adieu; c'était une nouvelle mosaïque, que Erich Schwabe avait bricolée avec des chutes de vitres, une reproduction de la petite chapelle du château, avec, derrière, la forêt et l'étang scintillant. Sous l'image, il avait inscrit les noms de tous les occupants de la chambre B/14.

— A souvenir for you, Bill ! dit Fritz Adam, dans son anglais hésitant d'écolier.

Bill Rondey remercia d'un signe de tête. Brusquement, on s'aperçut que ses yeux bleu clair étaient devenus tout humides. Il prit son bloc et écrivit en grosses lettres :

— I like you all together ! (Je vous aime bien tous.)

Puis il fut emporté par deux géants nègres, et il continua à agiter les deux bras jusqu'à ce qu'il eût disparu dans le tournant de la cage d'escalier.

Le lendemain, le lieutenant Potkins, qui jouait à l'hôpital le rôle du commandant, apporta un tas de lettres au Dr Mainetti. Le major Braddock l'avait fait prendre au bureau de poste de Bernegg et monter spécialement au château après les avoir soumises à la censure. La plupart d'entre elles étaient vieilles de trois semaines. Il y avait un télégramme aussi, qui, lui, avait été expédié deux jours auparavant et avait parcouru des kilomètres d'aventures. Francfort, Darmstadt, Aschaffenburg, et enfin Würzburg; puis de là, avec l'ensemble du courrier, il était parvenu jusqu'à Bernegg.

Lisa Mainetti le considéra avec étonnement. Un télégramme à cette époque était une chose encore plus rare qu'un diamant. Deux solutions, ou bien son acheminement était le fait d'une erreur, ou bien il était dû à une chance indicible.

Le Dr Mainetti lut le texte et hésita. « Puis-je le transmettre? se demanda-t-elle. Est-ce que ce n'est pas encore trop tôt? Et au fait, est-ce que le major Braddock donnera son accord? » Mais bientôt, elle se rendit compte qu'il ne serait pas juste de supprimer ce télégramme et ses conséquences. Elle replia le papier et se dirigea vers la chambre B/14.

Les hommes étaient assis devant une partie de skat.

— Bonjour, les enfants, disait Mainetti. (Elle agita son papier et regarda autour d'elle.) Un télégramme pour Erich Schwabe.

— Pour moi? Un télégramme? Schwabe fit le tour de la table. La transplantation du fragment osseux que lui avait faite le professeur Rusch avait bien pris et se guérissait sans réactions négatives. Le professeur et Lisa avaient décidé de procéder quelques jours plus tard à la greffe de peau qui recouvrirait le tout. Le visage d'Erich était encore épouvantable à regarder, mais il avait maintenant au moins du relief, ce n'était plus une surface plane.

Schwabe saisit le papier de ses deux mains, et le déplia. Puis il commença lentement à trembler, jeta les bras en l'air, se retourna d'une pièce et, saisissant le Dr Mainetti dans ses bras, il esquissa un pas de danse à travers toute la chambre.

— Elle vient, cria-t-il fou de joie. Docteur, eh! les gars, elle vient. Uschi arrive! Elle est déjà en route! Ma femme arrive, ma femme... Il laissa tomber le télégramme, et tendant les bras vers Lisa, il ajouta : « Docteur, vous allez me faire un splendide pansement, n'est-ce pas, un vraiment splendide, hein, avec beaucoup de bandes de leucoplast, pour qu'elle n'en voie pas trop. Mon Dieu! (Il s'assit sur un lit et enfouit son visage dans ses deux mains.) Elle vient...

Le Berlinois se grattait la tête.

— C'est bien, Erich, dit-il lentement. Mais...

mais est-ce que les Américains la laisseront arriver jusqu'ici ? Nous ne sommes rien d'autre que des prisonniers de guerre.

CHAPITRE XI

ERICH SCHWABE LAISSA retomber ses mains.

— Ils ne laisseront pas Uschi arriver jusqu'ici, répéta-t-il à voix basse. Naturellement, nous sommes maintenant des prisonniers de guerre.

— C'est ça le drame! Le Berlinois donna un grand coup de poing sur la table. Nous, on paie deux fois! Plus de gueule, et plus de liberté. Je crois bien que la justice n'est plus qu'un mot pour le dictionnaire!

— Comment dois-je faire, docteur? Schwabe, désemparé, ne trouva rien d'autre que ce cri plaintif. Je vous en prie, aidez-moi, voulait dire la question. Il n'y a que vous qui puissiez me donner un conseil, vous seule... Le Dr Mainetti le comprit, et lorsqu'elle rencontra les yeux angoissés et suppliants d'Erich, elle lui fit un signe de tête encourageant, et caressa le dos penché.

— J'en parlerai au major Braddock, dit-elle. Peut-être laissera-t-il venir votre femme quand même.

— Peut-être, gémit Schwabe.

— Ce ne sera naturellement possible qu'en présence d'un soldat américain, si toutefois cela se réalise.

— Comme en prison! s'écria le Berlinois. Permission de parloir avec un gardien dans le dos. Je vous jure, les gars, celui qui n'avait jamais eu l'occasion d'apprendre à vomir peut la trouver ici!

— Eh, nous avons tout de même perdu la guerre,

les enfants ! dit tout haut le Dr Mainetti. Ce à quoi Wastl Feininger répondit par un haussement d'épaules et un geste de défense de ses deux bras.

— Moi pas ! Je n'ai pas commencé ! Ils sont venus me chercher, du jour au lendemain, comme ça !

— Je vais faire l'impossible, Schwabe. Et en disant cela, Lisa releva le menton du blessé et plongea les yeux dans le regard perdu au milieu des ruines du visage. Elle vit les larmes s'accumuler dans les yeux de Schwabe et couler jusqu'à la bouche, à travers les bosses et les creux des cicatrices.

— Vous êtes un homme, que diable ! et non pas une bécasse pleurnicheuse, continua-t-elle durement. On trouvera bien quelque chose, mais déjà commencer à chialer avant... Mon Dieu, vous n'êtes vraiment rien d'autre que de grands enfants !

Schwabe soupira et cacha son visage dans ses mains, pour qu'on ne vît plus les larmes. Il réussit même à sourire, et son visage couturé de toutes parts, avec sa bouche sans lèvres, ressembla à un horrible masque.

— Comment parlez-vous, docteur..., dit-il en essayant avec peine d'affermir sa voix.

— Au moins, c'est un langage que vous comprenez ! Ou bien, faudrait-il que je pousse des hurlements avec vous ? Ce serait un joli concert. Bon, et maintenant, étendez-vous sur votre lit et restez-y. Baumann va venir un peu plus tard pour vous faire un nouveau pansement. Et je voudrais que le visage soit sec, hein ? Quelle allure auriez-vous avec un bandage humide ?

— Je vous remercie, docteur, dit Schwabe à voix basse. Je vous remercierai éternellement !

— Allons, le voilà qui recommence à dérailler ! Vous feriez mieux de penser à votre femme maintenant, à ce que vous aurez à lui dire, lorsque vous la verrez pour la première fois. Ce n'est pas tellement facile.

— J'y ai déjà pensé bien souvent, docteur. Je connais chaque mot, depuis des mois.

— Ah? Et qu'allez-vous lui dire?

— Oh! pas grand-chose. Seulement : me voici, Uschi...

— Typiquement homme! Le Dr Mainetti ferma les boutons de sa blouse blanche. Me voici... et tout est bien comme cela, n'est-ce pas?

— Qu'est-ce qu'on peut encore dire?

— Quelque chose de tendre, de consolant...

— De consolant? demanda Schwabe qui n'en croyait pas ses oreilles.

— Parfaitement, de consolant! Le Dr Mainetti se tourna vers les autres, qui assistaient impassibles et muets à la scène. Vous devriez une fois pour toutes perdre l'habitude de penser que l'on doit vous consoler, *vous!* Ce sont vos femmes et vos mères qui ont besoin de consolation quand elles vous voient ainsi.

— Il ne manquait plus que ça! dit Paul Zwerch, le Berlinois; et moi, qui est-ce qui m'a consolé?

— Moi! Lisa regarda gravement le Berlinois qui baissa le nez et contempla avec obstination le bout de ses pieds sur le plancher. Ai-je besoin de raconter ce qui s'est passé, lorsqu'on vous a amené ici, mon cher Zwerch? Vous vouliez vous jeter par la fenêtre, et plus tard, pendant deux jours entiers, vous m'avez suppliée de vous donner des doubles doses de morphine pour que ce monstre d'homme disparaisse! Et maintenant? Qui est-ce qui a la plus grande gueule dans tout le bloc B?

Le Berlinois réagit faiblement.

— Vous êtes une femme épatante, dit-il à voix basse. Je vous remercie. Allez, maintenant, nous allons tous consoler la petite Ursula.

— Mais vous allez lui parler avant, n'est-ce pas, docteur? cria Schwabe à travers la porte ouverte, lorsqu'il s'aperçut qu'elle était déjà partie. Du couloir, elle lui envoya un signe d'encouragement.

— Naturellement, Schwabe ! Quand vous vous trouverez en présence de votre femme, vous serez incapable de prononcer un seul mot !

La porte claqua. Schwabe redressa la tête et examina ses compagnons de chambrée.

— Comment le sait-elle ? dit-il.

Le major Braddock regarda avec étonnement son verre de whisky vide qui était posé sur la table. Il était vide, et personne ne faisait un mouvement pour le remplir. Le professeur Rusch était assis à son bureau, et il était facile de voir que cette cérémonie, arrangée par Lisa Mainetti sans son consentement, ne lui plaisait guère. Quant à elle, elle était debout près du fauteuil de Braddock, et elle avait échangé sa blouse blanche de médecin contre une robe d'été claire et gaie.

Damned ! pensa James Braddock. C'est aussi une femme, et quelle femme !

— Alors, me voilà, dit Braddock, tout en louchant sur son verre vide. Je n'ai pas pu résister à votre prière, Miss Mainetti, vous le voyez, et je suis venu immédiatement. Il posa sa main autour du verre, qui, par son vide, semblait l'exciter davantage encore que s'il était plein. Le Dr Mainetti sourit, et lui tapota le dos de la main.

— Le whisky vous manque, n'est-ce pas, major ?

— Un verre vide a le don de me mettre en boule. Pourquoi est-il là, sur la table ?

— Pour vous. Je suppose que vous avez apporté la bouteille avec vous. Si vous n'y voyez pas d'inconvénient, je vais aller chercher un verre pour le patron et pour moi aussi.

James Braddock fixa Lisa d'un œil déçu ; puis il éclata de rire, tira de sa poche une petite bouteille plate et la posa sur le bureau.

— Nom d'un chien, il a fallu que je vienne jusqu'en Allemagne pour faire la connaissance d'une telle femme.

Lisa Mainetti présenta son verre et celui de Rusch

à Braddock. Elle paraissait aussi détendue et gaie que Rusch semblait furieux et de mauvaise humeur.

— Vous connaissez tout de même bien l'expression « Made in Germany » ? Cela veut dire quelque chose ! répondit-elle en riant. Braddock éclata de rire lui aussi, et son whisky se répandit sur la main et l'avant-bras de Lisa.

— Quel démon de femme ! s'écria-t-il.

— Je trouve que tu te conduis de façon bien légère, intervint le professeur Rusch, d'une voix sombre et comprimée. Une vague de chaleur s'empara de tout le corps de Lisa. « Il est jaloux, pensa-t-elle. Le professeur Walter Rusch est jaloux d'un major de l'armée américaine. » Cette pensée et ce sentiment la remplirent d'aise et de joie. Elle trinqua avec James Braddock, et avala une large goulée du whisky doré. Rusch, triste, le visage renfrogné, boudeur comme un gosse à qui on vient d'enlever son jouet, se contenta d'en humecter ses lèvres.

— Tout cela seulement à cause du whisky? demanda Braddock lorsqu'il eut vidé son verre. Le Dr Mainetti sourit et s'assit sur la table de travail.

— Je vous ai toujours pris pour un homme particulièrement intelligent, major, dit-elle. Mais ce que j'ai à vous dire maintenant ne fera pas appel à votre intelligence; je ne chercherai pas à vous faire oublier les lois, les ordres, les dispositions, que sais-je encore, que vous recevez de Washington. Ce n'est rien d'autre qu'un simple appel à vos qualités de cœur. C'est à votre cœur que je voudrais parler, major, à votre sentiment d'humanitarisme...

— Tout cela me semble bien mystérieux, Miss Mainetti. (Braddock se renversa sur le dossier de son fauteuil et examina en passant le genou de Lisa.) Avez-vous besoin d'une quantité supplémentaire de calories pour votre hôpital ? Absolument impossible ! L'Allemagne a perdu la guerre, et les Allemands sont condamnés à avoir faim, jusqu'à ce que leurs os se ramollissent. Je n'y peux rien.

Lisa Mainetti se pencha en avant, et Braddock put admirer son décolleté et la naissance de la poitrine. Son regard se durcit.

— Il m'est difficile de juger si vous êtes ou non en mesure de nous procurer deux ou trois cartons supplémentaires de produits alimentaires, dit-elle. Bien que je sache que là-bas, à Bernegg, les cuisines de vos troupes d'occupation jettent tous les jours la graisse des poêles par terre et enterrent des poulets rôtis qui n'ont pas été consommés.

— C'est l'ordre, Miss Mainetti ! No-fraternisation !

D'un geste qui marquait son regret d'une telle situation, Braddock leva les deux bras en l'air, puis il remplit encore une fois son verre.

— Je sais. (Lisa attendit que Braddock ait ingurgité une longue gorgée.) Mais il ne s'agit pas de ravitaillement, major.

— Non? Est-ce que les Allemands ont encore d'autres problèmes plus importants?

— Moi, oui. Moi personnellement, major.

Braddock lui envoya un clin d'œil complice.

— Je comprends. Il faut que je vous procure un ensemble en nylon, n'est-ce pas?

Pendant un instant, Lisa elle-même fut sidérée. Le professeur Rusch renifla et la regarda d'un air courroucé. Mais bientôt, elle partit d'un grand rire et se pencha vers l'avant. Braddock reposa son verre sur la table, et la contempla avec un étonnement qu'il ne chercha pas à cacher; il se sentait aussi vexé.

— Pourquoi trouvez-vous donc cette supposition ridicule? demanda-t-il sévèrement. « C'est mon tour maintenant de la blesser, se dit-il. Je vais l'avoir, sa fierté. » Pour un slip en nylon, on peut acheter la moralité de n'importe quelle Allemande! dit-il grossièrement.

Le rire du Dr Mainetti sombra d'un seul coup.

— C'est vraiment dommage, major, dit Lisa, que vous n'ayez fait la connaissance que de ce genre de femmes-là, en Allemagne. Je ne vous aurais pas fait venir jusqu'ici pour un slip en nylon. Si c'était cela que je voulais, je serais allée vous trouver à Bernegg, le soir, à la tombée de la nuit.

— Sorry, fit Braddock, un peu embarrassé. Qu'est-ce que vous avez donc à me demander? Dans quelle direction dois-je tourner mon cœur?

— Un de nos blessés, un des plus atteints, car il aura certainement encore besoin d'au moins cinq ans pour être à peu près présentable, va recevoir la visite de sa femme.

James Braddock se leva d'un bond. Son visage prit une expression arrogante et impénétrable.

— Interdit! dit-il durement.

— C'est exactement ce à quoi je m'attendais, major. C'est ce que dit le soldat, et le vainqueur : Interdit! Les blessés aussi sont des prisonniers de guerre!

— Ce sont les ordres que j'ai reçus, Miss. Un camp de prisonniers de guerre, ou un hôpital de prisonniers, ce n'est pas un salon de thé mondain ou un lit conjugal géant!

— Il s'agit d'une femme, major, qui s'est déjà mise en route. Elle vient de Cologne jusqu'ici, en faisant de l'auto-stop, ou sur les toits des trains ou dans des camions, ou sur des marche-pieds, que sais-je? Elle va revoir pour la première fois son mari; lorsqu'elle l'a embrassé pour la dernière fois, lors de sa permission, il avait des cheveux blonds frisés et un visage qui respirait la franchise et la joie de vivre. Et maintenant, elle va le retrouver... un visage rasé, sans lèvres, sans nez, sans oreilles avec des joues couvertes de cicatrices et de peau durcie, une caricature d'homme, major Braddock. Et elle va parcourir des centaines de kilomètres pour dire son amour à cette face de singe. Est-ce que cela ne vous touche pas au cœur, major? Est-ce que dans ce cas-là, tous les ordres ne sont pas que de simples bouts de papier? Pouvez-vous vraiment répondre : Interdit ! sans avoir honte de vous-même ?

James Braddock se tenait debout devant la fenêtre, en tournant le dos au professeur Rusch et à Lisa Mainetti. Ses doigts jouaient nerveusement sur la vitre, un air d'une rapidité obsédante.

— Je voudrais voir cet homme, dit-il finalement d'une voix rauque. Puis il se retourna, et d'un pas rapide, passa devant Lisa et quitta la pièce.

— Je te félicite, fit le professeur Rusch ironiquement.

Lisa courut à la poursuite du major et le rejoignit dans la cage d'escalier. Elle le retint par la manche.

— C'est la chambre 14, major, dit-elle à bout de souffle.

Braddock s'immobilisa.

— Mais c'était la chambre du sergent Rondey !

— Oui, c'est juste. L'homme s'appelle Erich Schwabe. Si vous allez dans la chambre et regardez un instant les occupants, vous saurez tout de suite de qui j'ai parlé.

Braddock longea le couloir, et Lisa le suivit. Le major ouvrit brutalement la porte de la chambre 14, et Fritz Adam hurla immédiatement : « Attention ! » puis, tout de suite après : « Good day, major ! » Les six hommes se mirent au garde-à-vous, même Kaspar Bloch qui était censé n'avoir pas entendu le cri de Fritz Adam.

Le regard de Braddock découvrit immédiatement Schwabe. « C'est lui, se dit-il, tout en sentant son dos frissonner. Une femme va venir le voir, et cett femme veut et doit l'aimer. Ce visage qui ressemb à une antique assiette en bois, cabossée, mangée des vers, cisaillée et creusée de partout. O Dieu ! Est-ce possible qu'une femme en soit capable ? On devrait la gâter, et la combler de tous les honneurs possibles dans le monde. »

— Vous êtes bien Erich Schwabe, n'est-ce pas ? demanda Braddock, le cou tendu vers l'avant. Une étincelle d'angoisse parut dans le regard de Schwabe. Il fit un pas en avant, et fit face au major, dans une tenue impeccablement raide.

— Oui, Monsieur le Major.

— Votre femme doit venir vous voir?

— Oui, Monsieur le Major.

— Vous savez que vous êtes prisonnier de guerre?

— Oui, Monsieur le Major. La voix de Schwabe sombra, son visage se mit à trembler. Braddock regarda sur le côté. « Un whisky, pensa-t-il. Mon Dieu, ce que je donnerais pour un whisky! Je n'en ai jamais eu autant la nécessité que maintenant. »

— Vous n'avez pas désiré la guerre, et moi non plus. Vous l'avez perdue, et nous, nous l'avons gagnée.

— Ma femme, Monsieur le Major...,

— Le Dr Mainetti vous donnera toutes les indications supplémentaires. Venez avec nous.

Braddock retourna dans le couloir, suivi de Schwabe, et d'un coup de pied, referma la porte aussi brutalement qu'il l'avait ouverte. Ils étaient seuls dans le couloir, car Lisa n'avait pas quitté la chambre.

— Schwabe, dit Braddock, en avalant sa salive. Quel âge avez-vous donc?

— Bientôt vingt-sept ans, Monsieur le Major.

— Vous pourriez presque être mon fils.

Braddock se mit à jouer avec les boutons de sa veste.

— Il me serait difficile de vous dire que vous avez un joli visage...

— Non, certainement pas. On ne peut plus le dire, bredouilla Schwabe.

— Mais je vois vos yeux, Schwabe. Pour moi, ce ne sont plus des yeux allemands, mais simplement les yeux d'un homme. Vous me comprenez?

— Oui, Monsieur le Major, répondit Schwabe à voix basse.

— Je vous donne la permission de recevoir votre femme.

— Monsieur le Major.. Tout le corps de Schwabe se mit à trembler. Je... je...

— Vous pourrez quitter l'hôpital. Permission sur l'honneur. Donnez-moi votre parole d'honneur. Un jour entier... L'après-midi jusqu'au lendemain à 10 heures.

Braddock tendit ses deux mains, et presque inconscient, Schwabe y posa les siennes.

— Je vous donne ma parole d'honneur, Monsieur le Major, bredouilla-t-il. Ma parole d'honneur... Je...

Puis, il s'écroula. Sa tête tomba sur l'épaule du major de l'Armée américaine, et sans bouger, il pleura doucement. Raide et embarrassé, le major ne réagit pas, bien que son visage se soit figé. Il demeura immobile et laissa le soldat allemand pleurer sur son épaule.

« Il pourrait être mon fils, pensa-t-il seulement. Mon Dieu, si Percy n'avait plus de visage ! »

Ursula mit trois jours pour parvenir jusqu'à Bernegg.

Elle arriva le soir du premier jour dans un petit village, empoussiérée comme si on l'avait roulée dans la farine. Les maisons intactes avaient un air propret, et dans les jardins, les fleurs resplendissaient. Tulipes et narcisses, lilas blanc et mauve, simple et double, myosotis et œillets. Comme c'est joli, pensa-t-elle, malgré la fatigue qui la paralysait. Des tulipes et du lilas blanc... cela me rappelle mon bouquet de mariée.

Derrière la fenêtre de la maison devant laquelle elle s'était arrêtée pour admirer les fleurs, elle aperçut deux têtes. Deux paires d'yeux scrutaient l'obscurité naissante et l'examinaient.

« Est-ce qu'ils auraient un lit, se demanda Ursula. Ou bien rien qu'un canapé ? Et un peu de café ? »

Elle alla vers la porte et sonna. Bien qu'elle ait

entendu le tintement, et qu'elle sût que la maison n'était pas abandonné, tout demeura silencieux à l'intérieur. Personne ne vint ouvrir. « Mais il y a du monde pourtant, se dit-elle, j'ai bien vu leurs têtes derrière les rideaux. » Elle sonna de nouveau et attendit.

« Ils ne veulent pas, pensa-t-elle en regagnant la route qui traversait le village. Ils n'ouvrent pas parce qu'ils ont peur sans doute que je vienne mendier... mendier quelques patates, une carotte, ou un trognon de chou. Bien sûr, c'est certainement ce qu'ils pensent en voyant mon sac sur l'épaule. »

Elle sonna à la maison suivante, puis à la seconde, puis à la troisième, à la quatrième. Personne ne vint lui ouvrir.

— J'ai tout ce qu'il me faut pour manger, cria-t-elle devant la cinquième maison. Je voudrais seulement un toit au-dessus de ma tête ! Dormir ! Rien d'autre que dormir ! Je n'en veux pas, de votre mangeaille !

Elle criait devant des murs sourds, des briques soigneusement rangées, des murs de béton recouverts de peinture blanche.

Finalement, elle passa la nuit dans un hangar, sur un ballot de paille moisissante. Elle était bien trop fatiguée pour faire la difficile, et elle ne se rendit même pas compte de l'odeur de pourriture. Elle s'effondra, se tourna sur le côté, et s'endormit, le sac sur l'épaule.

Au matin du deuxième jour, une voiture de laitier la fit monter au milieu de quelques bidons de zinc cabossés réservés à la répartition; car le lait allait en priorité aux enfants et aux hôpitaux.

— Vous voulez aller à Bernegg? demanda le chauffeur. Il y a encore un bon bout de chemin. Le long du Main jusqu'à Würzburg, et ensuite à travers les collines.

— Si j'ai la chance de rencontrer quelques personnes aussi aimables que vous, répondit Ursula, je peux y être demain.

— Je vais vous donner un bon conseil. Le chauffeur lui montra du doigt une colonne de voitures militaires qui était en train de les doubler. Ce sont eux que vous devez arrêter ! Ceux qui sont seuls au volant. Et si c'est un nègre... alors vous pouvez être sûre qu'il vous prendra. Blonde comme vous l'êtes ! Mais faites attention, car s'ils sont ivres, ils sont dangereux.

— Merci, dit Ursula en secouant la tête. Je préfère aller à pied, c'est plus sûr.

Le chauffeur haussa les épaules.

A Aschaffenburg, elle trouva un autre train qui allait jusqu'à Würzburg. C'était même un train de voyageurs, un des plus primitifs sans doute, avec des wagons de troisième classe en bois, et des vitres brisées qu'on avait remplacées par du papier ou du treillis. Il n'y avait naturellement plus aucune place dans le train, et des grappes de gens étaient suspendues sur les marche-pieds, prêts à recevoir avec des coups l'intrus qui oserait essayer d'y poser aussi les pieds.

Ursula était restée immobile sur le quai, en contemplation devant le train, et elle examinait les visages sombres. Pas de pitié sur ces visages qui lui faisaient face, rien que le souci du « moi » et de « ma » propre existence. Elle tenta un ultime essai pour se faufiler dans un petit coin de marche-pieds, et se cramponner à un châssis de fenêtre, mais deux poings s'abattirent sur sa poitrine et la rejettèrent sur le quai. « Fous le camp, mijaurée ! », s'écria quelqu'un.

« Le train part, pensa Ursula. Un train pour Würzburg. Il faut que je le prenne, de n'importe quelle façon ! Si je dois aller à pied jusqu'à Würzburg, je mettrai bien une semaine entière. »

Elle grimpa sur un tampon, et quand quelqu'un voulut faire mine de la déloger, elle se mit à hurler : « Laissez-moi, je vais sur le toit. Il faut que j'aille à Würzburg. Il faut que j'aille voir mon mari. »

— Eh ! quelle force, Madame ! s'écria quelqu'un ; et brusquement ils partirent tous d'un grand éclat de rire, et l'aidèrent à se jucher sur le toit du wagon. Elle y retrouva quelques hommes confortablement installés contre les bouches d'aération.

Et le train finalement démarra, lentement, lourdement, surchargé, et prudemment, car il ne fallait tout de même pas perdre en route les occupants des marche-pieds, des tampons et des toits.

Il mit cinq heures pour aller de Aschaffenburg jusqu'à Würzburg ; pendant cinq heures, Ursula subit la chaleur du soleil, étendue sur le toit de ce wagon, les mains crispées autour de la manche à air. Une épaisse fumée noire la caressa pendant cinq heures, et s'incrusta dans son visage et sa robe, pénétrant même dans sa bouche au point de lui couper la respiration.

Mais elle arriva à Würzburg, et elle eut l'impression de sentir déjà la présence d'Erich, comme on peut sentir la mer de loin, bien avant de l'apercevoir.

Elle passa la deuxième nuit dans une petite hutte de vendangeur, au milieu des vignes de Sommershausen. Elle se lava à une pompe, puis osa paraître sur la route encombrée par une colonne interminable de camions américains verts qui ronflaient.

« Je serai aujourd'hui même à Bernegg, se dit-elle avec joie. Même si je dois y aller à pied, j'irai. Et je verrai Erich, et je lui dirai tout. Tout. L'histoire de Karlheinz Petsch aussi. Et il me comprendra certainement, car je ne souhaite qu'une chose, c'est de l'aimer, tel qu'il est. »

Elle fit la dernière partie de son voyage dans le chariot d'un paysan de Bernegg.

— Vous voulez monter à l'hôpital ? interrogea-t-il en examinant de près cette petite blondinette qui lui plaisait. Est-ce que vous y avez déjà été?

— Oui. Une fois.

— Alors, ce ne sera rien de nouveau pour vous. Et maintenant, voilà que vous voulez y retourner de nouveau?

— Oui.

— Faire une visite à quelqu'un?

— Oui.

— A votre fiancé?

— A mon mari.

— Ce ne sera pas possible.

Ursula sursauta :

— Pourquoi pas? bégaya-t-elle.

— Personne n'entre là-dedans. Ce sont des prisonniers de guerre.

— Mais ils n'ont même plus de visages!

— Tant pis, ce sont quand même des prisonniers.

Ursula se cramponna au rebord de son siège, et sa voix se fit toute petite et plaintive :

— A qui donc devrai-je m'adresser?

— Il y a une sorte de major là-bas. Il loge dans l'école. Un type auquel vaut mieux pas se frotter. Il veut rien entendre.

Ursula remercia d'un signe de tête sans dire un mot. Et de nouveau l'angoisse monta, monta, à chaque tour de roue, et s'enfla au point de prendre les proportions d'un rocher monstrueux qui lui écrasait le cœur.

Puis elle découvrit le château de Bernegg, seul au milieu de la colline, qui resplendissait dans le soleil couchant, comme un château des mille et une nuits. Un château fait sur commande pour abriter des êtres dépourvus de visage.

Depuis qu'il avait reçu la lettre de Pétra, Walter Hertz attendait avec patience qu'elle lui donnât un autre signe de son amour.

Souvent, il restait des heures entières devant la fenêtre, et regardait le village de Bernegg. « Elle est là-bas, et elle lève les yeux vers moi », se disait-il. Peut-être avait-elle écrit, beaucoup de lettres qui dormaient là-bas chez les Américains, sans que quiconque songeât à les acheminer. Ou bien, elle n'est plus à Bernegg, elle s'est enfuie avec ses parents lorsque les premiers tanks venant de Würzburg ont fait leur apparition. Hubert Wolfach était bien fabricant de matériel de guerre ! Hertz n'avait pas la moindre idée de ce qu'il pouvait bien fabriquer, mais ce devait être du matériel perfectionné. Autrefois, autour de la cheminée, en buvant du bon vin rouge de France, Hubert Wolfach avait lancé : « Si je refuse, ils vont tirer sur moi avec tous leurs canons. Et il n'y aura que des « Wolfach » qui viseront ! » Il avait ri, car il trouvait la plaisanterie pleine d'humour.

« Ils sont certainement en fuite, pensa Walter Hertz. Sinon, j'aurais eu des nouvelles de Pétra depuis longtemps. » Et une pensée obsédante revenait régulièrement, qui essayait d'atténuer sa déception et sa douleur intérieure : Ce n'était pas possible, Walter Hertz ! Ce fut une aventure, un épisode dû à la guerre, un parfum subtil de bonheur, rien d'autre.

Fritz Adam et Dora Graff vivaient comme un couple de fiancés heureux. Ils se promenaient dans le parc du château, s'asseyaient près de l'étang et se perdaient dans leurs projets d'avenir.

— Je vais reprendre mes études, disait Adam. Je me demande d'ailleurs où je trouverai l'argent, mais ça s'arrangera bien. Je pourrai donner des leçons particulières de mathématiques, par exemple, c'est mon fort. Ou bien, je peux travailler en usine pendant les grandes vacances.

— Il n'y aura plus d'usines en Allemagne, chéri. Dora caressait tendrement le visage brûlé. Mais il y aura toujours des hôpitaux. Je pourrai trouver une situation d'infirmière. Et même, un double service... d'une part, comme infirmière de jour, et d'autre part comme infirmière de nuit.

— Et quand dormiras-tu?

— Entre-temps. Il suffit de quelques heures.

— Je ne donnerai jamais mon autorisation. On trouvera bien un autre moyen de se procurer l'argent nécessaire pour les études!

— Et la location de la chambre? Et manger et boire?

— Et si je déblayais les décombres la nuit, dit Adam têtu.

— Ça n'ira pas. A dix heures du soir, c'est le couvre-feu.

— Ça ne durera pas toujours.

— Qu'en savons-nous ? A Bernegg, les femmes font la queue devant les boutiques depuis quatre heures du matin pour obtenir cent grammes de margarine. Et à côté, les Américains qui sont cantonnés dans l'école ont jeté hier dans l'égout toute une bassine de graisse fondue.

— Ils ont reçu des ordres, dit Fritz Adam lentement. (Il posa la tête sur les genoux de Dora et contempla le ciel pur du printemps.) Il n'y a pas d'animal plus préhistorique que l'homme abandonné à lui-même.

Dora Graff se tut. Quelques jours auparavant, elle avait eu une conversation avec le professeur Rusch et le Dr Mainetti. Elle leur avait expliqué que Fritz et elle avaient l'intention de se marier, dès que l'union stupide d'Adam et d'Irène serait dissoute. Le professeur Rusch lui avait promis de lui trouver une bonne situation dans un hôpital. « Si on me laisse continuer mon travail, avait-il dit, je vous prendrai avec moi, Dora. Vous pouvez me faire confiance. » C'était une grande consolation et l'espoir pour l'avenir.

Wastl Feininger avait d'autres soucis. Sa ferme près de Berchtesgaden n'avait pas souffert de la guerre ni des bombardements, mais il se demandait ce qu'il lui restait encore comme bétail ou porcs.

Toutefois, Resi ne devait pas mourir de faim, avec le jardin, les arbres fruitiers, et même si elle était seule pour faire marcher la ferme, elle pouvait semer et récolter suffisamment de blé pour en faire de la farine et du pain pour elle. Et bien sûr, on pouvait faire des échanges. Pour Wastl, le gros souci, c'étaient les nègres.

— Qu'est-ce que je ferai si elle a un petit nègre? demandait-il souvent en se grattant le crâne. Vous parlez, un nègre qui s'appellerait Sepp Feininger!

Kaspar Bloch, le « sourd de service », comme on l'appelait, essayait en vain depuis le cinq mai d'entrer en contact avec son père. Le major Braddock avait reçu un rapport du professeur Rusch, expliquant que le sous-officier Kaspar Bloch remplissait toutes les conditions requises pour être libéré de captivité, car son père, le célèbre psychiatre Thomas Bloch, était une victime du nazisme. On lui avait interdit toute clientèle en mai 1944, on lui avait ensuite enlevé son poste de médecin-chef et à partir de juillet 1944, on l'avait envoyé travailler dans une usine qui fabriquait des détonateurs de grenades parce qu'il avait refusé de pratiquer l'euthanasie sur des enfants soi-disant d'hérédité douteuse, et plus tard sur les soldats allemands devenus fous à la suite de blessures reçues à la tête.

Kaspar Bloch n'était pas au courant de cela, ni du rapport du professeur Rusch, ni du tragique destin de son père. Il avait toujours reçu des lettres régulièrement, disant que le professeur Bloch allait bien, qu'il avait beaucoup de travail à la clinique, ce qui causait du souci à son épouse, car sa santé s'en ressentait; souvent il restait en effet à la clinique jusqu'au milieu de la nuit... toutes sortes de mensonges pieux.

Le major Braddock avait étudié à fond le rapport de Rusch, puis l'avait fait suivre au quartier général. Depuis, on n'en avait plus entendu parler. Personne ne savait où se trouvait le professeur

Bloch. On avait pu constater qu'il était parti avec un détachement militaire, alors que sa femme s'était dirigée vers le nord de l'Allemagne un mois auparavant. Chez des parents, avaient expliqué les voisins.

— Je ne comprends pas, dit un jour Kaspar Bloch au professeur Rusch. Mon père m'a pourtant bien promis de venir immédiatement. Combien de temps vais-je devoir continuer à jouer les sourds dans ce trou ?

Erich Schwabe, lui, vivait dans un autre monde depuis qu'il avait reçu le télégramme d'Ursula. Il ne savait plus quoi faire, car tout lui paraissait stupide. Il ne trouvait plus aucun intérêt à jouer aux cartes; il ne pouvait plus se concentrer aux échecs. Il passait son temps à s'asseoir et à se lever, à courir dans la chambre ou dans le parc, puis à revenir à la fenêtre pour contempler des temps infinis la route qui montait de Bernegg.

Cette attente lui pesait terriblement. Il arrivait à la supporter jusqu'à une certaine limite, puis, à bout, filait chez le Dr Mainetti.

— Encore rien ? demandait-il hors de lui.

— Il faut que nous ayons de la patience, Schwabe, répliquait-elle en le secouant aux épaules. Ne vous en faites donc pas comme ça ! Nous avons pourtant pris l'habitude d'attendre, hein ?

Enfin, un jour, le major Braddock téléphona de Bernegg. Lisa Mainetti se dirigea vers la chambre 14; il lui semblait d'ailleurs qu'elle allait recevoir la visite de sa propre mère tant elle était excitée, comme si quelque chose de merveilleux et d'unique se préparait pour elle.

Schwabe était assis à la fenêtre et contemplait Bernegg. Lorsque Lisa cria son nom, il sursauta.

— Schwabe, le major a téléphoné. Il m'a dit qu'il envoyait immédiatement une voiture pour vous prendre et vous emmener là-bas. Ursula vient d'arriver.

— Elle est là ? s'écria Schwabe. Eh, les gars, vous avez entendu, ma femme est là ! Il tourna en rond sur lui-même, et se prit la tête à deux mains. Eh bien, qu'est-ce qui se passe ? bredouilla-t-il. Alors, qu'est-ce que je vais mettre ? Qu'est-ce qu'il a dit, le major ? Comment va-t-elle ? Vous aviez aussi l'intention de lui parler, docteur ?

— A ta place, j'irais tout simplement en pyjama, conseilla le Berlinois gaiement. Cela t'évitera d'avoir à t'habiller et à te déshabiller !

Fritz Adam prêta son aide au pauvre Schwabe qui perdait complètement la tête. Il alla chercher le pantalon qui se repassait sous le matelas depuis deux jours ; Wastl lui ôta sa veste de pyjama et lui tendit à la place une chemise ; Kaspar Bloch nettoya une dernière fois les bottes, et Walter Hertz secoua énergiquement la blouse d'uniforme de prisonnier sur le dos de laquelle un gros nègre avait écrit à la craie les lettres P O W, dès l'arrivée des troupes victorieuses.

— Je pars avec vous à Bernegg, dit Lisa. Elle était aussi heureuse que Schwabe et elle aussi, elle ressentait cette curieuse impression au creux de l'estomac. « Est-ce que tout ira bien ? se demanda-t-elle. C'était le moment crucial, certes, le jour qui allait décider de l'avenir de toute une vie. » Quand vous vous serez changé, venez donc dans la salle d'opération, et je vous ferai un pansement tel qu'on vous accordera le prix de beauté !

Walter Hertz, qui regardait par la fenêtre, leva les deux bras : « La voiture des amerloques arrive ! Allez, Erich, dépêche-toi donc !

— Où sont mes chaussettes ? s'écria Schwabe. Je les ai pourtant raccommodées hier soir !

On trouva aussi les chaussettes, mais cela prit du temps, car elles étaient enfouies dans un jeu d'échecs. Baumann apparut à la porte et hurla :

— Schwabe, au pansement !

— Mes chaussettes ! hurla Schwabe. Merde alors !

Qui est-ce qui les a fourrées dans le jeu d'échecs?

C'était probablement lui-même, car on retrouva en même temps aiguille et laine.

Finalement, avec l'aide de toute la chambrée, Schwabe se trouva prêt. Ce qu'il y avait de mieux dans son accoutrement, c'était le pli du pantalon. On entendait des mots anglais dans le corridor, et Baumann faisait des gestes désespérés des deux bras.

— Les Américains n'aiment pas attendre. Grouille-toi !

— Bonne chance, vieux, dit Fritz Adam en lui serrant vigoureusement la main.

— Et arrange-toi pour que ce soit un gars, hein ! cria le Berlinois.

Sans dire un mot, Walter Hertz prit Schwabe aux épaules. Puis il se détourna et alla à la fenêtre. Il ne pouvait s'empêcher de penser à Pétra, et cela lui déchirait le cœur.

Erich Schwabe fonça vers la salle d'opération derrière Baumann.

Il prit place sur la chaise à pansement.

— Faites pour le mieux, docteur, dit-il d'une voix rauque tellement il était excité. Vous pouvez tout enfermer, mais pas les yeux.

— Et la bouche, sinon vous ne pourrez pas embrasser votre petite épouse.

— Avec cette bouche-là? murmura Schwabe presque tout bas.

Lisa se tut. Baumann lui passa les gazes et les bandes de leucoplast, et au bout de quelques minutes, Schwabe se regarda dans un petit miroir de poche que Lisa lui tendit. Ce n'était rien d'autre que la tête marbrée et striée d'un blessé. On ne voyait plus la mutilation; on ne pouvait même pas deviner que sous ces bandes roses et ces bourrelets de gaze blanche, il n'y avait plus aucun relief. Seule la bouche était visible. Un gouffre informe. Schwabe se regarda longtemps dans le miroir.

— Est-ce absolument nécessaire de laisser la

bouche libre? demanda-t-il à voix basse au bout de quelque temps.

Lisa fit oui, de la tête :

— Vous allez tout de même bavarder avec votre femme. Elle ne voit rien d'autre de votre visage.

Schwabe se détourna, et un des soldats américains lui fit signe :

— Come on ! dit-il.

A la porte de la salle d'opération, Schwabe s'immobilisa; il attendait encore quelque chose. Lisa était en train de mettre de l'ordre dans les instruments qui avaient servi au pansement.

— Vous vouliez venir aussi, docteur? demanda-t-il.

Lisa leva les yeux.

— Oui, je voulais y aller aussi, Schwabe. Mais le major n'a donné la permission que pour vous. Il faut que je reste ici. Je n'ai pas le droit de vous accompagner à Bernegg !

Schwabe ne broncha pas, tandis que les deux Américains derrière lui mâchonnaient leur chewing-gum tout en faisant des grimaces; ils ne comprenaient rien à cette scène.

— Mon Dieu, qu'est-ce que je vais dire à Uschi, si vous n'êtes pas là? balbutia Schwabe. Vous... vous deviez lui expliquer avant dans quel état je suis. Je ne peux tout de même pas comme ça...

— Mais si, vous pourrez, Erich, affirma le Dr Mainetti. Sa voix avait pris un ton d'encouragement qu'elle voulait contagieux. Saisissez votre nouvelle vie à deux mains et ne la lâchez plus. Ayez du courage, même si ce n'est que le courage du désespoir. Il n'y a rien d'impossible pour un véritable amour.

Schwabe baissa la tête et ne répondit pas. Puis il se détourna et passant devant les deux Américains, il descendit les escaliers. Une ombre d'homme, courbée, portant trois lettres blanches dans le dos : POW. On avait l'impression qu'il pliait sous le poids d'une charge trop lourde.

— Les voilà qui s'en vont, dit Walter Hertz qui montait toujours la garde à la fenêtre de la chambre. Mince, qu'est-ce qu'ils vont vite !

Fritz Adam était assis sur son lit et contemplait obstinément un coin de plancher.

— Peut-être est-ce idiot, ce que je vais dire, les gars, commença-t-il lentement et clairement. Et peut-être allez-vous éclater de rire. Mais je trouve que nous devrions dire une prière pour Erich maintenant.

Et personne n'éclata de rire.

Le major Braddock était enfoui au fond d'un fauteuil et s'était mis à l'aise, les pieds étendus sur la table. Il fumait et buvait de son whisky coutumier. Devant lui, tassée sur une chaise, les mains jointes sur ses genoux, les cheveux encore noués dans son fichu poussiéreux, Ursula Schwabe ouvrait de grands yeux et, en évitant Braddock, fixait le portrait de Hitler qui pendait toujours au mur de cette ancienne salle de classe transformée en bureau. Les soldats américains s'étaient d'ailleurs amusés à peindre une grande barbe noire sous le menton du Führer, et à installer une paire de lunettes énormes autour de ses yeux durs. Maintenant, il était vraiment ridicule.

Devant Ursula, on avait posé un verre plein de whisky et un paquet de cigarettes entamé. Braddock avait même ajouté une tablette de chocolat et quelques petits-beurre. Mais Ursula n'avait touché à rien. La peur lui nouait l'estomac et lui serrait la gorge.

— Est-ce que vous avez déjà trouvé une chambre ? demanda James Braddock, tout en jetant un regard sur la jeune femme, par-dessus la pointe de ses chaussures. Ursula secoua la tête.

— Non. Je viens seulement d'arriver. Je ne sais absolument pas si...

— Bien sûr, coupa Braddock en écrasant sa cigarette dans le cendrier. Ce sera difficile d'ailleurs de trouver quelque chose. Les hôtels sont tous occupés par mes officiers, et il m'est difficile de les chasser pour un prisonnier allemand. Mais nous allons bien vous trouver ça quand même. Je vais dire à deux de mes gars de se chercher une chambre en ville. James Braddock ôta ses pieds de la table tout en réfléchissant à une idée qui lui était venue brusquement à l'esprit. Son visage tout d'un coup s'éclaira d'un bon sourire paternel. Mais oui, bien sûr, s'exclama-t-il. Nous allons y faire un tour ensemble. O.K., Frau Schwabe, nous avons une chambre !

— Alors, vous me donnez la permission de voir mon mari ? demanda timidement Ursula. Est-ce que je peux aussi lui parler ? Seulement quelques mots... Je voudrais aussi lui transmettre les baisers de sa mère. Et... et je voudrais aussi lui dire que... que je l'aime. Est-ce que je peux, Monsieur le Major ?

— Attendez donc un peu, répondit Braddock en souriant gaiement. Tout cela va s'arranger. Vous n'avez pas encore revu votre mari depuis que... Comment peut-on dire cela, se demanda-t-il. Il ne faut tout de même pas lui faire peur. Ursula baissa la tête.

— Je sais comment il est. Maman m'a tout expliqué. Mais cela m'est égal. Je ne veux qu'une chose, être près de lui. J'ai... j'ai peur à Cologne.

James Braddock détourna le regard et fixa la cour. La jeep amenant les deux soldats américains et le pauvre Erich Schwabe, qui n'en menait pas large, arrivait justement à toute allure, et freina en grinçant dans la cour de l'école. Un des soldats poussa Schwabe à l'épaule.

— Go on, boy !

Les jambes raides, Schwabe descendit de la jeep. Ses bras pendaient lamentablement le long du corps ; sa tête bandée oscillait de droite et de gauche, le regard fixé sur les établissements de l'école.

Il ôta son vieux calot militaire et ses cheveux blonds libérés s'échappèrent sur le volumineux pansement et vinrent chatouiller son nouveau nez, soigneusement protégé par des rouleaux de gaze.

Le major Braddock mit son képi et se leva. Ursula, brusquement l'imita, mais elle vacilla, dut se retenir au bord de la table, et ferma les yeux.

— Si vous vous conduisez en poule mouillée, je le renvoie immédiatement ! lança Braddock en se forçant à la dureté et à la grossièreté. (Ursula du coup se redressa et fit un effort visible pour ne pas trembler.) Mais par contre, si vous l'embrassez gentiment, petite fille, je vous l'abandonne, sous ma propre responsabilité, jusqu'à demain matin à dix heures, parole d'honneur.

— Jus... jusqu'à demain matin ? répéta Ursula qui n'en croyait pas ses oreilles.

— Parfaitement. Une nuit tout entière.

— Une nuit ! Ce ne fut qu'un cri contenu.

Le major Braddock vida rapidement son verre de whisky. Il se sentait la gorge serrée à la vue de la petite Ursula qui devait ainsi faire face à un destin qu'elle n'aurait jamais pu imaginer.

Ils entendirent des pas dans le couloir de l'école.

— Le voilà, dit Braddock pour dire quelque chose. Je reviens dans dix minutes, et ensuite, nous partirons.

Quelqu'un ouvrit la porte d'un coup brutal, et un des soldats poussa Erich dans la pièce. Le major Braddock indiqua Ursula du doigt, qui tournait le dos à la porte, la tête baissée, le poing sur la bouche pour ne pas hurler d'angoisse

Erich Schwabe demeura immobile près de la porte. « Uschi, pensa-t-il, ma petite Uschi. » Son calot chiffonné s'échappa de ses mains, sa bouche sans lèvres se tordit; il aurait voulu prononcer un mot, un seul : « Uschi ». Mais aucun son ne sortit de sa gorge, pas même un grognement ou un murnure. C'était un cri muet, qui s'était étouffé avant le naître.

— Il est là, dit le major Braddock d'une voix rauque. On ne peut pas dire qu'il soit beau, mais il n'est certainement pas muet.

Puis il sortit, referma la porte derrière lui, et chassa les deux soldats qui prenaient la garde dans le couloir.

— Il ne se sauvera pas, leur dit-il en allumant une cigarette. Il commença alors une promenade monotone de long en large, les mains au dos et la tête enfoncée dans les épaules.

Erich Schwabe n'avait pas bougé de la porte. Son regard ne pouvait se détacher de la silhouette menue qu'il aimait, des boucles blondes en désordre et couvertes de poussière.

— Uschi, dit Schwabe à voix presque basse, Uschi, retourne-toi.

Une douche glacée parcourut le corps d'Ursula. Elle entendait des mots, mais ce n'était plus la voix d'Erich. C'était une voix rauque, qui venait de la gorge, une voix qu'elle ne connaissait pas. Une voix qui semblait étouffée par un linge, et qui n'avait ni timbre, ni intonation.

— Uschi, répéta Erich, tout bas.

Elle se retourna d'une pièce, en poussant un cri. En une seconde, elle vit tout, la tête bandée, le visage strié de leucoplast, la bouche, cicatrice béante... et ses yeux. Elle vit aussi les yeux bleus qu'elle connaissait, et ses cheveux blonds qui entouraient la montagne de gaze, les cheveux fous qui ne connaissaient pas la discipline du peigne, aussi indépendants qu'autrefois, le dimanche, quand il était obligé de les couvrir de brillantine avant d'aller danser avec elle.

Ce ne fut qu'un éclair de reconnaissance et de compréhension; puis elle tendit les bras en avant, et se jeta sur lui en courant.

— Erich! Erich! Elle l'étreignit, et voulut le palper, la tête, les pansements, les bandes de leucoplast, la peau racornie. Erich ! cria-t-elle de nouveau, et rejetant la tête en arrière, elle l'embrassa sur la bouche et sous ses lèvres, elle ne sentit rien, pas de chaleur, pas de tendresse, pas de sentiment, rien, rien...

— Je t'aime, Erich ! cria-t-elle. Me voici enfin près de toi, et je resterai près de toi. Toujours... toujours... Puis son corps s'amollit, sa tête glissa sur la poitrine de son mari, et elle demeura pendue dans ses bras, sans connaissance, sur le point d'étouffer, cherchant désespérément malgré sa syncope un peu d'air qui la sauverait.

— Infirmier ! hurla Schwabe. Il porta Ursula sur le bureau du major Braddock, et l'y étendit comme sur une table d'opération, au milieu des papiers et des documents. Puis il courut jusqu'à la porte et l'arracha presque de ses gonds. Infirmier ! hurla-t-il de plus belle. Au secours ! Au secours !

Braddock fonça vers la salle de classe, et les deux soldats le suivirent. Schwabe s'agenouillait devant Ursula ; il lui avait déchiré le corsage, et comme un fou, il lui massait la poitrine, remuait ses bras et ses jambes, et ne cessait de crier son nom d'une petite voix enfantine et déchirée par l'angoisse.

Le major Braddock le saisit au col et le poussa de côté; mais il se cogna à une chaise, perdit l'équilibre et s'écroula sur le plancher.

— Elle meurt ! gémit-il.

— Imbécile ! répliqua Braddock en passant son bras sous la tête d'Ursula. De sa main libre, il saisit sa bouteille de whisky, la déboucha avec les dents et posa le goulot sur les lèvres blêmes de la jeune femme. Pendant ce temps, les deux soldats lui giflaient la poitrine, comme s'il s'agissait d'un de leurs camarades et lui massaient le cou jusqu'à ce qu'elle eût le réflexe de la déglutition; après quoi, l'alcool lui réchauffa le corps et acheva le travail.

Braddock jeta un coup d'œil sur Schwabe qui était toujours assis sur le plancher.

— Je suis désolé, boy, dit-il. Mais vous allez maintenant retrouver une femme ivre. Ça a aussi ses avantages, surtout dans votre cas !

Après quelques goulées, les couleurs revinrent au visage d'Ursula, et Braddock remit sa bouteille sur la table. Il referma doucement le corsage béant, transporta le corps léger d'Ursula et le déposa dans un fauteuil. Elle ouvrit les yeux, de grands yeux brillants dont elle n'avait plus le contrôle.

— Groggy ! dit le major Braddock d'un ton de connaisseur. Elle avait certainement l'estomac vide. Bon, et maintenant, on part, les enfants !

— Où donc ? demanda Schwabe tout en soutenant fermement sa femme et en protégeant la tête branlante de sa main libre.

— Vous le verrez bien. Nous allons faire une petite promenade en voiture.

Ils traversèrent le village et empruntèrent le chemin de la colline. Au bout de quelques virages, on apercevait sur une hauteur une grande maison à fière allure, une villa de style nouveau riche avec une entrée à colonnes.

— C'est là ! s'écria Braddock et montrant la villa des Wolfach. Ils ont assez de place ici.

La jeep avala la côte et freina brutalement devant le perron. Les grilles de fer forgé monumentales étaient fermées, et devant toutes les fenêtres, les rideaux étaient tirés. La maison était complètement abandonnée.

— Il n'y a pas de loi qui compte, ici, dit Braddock. Ouvrez, les enfants !

Avec la crosse de leurs pistolets, les soldats défoncèrent les volets de bois et une des fenêtres; puis ils escaladèrent le petit mur et pénétrèrent dans la maison vide, pour venir ouvrir de l'intérieur les grandes portes-fenêtres de la terrasse. Le major

Braddock entra. Il admira avec satisfaction le grand salon élégamment installé.

— Je voulais me contenter de vous fournir une chambre, mais je crois que ce salon vous conviendra aussi. Tapis d'origine, un piano à queue, des fauteuils profonds. Je parie que vous allez découvrir des lits de plumes ! Ce disant, il donna une bourrade à Schwabe et lui fit un signe de tête. Demain matin à dix heures, on reviendra vous chercher, jeune homme. Employez bien votre temps !

Puis il se tourna vers les deux géants, et tous trois, ils reprirent le chemin de la terrasse. Peu après, Schwabe entendit rugir le moteur de la jeep qui s'éloigna rapidement.

Ils étaient seuls, dans une villa étrangère dont on avait fracturé les entrées. Seuls, un prisonnier de guerre sans visage et une femme chancelante et ivre. Sa femme.

— Uschi, dit-il. Uschi. Elle était enfouie au fond d'un profond fauteuil, près de la cheminée et lui souriait. Il se mit à genoux devant elle.

— Comme je me sens drôle, chéri. Elle leva sa main droite et s'amusa à courir avec ses doigts le long des bandes de leucoplast, escaladant le nouveau nez qui commençait seulement à prendre racine. Tu as une figure multicolore maintenant, comme au cirque. C'est... c'est marrant à voir...

— Uschi, murmura Schwabe. Uschi.

— La petite Uschi est fatiguée..., dit-elle en faisant la moue. Viens... Porte Uschi au lit.

Et Erich Schwabe prit sa femme dans ses bras et la transporta à travers toute la maison jusqu'à ce qu'il découvrît une chambre à coucher confortable, avec des édredons et des peaux blanches sur le plancher.

De ses doigts malhabiles et tremblants, il la déshabilla et la mit au lit. Puis, il s'assit auprès d'elle en lui tenant les mains, comme s'il allait lui chanter une berceuse pour l'endormir.

— Viens, chéri, sourit Ursula en s'étirant et en se mettant dans un coin du lit. Viens à côté de ta petite Uschi. Ses doigts enivrés glissèrent le long du visage d'Erich. Et tu enlèves ton masque, n'est-ce pas? Viens donc!

— Mon Dieu! bredouilla Schwabe. Mon Dieu!

Il tomba sur le lit à côté d'Ursula, enfouit son visage dans les draps et se mit à pleurer sans retenue et à mordre l'oreiller, tant était grand et sans remède son désespoir.

FIN

Achevé d'imprimer
le 20.9.82
par Printer Industria
Gráfica S.A.
Provenza, 388 Barcelona-25
Sant Vicenç dels Horts 1982
Depósito Legal B. 5085-1982
Pour le compte de
France Loisirs
123, Boulevard de Grenelle
Paris

Numéro d'éditeur : 7184
Dépôt légal : octobre 1982
Imprimé en Espagne